小学館文庫

ホープ・ネバー・ダイ

アンドリュー・シェーファー
加藤輝美 訳

小学館

ホープ・ネバー・ダイ

＊主な登場人物＊

ジョー・バイデン…………………………　前合衆国副大統領
バラク・オバマ……………………………　前合衆国大統領

スティーヴ…………………………………　オバマのシークレット・サービス
ジル・バイデン……………………………　ジョー・バイデンの妻
フィン・ドネリー…………………………　アムトラックの車掌でバイデンの友人
ダーリーン・ドネリー……………………　フィン・ドネリーの妻
グレース・ドネリー………………………　ドネリー夫妻の娘
アルヴィン・ハリソン……………………　アムトラックの機関士
グラント……………………………………　ウィルミントン駅長
グレッグ・マクガヴァン…………………　靴磨き、通称「ウィルミントン駅の市長」
ダン・カプリオッティ……………………　ウィルミントン警察の刑事
セリーナ・エスポジート…………………　ウィルミントン警察警部補
アビー・トッド……………………………　デルマー探偵社の調査員

アンクル・ジョーに捧ぐ

暗闇を呪うより
明かりを灯そう
——W・L・ワトキンソン

謝辞

ありがとう、オバマ。

第一章

すべてが始まったあの夜、私はアイリッシュ黒ビールでも一杯ひっかけたい気分だった。しかもそれは、友人の死を知る前のことだった。

その夜、なにげなくパソコンを見ていた私の目に飛びこんできたのは、いわゆる「パパラッチ・ビデオ」の一つだった。オープニングはケープタウン、名高いテーブル・マウンテンのワイド・ショットだった。そこからカメラはだんだんと降下していき、港の白い波頭が映る。とてつもなく長いスピードボートがフレームインし、バターを塗った弾丸のようにものすごい速さで波間を突っ切っていった。ボートのうしろには細いロープが伸び、パラセーリングをする人影が空高く舞うのが見える。その命知らずのパラセーラーにカメラがズームインしていく。するとそこに、見慣れた顔が……。いまや人生を謳歌（おうか）しているわが盟友、バラク・オバマだ。

堅物の退屈な副大統領から解放された第四十四代合衆国大統領は、究極のバケーションを満喫していた。リチャード・ブランソン（ヴァージン・グループ会長）所有のプライベートアイランドでウィンドサーフィン、ジャスティン・トルドー（カナダ首相）とカヤッキング、さらにはブラッドリー・クーパーと香港（ホンコン）でベースジャンピング……。オバマは運命を恐れぬ冒険をしているだけではなく、あえて運命に挑んでいる。だがそれくらい、なんてことないだろう。史上初の黒人大統領として八年の任期を乗り切ったオバマに、手に余るものなどありはしないのだ。

いや、別に私はオバマのことを心配していたわけではない。

バラク・オバマにふりまわされる人生は、すでに過去のことだ。

私はパソコンから無理やり目をそらした。机を背にして書斎のうしろの壁に向きあうと、そこにかかっているダーツ盤を見た。何年も前のクリスマスに娘からプレゼントされたもので、長いことしまいこんでいたのだが、最近時間ができたので倉庫から出してきたのだ。

というか、私はありあまる時間を完全にもてあましていた。

「電話一本でいい……」足元にいる愛犬チャンプに向かってつぶやいた。「それって、大それた望みじゃないよな？」

チャンプは面倒くさそうにこちらに目を上げた。また始まった、という顔だ。

「なんでなしのつぶてなんだ」

手首のスナップをきかせ、壁に向かってダーツの矢を投げる。ナイス！　矢はブラッドリー・クーパーの青い瞳の上、眉間のど真ん中に命中した。

「八年間だぞ」私は、ダーツ盤にテープで留めたぼろぼろの雑誌の表紙から矢を引き抜いた。

「それなのに、絵ハガキ一枚送ってきやしないなんて」

ところがオバマは、ピープル誌のインタヴューであつかましくも、私たちは今でもときどきいっしょにゴルフに行くんだ、などと語っていた。私も仕方なく、彼の顔を立ててその嘘をあちこちで繰り返した。実際には、いっしょにゴルフなんて一度もない。夜中にメールのやりとりをしたこともなければ、フェイスブックにちょっとしたコメントを書きこんでもらったことさえない。

それでも私は、オバマのほうからなにか言ってくるのではないかと待っていた。ニューヨーク・タイムズ紙の見出しを分析して、どこかに彼から私に向けた秘密のメッセージが込められていやしないかと調べてみたが、そんなものは見つからなかった。夜中、ジルが寝入ると、大昔にオバマと交わしたメールを何度も見返してみたりもした。だが、どれもむなしい行為だった。そうやって古傷を突っつきまわしてばかりいるから、いつまでたっても私の傷は癒えないのだ。

とつぜん、書斎の窓の外にかすかな光が見えた。

デスクランプを消して目を凝らす。また光った。ホタルみたいなオレンジ色の小さな光だ。いや、ひょっとしたらタバコの火かもしれない。

不審者か？

確かめる方法はただ一つ。

「行くぞ、チャンプ」

チャンプの耳がピンと立った。私は、クローゼットの中にある小さな金庫のダイヤルを回した。中には二つのものが見える。一つは自由勲章、もう一つはシグ・ザウエルのピストル。このハジキは自分への贈り物として手に入れたものだ。「ショットガンがあるじゃない。それで十分でしょ？」ジルにはずいぶん反対された。「なんのために、拳銃なんかいるのよ」

　こういうときのためだよ、ジル。

　私はピストルをベルトの背中の部分にさすと、上からポロシャツをかぶせた。

「チャンプと散歩に行ってくる」とジルに声をかけたものの、返事はない。寝室からテレビの音が聞こえてきた。『ロー＆オーダー』だ。いっしょにテレビを観（み）るべきだとわかってはいたが、私は裏口のドアを開けた。

　チャンプは芝生に勢いよく飛び出すと、あっという間に森の中に消えていった。裏口のセンサーライトがつくはずなのだが、どうやら電球が切れているようだ。

　だいぶ古くなってたからな。

　古い電球ってのは切れるもんなんだ。

　満月が裏庭を照らしていた。湖に面する七千平方フィート（約六百五十平方メートル）の家のまわりには、四エーカー（約一万六千平方メートル）の敷地が広がっている。夜もこんなにふけてくると、この世には自分一人しかいないんじゃないかという気がしてくる。

　だがその夜、そこにいたのは私一人ではなかった。

　森の中に、先ほどの小さな光が見えた。

タバコの匂いがする。なじみのある匂いだ。

マールボロ・レッド。

「希望なんか、持つだけ無駄だぞ」自分に言い聞かせる。

庭を横切り、チャンプが森の中に消えていったところまで歩いてみることにした。すると、森の手前に、ダークグレーのスーツにネクタイ姿の、身長に少々難のある男が立っていた。最近海兵隊を除隊して髪を伸ばしはじめたばかりのようにツンツンと立った短い髪、襟の中に入りこんでいるイヤホンのコード……。シークレット・サービスだ。

皿をなめるときの犬よろしく、私の心臓はバクバクしてきた。

私自身についていたセキュリティ部隊は、数週間前に解散した。副大統領には任期終了後も半年間は警護がつくが、特別な事情がないかぎり、それ以降は一日たりとも延長されない。

「散歩にぴったりの夜だな」と私はその男に声をかけた。

シークレット・サービスは森のほうを向いてうなずき、そちらへ進むよう合図した。そこで私は、低く垂れ下がった枝をくぐり、歩きつづけた。頭上には木々の葉が生い茂り、月の光を散らしている。足元の藪(やぶ)につまずかないよう、慎重に進まなければならなかった。タバコの匂いがいちだんと強くなってくる。私はチャンプの名を呼んでみた。

すると、それに応えるかのように、すぐそばでカチッと金属音が響いた。ライターだ。

思わずあたりを見まわす。いた。左のオークの巨木のそば、十歩ほど離れたところに、男が一人。しゃがんで、チャンプの耳のうしろを掻いてやっている。ジャーマン・シェパードは知らない人間にはけっして気を許さない。チャンプはその男をよく知っているということだ。

男は立ち上がった。仕立てのよい上等な黒いスーツに身を包み、白いドレスシャツの首元のボタンが一つ外されている。スリムなその人物はタバコを大きく吸いこむと、ゆっくりと時間をかけて煙を吐き出した。

バラク・オバマはけっして急がないのだ。

第二章

握手をしようと手を差し出したが、バラクはそれにフィストバンプで応えた。どうがんばっても私にはマスターできない技だが、私にしては上出来のバンプをなんとか返した。

バラクはにやりと笑った。以前と少しも変わらない、あの笑顔だ。

「タバコはやめたと思っていたよ」と私は言った。

バラクはもう一度、タバコを深く吸いこんだ。「やめたさ」

私は額の汗をぬぐった。例年に比べて異常に暑く、湿気のある夏だった。二、三年前から、私の体は寒暖の差にきわめて敏感になってきている。つねに暑すぎるか寒すぎるかのどちらかで、ちょうどいいと感じるときがまったくない。

「しばらくぶりだな」とバラクが言った。

「そうかね？」地面に足で円を描きながら、私は尋ねた。

「忙しいかい？」

「マスター・バスルームのタイルの貼り替えにね」

バラクは笑った。「ジルがきみにそんな仕事をさせていると知っていたら、もっと早く訪ねてきたのに。うちもミシェルから、キッチンカウンターを御影石（みかげいし）にしてくれとせがまれているんだが、どこから手をつけたらいいかすらわからんよ」

「ブラッドリー・クーパーにでも聞いてみたらどうだ」

「見たんだな、あの写真」

「みんなが見たさ」

「わかっているだろう、私のことは。おとなしくしているのは性に合わないんだ」

私はふん、と鼻を鳴らして答えた。

バラクはタバコの火を木にこすりつけて消した。「ジルが待っているだろうから、さっさと本題に入るとしよう」火の消えた吸い殻をマールボロのパッケージに戻す。タバコを吸うときも、ボーイスカウト精神は忘れないようだ。「きみに知らせておきたい事件があってね」

なるほど、そういうことか。バラクがここに来たのは、私との旧交を温め直すためではなかった。要は仕事がらみというわけだ。

「事件?」と私は繰り返した。

「フィン・ドネリーという名に聞き覚えは?」

もちろんその名は知っていた。ウィルミントン＝ワシントンDC間を走る列車を利用する人間なら、フィン・ドネリーを知らない者はいない。「アムトラックの車掌だよ」と私は答えた。「私が知るなかでも最高の車掌だ」

「けさ列車に轢(ひ)かれたんだ。残念だよ、ジョー」

オープンフィールド・タックルのような重いショックを、ずしりと胸に食らった気がした。なにか言おうとしたが、言葉がのどに詰まって出てこない。バラクは話しつづけていたが、まったく耳に入ってこなかった。

一時期は毎日フィンに会っていた。上院に列車で通っていたころだ。フィンと一緒に、何千マイルもDC＝ウィルミントン間を往復した。だが副大統領になってからは、おおぜい張りつくシークレット・サービスや警備上の面倒な決まりごとのせいで、アムトラックに乗るのは難しくなってしまった。大統領選のあと、フィンのことは一度通りがかりに見かけただけだ。ここ数週間、フィンに連絡を取ったほうがいいな、近況でも尋ねてみようか、と考えていたところだった。それがそんな……。

バラクは私を支えるように、肩に手を置いた。「なんとなくきみは彼を知っている気がしてね。ほかのところから聞く前に、私の口から知らせたかった」

バラクは、ウィルミントン警察がその事故について知っていることをぜんぶ話してくれた。フィンはその朝出勤せず、会社はなんとか代わりの車掌を用意したものの、七時四十六分発のアセラ・エクスプレスは定刻より三十分遅れで出発した。そして町を出る途中カーブを曲がったところで、なにかが線路上に横たわっているのに機関士が気づいた。そのとき列車が出していたスピードでは、線路上の物体を轢かずに安全に停止することは不可能だった。

「動かなかったのはなぜだ？」と私は尋ねた。

「心臓発作か、なにかほかの医療上の緊急事態か。遺体の状態が悪く、州の検視官は判断できなかったということだ。いま血液が検査に回っている。だが詳しいことがわかるまでには、かなり時間がかかるだろう」

信じられない。不合理だ。私にとっては、連邦議会のたいていの委員会仲間よりフィンのほうがよっぽど身近だった。フィンの好きな歌手はマイケル・ジャクソンだ。あれこれ騒動があったあとも、フィンは変わらずマイケルが大好きだった。ペイトリオッツのファンでもあった。こちらのほうも、どんな騒動が巻き起ころうとずっと忠実なファンでありつづけた。妻と娘がいて、娘の名はグレース。フィンは私より十歳若かったので、もう定年（あるいはかつては定年として通っていた年齢）間近だったと思う。娘もだいぶ大きくなっていることだろう。おそらく大学に入ったばかりのはずだ。

なのに父親を亡くしてしまうなんて。

「警察がこれを見つけた」とバラクは言い、一枚の紙を差し出した。

それはオンライン・マップのモノクロのプリントアウトだった。検索ウィンドウには見覚えのある住所が打ちこまれている。ベルトにさした銃の冷たい感触のせいで、背骨に震えが走った。私が妻とともに住んでいる家が、そのページの中央に小さな点で示されていた。

「どこでこれを？」

「列車の中の車掌の机だ。ウィルミントン警察は、この男がきみをストーキングしていたのではないかと疑ったらしい。それでシークレット・サービスに連絡があったんだが、シークレット・サービスは『すでに当方の案件ではない』と説明したようだ」

「当方の案件ではない、か」思わず声を立てて笑ってしまった。

「たったそれだけだ」

「それで、警察はどうしたんだ？　FBIに持っていったのか？」

バラクはうなずいた。「ところがFBIは、それはシークレット・サービスの管轄だろうと言うんだよ。そうやってあちこちたらいまわしにされたあげく、以前大統領の警備チームにいた人物が、現在私についているエージェントを通して連絡してきたんだ。私ならきみの電話番号を知っているんじゃないかってね。それで、では私が直接ジョーに知らせて意向を聞くことにしよう、と言ったんだ。きみになにか意向があれば、という話だが」

まさにこれが、いま私たちが住んでいる世界の実情だ。誰もなにに対しても責任を取ろうとしない。政府の最上層にいる人間でさえそうだ。

いや、とくに政府の最上層にいる人間は、というべきか。

「電話でよかったのに」

バラクは肩をすくめた。「ドライブにうってつけの夜だった」

「玄関のベルを鳴らしてくれても」

「そうしようかとも思ったんだが」と彼は言った。

「次に来るときは、あらかじめ言ってくれ。ビールを冷やしておくから」

私はマップを折り畳んで、彼に返そうとした。

「それはコピーだ。あげるよ」

私は主寝室の窓のほうを振り返った。テレビがついているのが見える。フィンが私のストーキングをするなんて考えは、ばかばかしいにもほどがある。しかし……「フィンがなにか、その……大きな陰謀に巻きこまれていたという証拠はあるのか？」

バラクはかぶりを振った。「イスラム国とかそういうのを心配しているなら、それはない。シークレット・サービスは、あらゆるデータベースを使ってフィンを調べてみた。怪しい点は一つもなかったよ。最近武器を購入した記録もない」

「マスコミはもう知っているのか？」

「事故のことはね。詳しいことは、まだなにも知らない。スティーヴが連絡するまで、警察にはこの件を伏せてもらっている」

「スティーヴって？」

「森の入り口で会っただろう」

「シークレット・サービスか」と私は言った。「愛想のいい男だな」

バラクは肩をすくめた。「職務に忠実なだけさ」

チャンプが私のそばに駆けてきた。私は耳のうしろを掻いてやった。「地図のことはほかに誰が知っているんだ？」

「機関士が警官にその地図を渡したので、何人かの手を通っていることは確かだ」とバラクは言った。「連絡してきたのは女性の警部補だ。部下の刑事たちがすでにこの件に関する聞きこみを始めている。あとシークレット・サービスの中にも二、三人知っている者がいるだろう。これだけ多くの人間がかかわってしまった以上、もはやもみ消しは不可能だ。きみがもみ消しを考えているとすればね」

たしかに、私が考えていたのはそれだった。バラクは私の顔を見て察したらしい。

「フィンの家族はどうしてる？」と私は尋ねた。

「葬儀の準備をしているよ。詳しいことはなにも教えていない」

「そのままにしておこう、とりあえず今のところは」と私は言った。「私はなにも事実の隠蔽を望んでいるわけじゃない。ただ少しだけ慎重に頼みたいんだ。家族に大変な思いはさせたくない。まずは落ち着いて葬儀にのぞめるようにしてやりたい」

「国家の安全を脅かす可能性がある案件だとほのめかせば、新聞に漏れるのは防げるだろう。少なくとも葬儀が終わるまでくらいはね。それはそうと……」

「なんだね？」

「自費で警備員を雇うことを考えたほうがいいんじゃないか。きみの家までやすやすと歩いてくることができたぞ。裏庭のセンサーライトも切れているし」彼は電球を投げてよこした。

はとれる」

「電球型の蛍光灯か、ＬＥＤに変えたらどうだ。買うときは多少値が張るが、二、三年で元

「すまんね」と私は答えた。

私は自分の家を振り返ってみて、ちょっと考えた。バラクが渡してきた電球は、裏口のセンサーライトのものだ。そこまではわかる。

しかし電球のソケットは、裏口の床から十二フィート（約三・七メートル）以上も上にある。はしごでもなければ手が届かないはずだ。「待て、どうやってこれを……」

ふたたび前を向くと、もう誰もいなかった。バラクは現れたときと同じように、忽然と漆黒の闇の中に姿を消していた。あとにはかすかなタバコの匂いだけが残っていた。

第三章

「昨日は何時ごろベッドに入ったの？」とジルに聞かれた。

キッチンによろよろと入っていったとき、朝はもう九時半ぐらいだった。その夜はあまりよく眠れなかった。頭の中には、フィン・ドネリーに関する疑問がぐるぐると渦巻いていた。やっとうとうとしだしたかと思うと、外でかすかな物音がしてハッと目が覚める。昨夜バラク・オバマと会ったのもぜんぶ夢だったのではないか――そんな考えが何度も頭に浮かんだ。だが髪に残るタバコの匂いが、それが夢ではなかったことを物語っている。

それに引きかえ、ジルはぐっすり眠れたようだ。いつもどおり美しい。おそらくもう何時間も前に起きて、サンルームで電子ブックの読書を楽しんでいたのだろう。以前はスーパーマーケットで売っているような薄い文庫本をよく読んでいた。ハーレクイン・ロマンスとか、そういうやつだ。だが二、三年前、電子ブックに切り替えた。文字の大きさが変えられるのがいいのよ、と言う。表紙の上半身裸のイケメンは見られなくなるけどね。このジョークにはいっしょになって笑った。そんなハンサムたちは私の敵ではない。なにせこのアンクル・ジョーは、彼らがけっして手にすることができないものを持っているからね。大統領から与えられた自由勲章を。

「きみはテレビを観ながら寝てしまっただろう?」とジルに言い返す。「起こしたくなかったんだよ」

ジルの用意してくれたコーヒーと朝食がテーブルに並んでいたが、コーヒーはすっかり冷めていた。

「あらそう?」とジルは言ったが、ロマンス小説から目を離さなかった。いまのところ、昨日のバラクの訪問にはまったく気づいていないようだ。バラクが立ち寄ったことをジルに言うつもりはなかった。そのほうがいい気がしたのだ。

朝刊がテーブルの上に置いてあった。ニュース・ジャーナル紙の一面トップは、いつものようにどうでもいいことを大げさに騒ぎ立てる記事だった。変わりばえのしないホワイトハウスの茶番劇。現政権お得意のやり口だ。抵抗を最小限に抑えつつ不人気な議案をごり押しで通すには、愚かな大衆の気をそらせばいいのだ。新聞の見出しを飾るような、でかくて大胆でなるべくバカバカしい騒ぎを毎日起こしておけ! そうすれば、現政権が組織的にこの国を分断しているという不穏な記事など、新聞の最終ページの四コママンガの隣へ追いやってしまえる。

私は見出しと記事の最初の数行を読んでいるようなふりをしながら、新聞をめくった。

「CPAP(シーパップ)をつける件については、あれから考えてみた?」とジルが聞いてきた。

「いや」と言って、もう何度目かわからないその質問をはぐらかした。私は軽度の睡眠時無呼吸症候群との診断を受けている。そのせいで睡眠の質が落ち、朝の目覚めがどんどん遅くなってきているようだ。かかりつけのドクターはCPAPとかいう、睡眠時に装着して鼻に強制的に空気を送りこむややこしい装置をつけることを勧めてきた。クリニックでその実物を見せてもらったが、音も見かけもダース・ベイダーのマスクそっくりだった。

新聞に目を戻す。地方版ページの一面、ニュース・ジャーナル紙の犯罪番記者の名前の下に、列車事故の小さな記事が載っていた。

アムトラックで死亡事故

デラウェア州ウィルミントン——水曜日朝八時二十三分ごろ、ウィルミントン駅から約一マイル（約一・六キロメートル）の地点で、アムトラックの旅客列車により男性が轢かれて死亡した。

ウィルミントン警察が確認したところによると、男性はデラウェア州ウィルミントン在住のフィン・ドネリーさん（63）。アムトラックの発表によれば、ドネリーさんはアムトラックの車掌だが事故当時は非番だった。乗客にけがはなかった。

地方当局による調査のため、水曜午前中の列車は上下ともすべて運休となった。すべての鉄道死亡事故に対する規定の手続きとして、国家運輸安全委員会もこの件に関し独自の調査を行うと発表した。

これ以上の詳細については現時点ではまだ明らかにされていない。

地図の話は出ていなかった。

もちろん、デラウェアでいちばんの人気者、ジョセフ・R・バイデン・ジュニアのことも。死亡記事欄を探す。フィンの葬儀は金曜日、明日だ。昔は、遺体を地中に埋めるまでに二、三日は待ったものだ。だが近頃は、遺体がろくに冷たくなってもいないうちに、この騒がしい俗世から葬り去ってしまいたいらしい。

私は朝食のテーブルを離れた。書斎に向かった私のあとを、チャンプがついてきた。書斎のドアは、ジルが近づいてきたらすぐわかるように半分開けておいた。

ネットで見ても、ニュース・ジャーナル紙の記事に新しい情報は加わっていなかった。バラクはなんらかの手を使って、あの不可解な事実を表沙汰にしないようにしてくれたらしい。とりあえず今のところは。

バラクからまた連絡があるとは思わなかった。在職中の私たちはすばらしいペアとして偉業を成し遂げたが、彼はもう私の手の届かないところへ行ってしまった。バラクは一つの国に納まるには大きすぎる人物だ。そして私などが友として持つにも大きすぎる男なのだ。バラクはいまや世界のものだ。それが彼にとっての幸せなんだ、と私は自分に言い聞かせた。だがそれでも、卒業式の次の日に捨てられたガールフレンドみたいな気分になってしまうのはなぜだろう?

書斎のドアをノックする音がした。チャンプが耳をピンと立てる。ジルはさっきのローブ姿から、黒のジョギングパンツと「Race for the Cure（乳がん救済レース）」と書かれたTシャツに着替えていた。

「ちょっと走りに行ってくるわ」とジルは言った。

チャンプは動かない。私にそっくりだ。気持ちはランナーだが、実際には走りに行かない。とくに今日のような、外が悪魔の脇の下のごとく蒸し暑い日には。

一瞬、フィンの事故のことをジルに言おうか迷った。だがジルがフィンに会ったことがあるかどうか覚えていなかったし、朝からそんな悲惨なニュースを伝えてジョギングを台無しにすることもない。戻ってきてからにしよう。

「がんばれよ」と私は声をかけた。

「いっしょに来てもいいのよ」

手を振る私に、ジルは投げキスを返した。

ジルは毎日五マイル（約八キロメートル）を、一マイル（約一・六キロメートル）あたり平均九・五分で走る。私はといえば、ランニングマシンで一マイルを十四分で歩く男だ。最近はもっとペースが落ちている。息が切れて早々に切り上げてしまうこともしばしばだ。

同年代の男性の九十パーセントよりあなたは健康ですよ、とドクターには言われる。だが自分ではそんな実感はまったくない。

「どう思う、チャンプ？　下に行って二、三マイル歩いたほうがいいかな？」

チャンプはぼんやりと私を見つめた。ランニングマシンを走れる犬もいるが、チャンプには無理だ。

私はランニングシューズを履いた。ふだん私がランニングマシンに乗るのは、なにか悩みがあって考えごとをしたいときだ。どうやら脚を動かすと、相乗効果で脳のシナプスが活性化するらしい（と作家のマルコム・グラッドウェルが以前教えてくれた）。だが今日は、ぼうっとテレビでも観ようと思っていた。悩みごとをあれこれ考える必要はない。もう今後の方針は自分の中で決まっていた。もちろんジルに事故のことは話すが、フィンの地図に関する情報は自分の胸にしまっておくつもりだった。少なくとも、当分のあいだは。フィンはなにも、銃を持っていたわけではない。ジルに余計な心配をかける必要はどこにもないのだ。ここ数週間、ジルはシークレット・サービスの護衛なしでランニングに行けるようになり、思うままに走れる新しい喜びを満喫していた。ジルのペースについていけるようなプライベートの警護なんて、どうやったら見つけられるのか見当もつかない。

だいたい、フィンはもう死んでしまったのだ。死人は人を傷つけない。そのことは誰もが知っている。

人を傷つけるのは、生きている人間だけなのだ。

第四章

クエーカー・ヒルの八番通りとワシントン通りの角にあるアールズ・ハッシュ・ハウスに立ち寄ったのは、十一時ちょっと前だった。ここは昔ながらのダイナーで、出てくるコーヒーは一種類、しかもブラックだけ。オレンジ・モカ・フラペチーノなんて注文しようものなら、冷たい目でじろりと見られて、この世に生まれてこなければよかったという気分にさせられる。おそらくこの店にも新築だったころがあるはずだが、その時代を覚えている者は誰もいない。私が子どものころにはすでに古びていた。今ではさらに年季が入っている。

ダン・カプリオッティもそんな男だ、という者もいるのではないだろうか。

ダンは長いカウンターの席について私を待っていた。えび茶色のレザー・ジャケットにブルージーンズというでたちは、七〇年代から変わっていない。ただ最近は、髪はまだふさふさしているものの白髪染めされ、スニーカーは足に優しい健康靴に変わっていた。しかしそれ以外は、前に会ったときとほとんど同じに見えた。それは十年以上も前のことだが、ベルト通しのところにつけた年季の入った刑事のバッジも変わっていない。ダンはその朝電話をかけてきて、ドネリーの件で知らせたいことがあると言った。オフレコで。

私はちょうどウォーキングを終えて、シャワーを浴びようとしていたところだった。「それが地図のことなら――」

ダンは私の言葉をさえぎった。「地図のことじゃない」

最近警察に勤務している警官には、あまり知りあいはいない。私が地元を離れているあいだに、ウィルミントンは「全米一の殺人タウン」というイメージを払拭するため、大幅な人事刷新を行った（成功したとは言いがたいが）。運よくダンと私はそのずっと前からの知りあいだった。地図を発見したのが彼だったらよかったのに。それなら彼が直接私に電話をくれて、バラクの手をわずらわせることもなかっただろう。

「一人で来たんだな」とダンは言って、私の手をがっちりと握った。いかにも警官の握手だ。

「ワイフは授業があってね」と私は言った。

「警備のことだよ。シークレット・サービスはいないのか」

「今はただの一市民だからね」

「いかれたやつに狙われるかもしれない立場にあった人間にしては、ずいぶんのんきだな」

私はあたりを見回した。カウンターの向こうにいる店員は、忙しそうにレジを打っている。

「もう少し人目につかないところで話そう」と私は言った。

私たちはうしろの赤いビニールレザー張りのボックス席に移った。メニューをざっと眺めたが、中身はすべて暗記している。落書きされた一ドル札がベタベタ貼られたここの壁の内側では、なにも変わらないのだ。大昔、私もその札に落書きしたことがある。今でもカウンターの向こうのどこかに残っているはずだ。

ダイナーには私たちのほかに数人の客がいるだけだった。そのほとんどは、毎日変わらずやってきてコーヒーとトーストを注文する年寄りだ。そしてその日のニュースについて、あれこれ飽きるまでしゃべりつづける。自分もいつかそういう年寄りの仲間入りをするんだろうと、ずっと思っていた。私とバラクと、たぶんジミー・カーターとで、そんな日々を過ごすんだろうと。まあ、ジミーがピーナッツを育てるのに忙しくなければの話だが。

ウェイトレスが注文をとりにきた。

「パイ・ア・ラ・モード」私は言った。「パイなしで頼むよ、デボラ」

言い古されたジョークだったが、ここでは外せない。いいジョークというのはけっして古びないのだ。

「しゃれたお客様にバニラアイス一つね」デボラも乗ってくれた。「そちらは？」

ダンは二杯目のコーヒーを頼んだ。「おれはブラックでいい。体型が気になるんでね」

ウェイトレスがいなくなると、ダンはテーブルの上に身を乗り出した。「で、あんたは例の車掌とどの程度親しかったんだ？」

「彼の列車によく乗っていたからね。かなり親しかったと言っていいと思うよ」

「やつがなにに入れこんでたか、知ってるのか」

その言葉に私はちょっと驚いて眉をひそめた。

「薬物検査の結果はまだ戻ってきてないが、やつは列車に轢かれたとき完全にハイになってたようなんだ、ジョー。いや、もう死んでたのかもしれない。死亡証明書の死因の欄には〝調査中〟としか書かれてないが――」

「待ってくれ。フィンがドラッグをやっていたというのか？　私の知るかぎり、酒も飲まない男だぞ」

ダンは肩をすくめた。「酒は飲まなかったかもしれないが、ラリってたのは確かだ」

「まさか、そんな」

「ヘロインが出てきたんだ。小さな袋に入ったやつが、ポケットから」

私は手首につけたロザリオを指でまさぐった。「そんなことはぜったいにありえない。妻と娘がいる六十三歳の男がヘロインなんて。仕事の一環として検査があることも知っているはずだし、だいいちもうすぐ定年なんだぞ？」なるべく声をひそめて話そうとしたが、思わず大きな声が出そうになった。「薬物検査ではドラッグの痕跡なんてぜったいに見つからないはずだ。賭けてもいい」

「その賭けに乗ってもいいぞ。過去に検査を受けてたってなんの意味もないんだ。いいか、始まりはたぶん背中の痛みかなにかで、鎮痛剤をもらう。二、三カ月後にはもっと安いクスリを使いはじめる。もっと安いクスリってのは、ヘロインしかない」

「薬物検査の結果はいつ出るんだ？」

「六から八週間後だな」

「もっと急がせることはできないのか？」

「精一杯急がせてそれなんだ」

ウェイトレスが私のアイスクリームとダンのコーヒーのおかわりを持ってきた。私はダンの言ったことの意味を理解しようと、あれこれ考えてみた。ヘロインは、以前はジャズ・ミュージシャンやビート族が好んで使うドラッグだったが、今は違う。バラクと私の在任期間中、オピオイド系ドラッグの依存症は大きな問題となりつつあった。そしてその問題が思っていたよりずっと広範囲に広がっていることに気づいたときは、もう手遅れだった。すでにドラッグは爆発的な蔓延状態に陥っていた。その新たな現実に、私はいまだに慣れることができていない。

「この件の捜査はエスポジート警部補本人が扱ってる」とダンは言った。

「いい警官かね？」

「キツくて多少口が悪いが、昔のおれほどじゃない。噂では警察署長の候補だってことだ、今のトップが引退したらな」

ダンは長年警察に勤めてきたが、刑事より上のポストに昇進したことはない。有能だが、逮捕の手柄よりもその型破りな手法がしばしば槍玉に挙げられてきた。ダーティ・ハリーを思わせるところがあると考える人も多い。それも当然だろう。クリント・イーストウッドのほうがダン・カプリオッティを演技の参考にしたという噂があるくらいだ。

ダンはコーヒーをすすった。「なあ、ジョー、おれたちは古い仲だよな。あんたの家の住所を書いた紙が見つかったのが気になるのもわかる。さぞかし心配だろう」

「なによりそれが気がかりだよ」

「だがはっきり言う。今は地図のことは忘れろ。この事件はただ、ヤク中の男がまずいときにまずい場所でたまたま死んじまった、それだけのことだ。それ以上でもそれ以下でもない」

「フィン・ドネリーはヤク中じゃない」

「今にわかるさ」

「この件はエスポジート本人が対処していると言ったね？　警部補に私から直接連絡を取って聞いてみてもいいかな？　それとも……」

ダンはあやうくコーヒーを吹き出しそうになった。「そんなことはぜったいにやめてくれ。まずおれを通すんだ。そもそも警部補はこの件に関していろいろと不満があるようだ。とくにシークレット・サービスがかぎまわってることとかな」

ダンにも不満があるようだった。地元警察は連邦組織が出張(でば)ってきて介入するのをなにより嫌う。もちろん、シークレット・サービスが実際捜査を行っているわけではない。それはただの隠れみのだ。ダンに本当のことを言ってもよかったが、バラクと私がでっち上げた

「国家の安全にかかわる問題」という筋書きがこけおどしだったことを警察署で広められても困る。少なくとも葬儀が終わるまでは。それさえ終われば、なんでも好きなことを言ってもらってかまわない。

「連絡ありがとう、ダン。シークレット・サービスの調査についてなにか情報をあげられるとよかったんだが、私にはその権限がなくてね。私に言えるのは、向こうではフィンのことをいろいろ調べて、なんの問題も出なかったということだけだ」

「なにかわかったら、おれに教えてくれるのか？」

「機密扱いの情報だったら、私も教えてもらえないさ。今はただの一市民だからね」私は少し間を置いた。「ところで、きみたちの誰かがフィンの家族に連絡を取ったはずだろう？家族はこのことについてどう言っているんだね？」

「うちの刑事が何人か娘と話をしたが、なにも詳しいことは教えてない。ドラッグのことも、あんたの家を記した地図のことも」

「じゃ娘さんはなにも知らないんだね。奥さんは？」

「ふざけてるのか？」

「私の母、ジーン・フィネガン・バイデンの墓にかけて誓うが、私はなにもふざけてなんかいない。離婚でもしたのか？」

「フィンと最後に話したのはかなり前のことなんだな」

「このあいだアセラに乗ったときにちらっと見かけたがね。七、八週間前かな。でも話している暇はなかった」

「そうか。奥さんは療養施設に入ってるよ」

「そんなことは一言も聞いてない」

「脳卒中のことも？」

「いいや、まったく」

ダンはコーヒーを机に置いた。「右半身麻痺(まひ)で、呼びかけにも応えない。症状には波があって、とつぜん『ええ』とか『いいえ』とか、単純な答えを返せるときもあるそうだが、おそらくなんの助けにもならんだろうね」

シークレット・サービスからなにか聞いたら知らせる、と言っておいた。一見、関連性がないように思える事実や考えでも、ひょっとしたらダンなら点と点をつなぎ合わせて、上司からポイントを稼ぐ助けになるかもしれない。しかし彼の顔に浮かぶ疲れた表情を見ると、私の電話などあまり期待していないことがわかった。おそらく彼の言うとおり、地図のことなど心配する必要はないのかもしれない。疑わしい証拠がそれだけなら、この件を忘れてしまうこともできただろう。

だがフィンが？　ドラッグにかかわっていた？

酒さえ一滴も飲まない人間だった。私と同じように。

なにかがおかしい。

マーティン・ルーサー・キング・ジュニアいわく、宇宙にかかるモラルの曲線は、正義の方向へと長い弧を描いて伸びている。しかし宇宙がウィルミントンで起きた過ちを正すころには、すべてが手遅れになっているのではないか。フィンとこの町にとってだけでなく、私たちすべてにとって。

私はアイスクリームに手をつけずに店を出た。

第五章

バプティスト・マナーの玄関を入ると、ホールの片側に沿ってゆうに十フィート（約三メートル）はある大きな水槽が据えられていた。中には色とりどりの美しい金魚が、何十匹も泳ぎまわっている。明るいオレンジ色、深い赤色、きらめく青色。ここには前に何回か来たことがあったが、この水槽と金魚を見るのは初めてだった。うっとりするような美しさだが、気の滅入るような趣向でもあった。ここの住人のほとんどと同じように、金魚たちは死んでぷかぷか水面に浮くまでこの場所を出ることはないのだ。

「なにかご用ですか？」

受付の女性が手を振ってきた。私のことに気がつくと、女性の顔がぱっと明るくなった。人がそういう表情をするのを見るのは、これが初めてではない。有名人に気づいたときの顔だ。

そんな目で見つめてくれるのが、六十年前だったらよかったんだが。

女性からビジターのバッジをもらい、医療棟の三階へ向かうよう言われた。

途中に通りかかった部屋では、二十人あまりの住人が大型テレビの前に集まってFOXニュースを見ていた。半分がいびきをかいている。残りの半分は、おそらく認知症が進んでいるのだろう。FOXニュースから誰もチャンネルを変えようとしないなんて、そのせいとしか思えない。

ダーリーン・ドネリーの部屋まで来ると、ドアが開いていた。軽くノックしたが、誰の声も聞こえなかったので、中に入った。

部屋は薄いカーテンで仕切られていた。ダーリーンのベッドはドアに近いほうだ。かなり年上の女性が窓に近いほうのベッドに寝ている。二人とも眠っていた。この部屋は看護施設というより、お別れを待つ部屋なのだ。二人には仰々しい装置はなにもついていないのが、その事実を物語っていた。なんとなく去年の夏に孫たちと国立動物園へ行ったときのことを思い出した。二時間歩きまわったが、起きている動物は一匹もいない。出口に着くころには、私も半分夢の世界に入っていた。

ダーリーンのベッドの横にあるナイトランプには、ドライフラワーとお悔やみ状が飾ってあった。私は椅子をベッドサイドに引き寄せた。ダーリーンを起こすつもりはなかった。そんなことしたって意味がない。一月に彼女を診察した医師から、病状のことはかなり詳しく聞いていた。医療保険に関する法律やらなんやらのせいで、医師はあまり病状について他人に話すことはできないのだが、私はその医師とはかなり古い付きあいなのだ。ダーリーンは脳卒中のせいで半身麻痺になっただけでなく、緊張性昏迷状態に陥っていた。目を開けることはできるものの、なにを考えているかは誰にもわからなかった。

それでも望みはある、と私は思った。

フィンもそう思っていたはずだ。

「フィンはいつもきみのことを話していたよ」と私は彼女に話しかけた。ダーリーンは私の言うことを聞いていると信じたかった。その可能性がどんなに低くても。「自分の奥さんのことをあんなに愛している男を、私はほかに知らないよ。きみも同じくらい彼のことを愛していたんだろうね。あんなことが起きるなんて、考えるとつらくて仕方がないよ。本当につらい。きみのご主人はいい人だった」

背後でトイレが流れる音がした。振り返ると、中年の男がトイレから出てくるのが見えた。長い黒髪をなでつけてポニーテールにまとめている。私の存在に気づくまでに一瞬間があったが、気づくとその場に固まった。

「すみません、ほかに人がいるとは知らなくて」と私は言った。

「いや、大丈夫」と男は言い、私の横を通りすぎて隣の患者のベッドの脇へ向かった。足が恐ろしく長く、私より六インチ（約十八センチメートル）は背が高そうだ。まくり上げたフランネルのシャツの袖から、笑みを浮かべたガイコツの目にダイヤモンドが光るタトゥーが見えた。私の若いころには、タトゥーを入れているのは水兵だけだった。今はもうそんな時代じゃない、とあらためて自分に言い聞かせた。

男は隣の女性のベッドサイドテーブルに置いてあった赤い革表紙の本を手に取った。

私は椅子から立ち上がった。「お邪魔なようなら、少し外に出ていましょうか。このカーテンはえらく薄いですからね」

男はじろじろと私を眺め回した。私のことを思い出そうとしているのか、サイズを測ろうとしているのか、どっちだろうか。

「そちらのご主人はお気の毒でした」と、ようやく男は言った。「新聞で事故の話を見ましたよ」

「ありがとう」と私は言った。ほかになんと言っていいかわからなかったのだ。

私はしばらくカーテンの端のところに立って、この男と隣のベッドで眠る女性を見つめていた。男が手に取った本を、もう少しよく見てみた。聖書だ。よくホテルの部屋に置いてある、ギデオン協会の聖書。かなりくたびれた本で、相当使いこまれたもののようだった。

「お母さんですか？」

男は私を見て、それからベッドに眠る女性を見た。首を横に振って言った。「ここの患者さんたちに神の御言葉(みことば)をお伝えしているんですよ。忘れられた人たちです。だが家族に忘れ去られようと、神はけっしてお忘れにならない」男は腕時計を見た。「おっと、もうこんな時間だ。では失礼」

出ていこうとする男の肩に手を置いた。「ジョーです、よろしく」

「レジーです」

握手を交わすと、男は部屋を出て行った。

私のほうも、そろそろダーリーンにさよならを言う時間だった。きみのために祈っているよ、と話しかけた。彼女が当然受けてしかるべきケアを受けられるよう、できるかぎりの援助をするつもりだった。できれば個室で過ごさせてあげたい。だが、どうしたって彼女を魔法のように回復させることはできないだろう。医者が手を尽くしたあとは、すべてを神の手に委ねるほかないのだ。

帰ろうとしかけたところで、隣のベッドサイドテーブルの上に赤い革表紙の聖書が残っているのに気づいた。さっきの牧師が忘れていったようだ。

私は聖書を手にとって、男のあとを追いかけた。あの脚長男は廊下には見当たらず、エレベーターのそばの受付で聞いてみようと立ち止まった。受付の女性は携帯をいじるのに忙しい。

「ここの患者さんと話をしに、牧師さんが来ていたんですが……どっちへ行ったかわかりますか？」

「牧師さん？」女性は電話から目を上げずに答えた。色白でソバカスがあり、ストロベリー・ブロンドの髪をしている。「牧師さんが来られるのは日曜日だけですよ」

「背の高い、長髪の人です」

「この階で？　それなら気づくはずですけど」

受付係はまだずっと電話を見たままだ。

「夢を見たわけじゃない。本当にいたんですよ」私は聖書を振った。「ほら、これが証拠だ」

受付係はちょっと不機嫌そうに目を上げた。ひそめた眉のせいで、えくぼが際立って見えた。「下の階のフロントで聞いてみてください。この建物に来た人はみんな、受付を通ることになってますから」

フロントには誰もいなかった。外をのぞいてみたが、男の姿は見えない。私はフロントにもう一度戻った。受付係が戻るのを待っているあいだに、ビジターの記録をちらっとのぞいてみた。今日一日、レジーという名の訪問者のサインは見当たらなかった。

二、三分して受付係がトイレから戻ってきた。私が受付デスクのところで待っているのに気づくと、彼女はあわてて走ってきて席についた。「バイデンさん、すみません、お待たせして」

私は女性に聖書を手渡した。「上の階で忘れ物をしていった人がいましてね。忘れ物として届けておいていただけるかな？」

「あら！」受付係は大きな声で答えた。「お安いご用ですわ、ジョー。ジョーって呼んでもいいかしら？」

「みんなそう呼びますよ」と私は言って、トレードマークの笑顔を返した。「ところで、ここの防犯システムはどうなってます？」

「あそこにカメラがありますけど」彼女はそう言って、天井に取り付けられている黒い半円形の物体を指差した。「でも線はつながってません。どうしてそんなことを？」

「いや、とくに深い意味はないんです」

彼女に礼を言ってドアのほうを向くとすぐに、私は笑顔を消した。あの脚長男が誰だか知らないが、あいつは患者に会いに来た牧師ではない。聖書を取りに戻るとも思えなかった。聖書はただの小道具だ。

ダーリーンの夫が事故にあったのを知っていたということは、あの部屋にいたのは偶然ではないだろう。もしもフィンがドラッグにかかわっていたとしたら……もちろんまずありえない話だが、万が一そうだとしたら……あいつはヤク中の仲間かもしれない。ひょっとしたらあの部屋に来たのは、なにかドラッグ絡みのブツを探すためなのではないか。

だが私を見て、かなり動揺したに違いない。

おそらく戻ってくるような危険なまねはしないだろう。

私はダンに電話をして、今起きたことの顚末(てんまつ)を留守電に残した。「娘さんに連絡をとって、なにか盗まれたものはないか確認したほうがいいだろう。私の予想ではなにも盗まれていないと思うが、グレースには理由を聞かれるだろうな。あの施設の防犯システムはスイス・チーズよりも穴だらけだ。なにか手伝えることがあったら知らせてくれ」

その夜ダンから折り返しの電話はなかったので、私のことなんか必要じゃないんだな、と思いながらベッドに入った。もう誰も私の助けは必要としていないみたいだ。かなりの人に老いぼれだと思われているような気がした。公務から退いたバイデンは、アールズ・ダイナーの老人会の仲間入りをしたんだろうと。しかし、たとえ前立腺は肥大していても、まだ一日じゅうダイナーに入り浸って愚痴をこぼすだけの年寄りになる気はなかった。このポンコツ車にも、まだ数マイルを走るくらいの力はあるのだ。

第六章

フィンの葬式にはいちばん上等な黒のスーツを身につけた。長年にわたってじつに多くの葬式を見てきたスーツだが、文句も言わずにその役目を引き受けてくれている。私くらいの年になると、ひっきりなしに葬式が続いて、どれが誰の葬式だか区別がつかなくなってくる。違うのは葬られる人の名前だけだ。

午後に墓のそばで埋葬前の儀式が行われたときには、空に雲一つ見当たらなかった。前の夜には穀物に恵みをもたらす雷雨が一晩じゅう吹き荒れたあとだった。空気はまだ湿っていたが、二、三度気温は下がっていた。野球日和(びより)だ。湖のほとりに座ってノンアルコールのピニャコラーダをすすりながら、半引退生活を心から楽しむのにもぴったりの日だ。家族を招いて、ジョージ・フォアマン・グリルに火を入れて。

だがその代わりに、私はウィルミントンのブランディワイン墓地にいた。ジルは金曜の夏季授業があったので、私一人だ。私をここまで車で送ってくれて、帰りにまた拾ってくれることになっている。

二十数人の参列者の中には、フィンの娘のほかに見覚えのある人は一人もいなかった。列車に乗っていたころに見知った顔も見つからなかった。もっとも車掌の葬式に通勤者がわざわざ来るわけもない。こんなご時世にはなおさらだ。

私は最後列に座った。今日はフィンを悼む日だ。前副大統領ジョー・バイデンの存在はどうでもいい。

式次第に書かれていた司祭の名は、オハラ神父だった。前に一度会ったことがある。何年も前、彼も私もまだずいぶんと若かったころの話だ。会衆の前に進み出る神父の髪は、目に見えて白くなっていた。神父の足どりは、背中に重荷を背負ってでもいるかのように重い。私の知っている神父と同じ人とは思えないほどだ。演壇につくと、神父は私に気づいて軽く会釈した。

オハラ神父の開式の辞のあと、フィンの妹が短い弔辞を述べた。墓地の外の高架線路を列車が通り過ぎる音が響く。弔辞が聞こえなくなるほどの音ではなかったが、思わずそちらに気を取られた。ひょっとしたらフィンの命を奪った列車かもしれない。その場にいる誰もが、同じことを思っただろう。フィンの妹は早口に弔辞を切り上げ、たいしたことではないとでもいうように涙をさっとぬぐった。

オハラ神父がふたたび演壇に戻った。ほかの葬式でも幾度となく読まれてきたコリント書や詩編の一節を神父が慣れた口調で読むうちに、私の注意力は散漫になっていった。オハラ神父は、短くて面白い話をするという評判とは無縁の人だ（つまりその話はあまり短くも面白くもない）。私の目は近くの墓石の上をさまよい、見覚えのある名前を探した。合衆国憲法の署名者であるリチャード・バセット上院議員の墓が、この墓地のどこかにあるはずだ。ほかにも数世紀前のデラウェアの要人たちが何人か、ここに埋葬されている。戦争の英雄や、知事、議員たち。そういった人々の古びた墓石が湿った地面から斜めに突き出したさまは、歯の抜けた顔に浮かぶ歪（ゆが）んだ笑みのようだ。由緒正しい場所ではあるが、この古めかしい墓地は、フィンのような誇り高い男が埋葬されるのにふさわしいところとは思えなかった。草は伸び放題で、門も錆（さ）びている。こんなさびれた場所には、どんな人が葬られるのもふさわしくない。

墓地が死んだら、どこにそれを埋葬するのだろう？

式のあと、会衆が帰っていくのを待ってフィンの娘のそばに近づいた。個人的に会ったことはなかったが、ずっと前から知っているような気がした。フィンはあまり多くを語る男ではなかったが、よく家族の写真を見せてくれた。写真が多くを語ってくれていた。グレースの成長を、長年ずっと見守ってきたようなものだ。病院で生まれてから、幼稚園に通い、高校を卒業するまで、愛情深い父親の目を通してすべてを見てきた。フィンの財布の中には妻と娘の写真がたまってパンパンになり、ポケットに財布を入れたまま座ることができないくらいだった。

グレースは高校生の時の写真で見たのと同じ、赤い巻き毛をしていた。こぼれるような笑顔も同じだった。喪服の首元からのぞくツタのタトゥーのことは知らなかった。しかし多少の成長のあとが見えるとはいえ、この若さで父をとつぜん失い、母も死を待つばかりの状態で、ほぼ孤児に近い身の上になってしまうのは、あまりにもかわいそうだった。

私が近づくと、グレースは叔母の耳になにかささやき、叔母は私のために場所を開けてくれた。バイクが一台、けたたましい音を立てて駐車場から出て行った。死者も起き出しそうなやかましさだったが、死者にはそんな音は気にならないだろう。

グレースに手を差し出し、その手を握った。「お父さんとは懇意にしていました」と私は言った。次の言葉が出る前に、グレースは私の腕の中にくずおれた。私の胸で泣きつづける彼女の背中を、優しくさする。「大丈夫」何度も何度も繰り返した。「大丈夫だよ」

しばらくしてから、グレースは体を起こした。黒いハンカチで涙をぬぐう。

「大変だったね」と私は言った。

「あなたのステッカーがまだ父の車のバンパーに貼ってあるんです。あなたのことをいつも誇りに思ってました」

「私なんかのことを？」

「だって副大統領ですもの」

とんでもない、という風に私は手を振った。「こんな古いジョークがあるんだ。ある男に二人の息子がいた。一人は船乗りになり、もう一人は副大統領になった。その後の二人の消息は誰も知らない」

グレースは笑わなかったが、口の端がちょっとほころんだのが見えた。

「私が言いたいのは、きみのお父さんは立派な車掌だったということだ。とても大きな責任の伴う仕事だ。あの列車には長いことお世話になったが、お父さんが文句を言うのを一度も聞いたことがない。お父さんのことは、人よりよく知っているつもりだよ。お父さんが私のことを誇りに思っていたと言ってくれたが、私のほうこそ彼を誇りに思っていたんだ」

「嬉しいです、そう言っていただけて」とグレースは言った。

「お母さんのほうも大変だね。昨日お見舞いに行ってきたよ。もっと早く知っていれば……」

「父は母を今の姿でなく、昔のまま覚えていてもらいたいと思ってたんです。毎日母のところに通ってました。病院にも、施設に移ってからも。施設には入れたくなかったみたいですけど、家で見てあげられるような余裕はなくて」

私はグレースの肩を抱き寄せた。脳卒中患者の回復への道のりは長くかかるし、先も見通せない。ダーリーン・ドネリーぐらいの年の女性には、その道はさらに険しいだろう。

「私、大学をやめてフルタイムで働くって言ったんです。そうすれば母を家で介護する足しになるかなって。でも父は聞きませんでした」

アムトラックの従業員には、最高の医療保障が合衆国政府から直接与えられているはずだ。アムトラックは株式会社形式の公企業だが、ほかの政府職員と同等の健康保険を与えられるよう私を含む議員たちが苦労して働きかけ、その権利を勝ち取った。だが、どこかで保障の網から洩れてしまうこともあるのだろう。病院が患者を追い出したがるのもめずらしい話ではない。この国の医療保障システムは崩壊寸前なのだ。バラクが築き上げたものすべて……いや、私たちが築き上げたものすべてが、崩壊しつつあると言っていい。

私はグレースの肩に手を置いた。「私を見て」とグレースに語りかける。グレースの瞳からは涙が今にもこぼれそうになっていた。「きみのせいじゃないよ」

私と目を合わせずにグレースは言った。「父がどれだけ残業しようと関係なかった。在宅介護なんて、とても手の届く額じゃなかったんです。私の専攻は財政学じゃなくて文学ですけど、その私でも在宅ケアが無理だってことはわかりました。それでも父は最後まで、なんとかなると信じてた。ただ、ひとすじの希望の光が……」

「希望の光？」

「皮肉な話なんですけど。父の生命保険の保険金で、母の在宅介護費用をまかなえるんじゃないかと思ったんです。もともと父は、葬式の費用を払えるくらいの少額の保険をアムトラックでかけていました。でも母が脳卒中を起こしたすぐあと、もう一つ別の保険に入ったんです。金額は百万ドル。叔母の雇った弁護士はすでに、保険会社は保険金の請求を拒否しようとするだろうと言ってます。保険会社は父が自殺したという証拠を探すだろうって。父はわざと列車に轢かれたんだって」グレースは墓地を見回した。「誰がそんなことすると思います？」

もちろん、弁護士の言うことは当たっていた。保険会社は遺族からの請求を、ありとあらゆる手を使って拒否しようとしてくる。保険金を手にするために、遺族が訴訟を起こさなければならないこともめずらしくない。保険会社は自社で独自の調査を行うが、それが時には検視官の報告書と異なる場合もある。私はそのとき初めて、ひょっとしてフィンは本当に自分から列車の前に身を横たえたのではなかったか、と疑いを持った。家族に保険金を遺すために。たしかにありそうな話だ……。

ただ、それだと説明のつかないことがある。自殺するつもりだったのなら、なぜ私の家の地図を印刷したのか？　そして、なぜポケットにヘロインが入っていたのか？　パズルにはまだピースがいくつも欠けている。

母はジグソーパズルが大好きだった。

私にはパズルを仕上げる根気が、まったくと言っていいほど欠けていた。

私はただ、グレースの痛みをすべてなくしてやりたかった。だがそれがかなわぬ望みであることもわかっていた。人の痛みは当人にしかわからない。他人にできるのは、その痛みを少しでも和らげることだけだ。

とにかく彼女の痛みを和らげてやること。私にできるのは、それしかない。

父親の死について疑問符を抱えたまま生きていくのは、グレースにとってつらすぎる。キング牧師の言うように、宇宙にかかるモラルの曲線は正義の方向へと弧を描くが、時には宇宙に手助けを加えることが必要な場合もある。それが、私が公職をこころざした理由だ。いま私は、まさに手助けの必要性を感じていた。どこかでなにか重大な不正が行われている。私にいったいなにができるのか想像もつかないが、フィールドの外からただ黙って見ているわけにはいかない。

「お父さんはいい人だった」私はグレースに言った。「保険会社の支払い請求担当者は、お父さんのことを知らない。きみたちの弁護士も、お父さんのことを知らないはずだ。きみや私が知っているほどには」

私はグレースの目を見た。私の心の中にある疑いの痕跡が、声の調子に表れていないことを願った。心の中には、私たちは誰も本当のフィンを知らなかったのではないか、という考えが頭をもたげていたのだ。

「きみのお父さんの真実を必ず見つけ出すよ」私は言った。「約束する。このバイデンの名にかけて」

第七章

駐車場まで戻る途中で、緑色のつなぎを着た作業員が二人、休憩をとっているのを見かけた。樫の巨木にもたれかかり、ビッグサイズのエナジードリンクをがぶ飲みしている。近くには大きな穴が掘られ、その脇には土の山ができていた。私は軽く会釈し、向こうも会釈を返した。ドリンクを飲み終えたら、彼らは丘を登って行き、私の友をその穴に埋めるのだろう。

私は配車サービスに電話しようと、携帯電話を出した。墓地にはつらい思い出が溢れている。一秒たりとも必要以上に長居したくなかった。あまりに早く逝ってしまう人が多すぎる。アプリを開く前に、男性が二人、ミニバンから降りてきたのに気づいた。墓地の通路を進んで彼らとの距離が縮まるにつれ、二人ともネイビーブルーのアムトラックの制服を着ているのがわかった。一人は水牛のように体格がよく、もう一人は線路の枕木に打つ釘のようにガリガリだ。水牛のほうはウィルミントンの駅長、グラントだ。大昔、彼にはとても世話になった。上院議員時代、列車に遅れそうになると、彼に電話を一本入れる。すると魔法のように、七時四十六分発のアセラは私が着くまで待っていてくれたのだ。

だが線路の釘のほうは知らない顔だった。

「元気かい、グラント」そう言って、彼と握手を交わした。

「フィンよりはだいぶましですよ」

「ひどい話だ、まったくひどい」と私は言った。

やせた男は目をそらした。上唇に汗の玉が浮かんでいる。フィンはアムトラックそのもの、私にとって「親戚のような存在」だという言いかたをよくしたものだ。だがこの二人にとって、フィンはまさに家族の一員だった。フィン・ドネリーが鉄道員仲間と結んできた兄弟の絆は深い。フィンの祖父は、大恐慌時代に峡谷を爆破しながらかつてのアトランティック・コースト・ライン鉄道の線路を敷いた鉄道員の一人だ。父親も鉄道員として、三十五年間シカゴの操車場を動かしてきた。

私は通路を振り返って、フィンの棺の上に立てられたテントのほうへと目をやった。「葬儀は二時からだったよ。もう終わったが、ご家族はまだあそこに残っているはずだ」

「みんなが帰るまで待ちます」とグラントが言った。「騒ぎを起こしたくないので」

「騒ぎになんてならないと思うが……」

「とにかく待ちます」

私はうなずいた。グラントもおそらく、フィンの家族のことはフィンから話を聞いて知っていた程度だろう。間接的にしか知らない人に面と向かって会うのは、覚悟が要るものだ。両者のあいだにあったつながりが失われてしまった場合は、とくにそうだろう。

やせた男は私には聞こえない声でグラントになにかささやいて、バンのほうへ戻って行った。グラントはなにも言わない。

「きみの友人は……」

「機関士ですよ」グラントは短く答えた。「アルです」

アル。アルヴィン……アルヴィン・ハリソン。フィンを轢いた列車を運転していた機関士だ。今朝ニュース・ジャーナル紙で読んだ続報に名前が載っていた。家族を避けたがるのも無理はない。

「様子はどうなんだね？」

「あなたはどう思います？」

私はミニバンの助手席に座った男をじっと見た。アルヴィンはすっかり打ちひしがれて、悪霊に取りつかれたような顔をしていた。フィンが線路上にいたのはアルヴィンの責任ではないが、それでもいたたまれない気持ちだろう。どれだけ検査のために血液を取られ、どれだけ事情聴取を受けたことか、想像もつかない。私たちがみなフィンを失った悲しみに向きあっているとき、アルヴィンは厳しい取り調べにさらされていたのだ。取り調べを受けるというのがどんなことか、私にも少しはわかる。なにも悪いことをしていなくても、自分にもなにか非があったのではないかと考えたくなってしまうのだ。

「なあグラント、きみはフィンのことを私よりよく知っている。なにか感じたことはなかったかね？　その……落ちこんでいるとか」

　グラントはタカのような鋭い目を細めた。「自殺だというんですか」

「いや、そうじゃない。言い方が悪かった」なぜそんなことを言ってしまったのか、自分でもわからない。人のことをあれこれ詮索したいわけではなかった。ただグレースにした約束を守りたいと思っただけだ。

　グラントは言った。「列車の前に飛び出した人がいたら、まずその質問が最初に出る。どうしてかわかりますか？」

　私はかぶりを振った。

「答えはほぼ間違いなく、イエスだからです」と彼は言った。「自殺をするならほかにもいろいろやりかたはあるが、列車の前に飛び出すほど確実な方法はない。薬を飲んでも効かないかもしれない。首をつっても誰かに助けられる可能性はある。だが時速百五十マイル（約二百四十キロメートル）で突っ走るアセラの前に飛び出したら？」

　私はグラントが言葉を継ぐのを待った。少しして、彼は言った。「フィンの奥さんは病気で……かなり悪いんです。そのことをフィンは誰にも言わなかった。一言も。そりゃこたえたでしょう。落ちこんでたかって？　落ちこまないほうがおかしいですよ」

　家族を失うのは本当にこたえる。それがこたえないというなら、すでにかなり精神が破綻しているということだ。

「だがフィンはぜったい自殺なんかしない」とグラントは言った。「しかもあんなやり方で」

「どうしてそんなにはっきり言えるんだね？　きみはいま——」

「落ちこまないほうがおかしいとは言いましたよ。落ちこむというか、とにかくまともな精神状態ではなかったでしょう。それでも、あいつが一緒に働く仲間を傷つけるようなことをするとは思えない。人が列車の前に飛び出すのは、それが楽な解決法だと思うからだ。自分の行動が、列車を運転している機関士にどんな影響を与えるかは考えない。そんなこと、頭の片隅をよぎりもしないでしょう。だがフィンにはわかっていたはずだ。その彼が、自分の死によって誰かに重荷を負わせたりするはずがない。とくにアムトラックのきょうだいたちには」

「おれがフィンを殺した」うしろから声が聞こえた。

アルヴィンがバンから出てきていた。暗い目で私をじっと見つめていた。人をひるませるような視線だった。私は思わず目をそらした。

「おれがフィンを轢いたんです」抑揚のない声で彼は言った。「フィンは線路に横たわってた。もっと早く気づけばよかった。もっと——」

「いや、アル、このことはもう話しただろう」とグラントが言った。

アルヴィンは、がたがたと震えはじめた。「頭の中で再生しつづけてるんだ、何度も何度も。フィンが動くのが見えたかどうか、思い出そうとして……。動いたのか、それとも線路に伝わる列車の振動で動いたように見えたのか？　あれは――」

「もうよせ」グラントは言って、アルヴィンの肩をがっちりと支えた。「お前にはできることはなにもなかった。なにも。なんであいつが線路の上にいたのか、おれたちにはわからない。たぶん誰にもわからないだろう。お前は精一杯ブレーキをかけた。あれ以上無理なブレーキをかけていたら、列車は脱線していたかもしれない。どれだけ多くの命を救ったかを考えるんだ」

アルヴィンは目を閉じて、顔を空へと向けた。

グラントは私を脇へ引き寄せた。「連れてきたのはまずかった。家に置いておくべきでした。ここ二、三日、きつい日が続いていて」

「わかるよ」と私は言ったが、もちろんわかるわけはない。誰にもわかりはしないだろう。

「乗っていきますか？」とグラントは聞いた。

いや、いいよ……と言おうとしたが、グラントはなにかもう少し私に言いたいことがあるような気がした。ひょっとしたら、私がそう思いたかっただけかもしれないが。

「どっちのほうへ行くんだね？」

「アルを送ってから、仕事を片づけに駅へ戻ります」とグラントは言った。「お宅まで送りましょうか、それとも――」

「駅までいいよ」

「列車でどちらかへ?」

私は後部座席に乗りこんだ。「そんなところだ」

グラントはバックミラー越しに私を見た。駅で降ろしてもらっても家にはぜんぜん近くならないが、ひょっとしたらパズルの新たなピースが一つ二つ見つかるかもしれない。フィンについて聞きたいこともいくつかあった。グラントなら答えられるかもしれない質問だ。しかし、助手席の打ちひしがれたアルヴィンに遠慮して、彼の家に着くまで私もグラントも一言もしゃべらなかった。アルヴィンが静かにすすり泣く声だけが、重い空気の車の中に響いていた。グラントがラジオをつけて、そのいたたまれない声を消してくれるのを待っていたが、彼は結局ラジオをつけなかった。

第八章

アルヴィンを降ろしたあと、グラントはウィルミントン駅から一マイル（約一・六キロメートル）ほどのところで道路脇に車をとめ、エンジンを切った。そこは長いことさびれたままの工業地域の真ん中で、頭上を走る州間高速道路（インターステート）が影をつくっていた。あまりに人から忘れ去られて、あだ名さえないような場所だ。倉庫や駐車場を隔てるフェンスの上には鉄条網が取り付けてあったが、フェンスの金網にはそこかしこに穴があいていた。破れた窓の中から、うつろな目がこちらを見ている。夜が来れば不法占拠者たちが隠れ家から這（は）い出し、街角をあさったり裏通りで用を足したりするのだろう。

グラントは一言もしゃべらなかった。その必要もない。なぜここに車をとめたか、私にはわかっていた。破れ窓のピーナッツバター廃工場の裏が、事故現場だった。フィンは私たちがいま座っている場所から百ヤード（約九十メートル）も離れていないところで、最期の瞬間を迎えたのだ。

私はバンを降りたが、グラントは動かなかった。

「来ないのか？」

グラントは首を横に振った。「申し訳ないが、ここで待ちます。現場には十字架と花が供えてあるはずです、誰かに盗まれてなければ」

「十字架を盗むやつなどいるのかね？」

グラントは肩をすくめた。「そもそもなにかを盗むやつの気が知れない」

彼は最初から私を事故現場へ連れてくるつもりではなかったのだろうが、しつこく質問責めにしてくる私にうんざりしたのかもしれない。グラントは事故に関することをいろいろ知っていた。フィンのポケットからドラッグが発見されたこともだ。地図の話は出なかったし、私から話に出すこともしなかった。

さびれた通りを渡った。ウィルミントンは、大西洋に流れこむ二つの川のあいだという独特な場所に位置する積み出し港だ。だが賑（にぎ）やかだった時代は、私の一家がここに移ってくるはるか前に過ぎ去っていた。幸い、企業を優遇するデラウェア州の税法のおかげで、ウィルミントンはホワイトカラーの町へと見事な変貌を遂げていた。とはいえ、底辺の人々はつねに存在する。貧困層は州間高速道路（インターステート）の外側のスラム街に住み、さらに最下層の人たちはここ、州間高速道路（インターステート）の下に住んでいた。警察が定期的に一掃作戦を行い、テントを撤去したり、不法占拠や売春で住民を逮捕したりしていたが、どれだけやってもきりがない。ここを自分の住みかと呼ぶ人たちは、すでに自尊心を失っているに等しかった。ほかになにも失うもののない人たちだ。

通りと線路とのあいだに空き地があった。手入れがされておらず、草がぼうぼうだ。雑草は私の膝ぐらいまで伸びていた。一歩ずつ用心深く進んだ。うっかりなにを踏みつけるか、知れたものではない。使用済みの注射針や割れたびん。アムトラックの車掌のポケットからこぼれ落ちたヘロインの小袋もあるかもしれない。

金網のフェンスの向こうに、二組の線路が並んで走っていた。遠いほうの線路が、南西のDCへと向かう線路だ。数十年のあいだ、連邦議会が開かれているときは必ず、毎日のようにここを通った。列車がカーブを出て直線部分でスピードを上げるころには、たいてい私の目は朝刊の記事を追っていた。もしそのころ窓の外を見ていたら、悲惨な人たちの生活に気づいていただろうか？　そしてそれに対して、なんらかの対策をとっていただろうか？

フェンスに穴を見つけ、そこをくぐった。だがあまり身軽に、というわけにはいかなかった。腰をかがめると、背中にズキンと痛みが走った。認めたくはないが、年には勝てないことは確かだ。年をとるというのは本当にいやになる。公にはもう一度選挙に出ることのメリットを検討中だと言っていたが、ツアーバスに乗って三度目のアイオワ巡りをやるなんて、我ながら正気の沙汰とは思えなかった。ジルがなんて言うか、子どもたちがなんて言うか、考える前から見当はついている。意見というのは肘と同じで、誰にでも一つはあるし、たいていの人は二つは持っている。しかし、私にもう一度選挙ができるだろうか？　しかも今度は、隣にバラク・オバマはいないのだ。

私がこんなところにいる姿を見たらバラクはなんて言うだろう、と想像してみる。いい年寄りが金曜の午後に、荒れ果てた工業地帯を這いずり回るよりほかにすることがないのか?きみがこんなまねをしているのはフィンのためか……それとも自分のためなのか?

いい質問だ。なぜこんなに事故現場を自分の目で見なくては、という気持ちに駆られるのか、自分でもよくわからなかった。現場はすでに警察と運輸省の調査官が、ブラック・フライデーのウォルマートでセール品をあさるお客よろしく、なにもかもきれいに拾い集めていた。調査官が拾い残したものがあったとしても、鳥が拾っていっただろう。

事故現場を示すものは、線路から二、三歩離れた石のあいだに無造作に突き立てられた木の十字架だけだった。グラントが言っていた花はなくなっていた。十字架は真冬の原っぱの真ん中に一本だけ立つ裸の木のように、寂しく立っていた。事故現場を保存するための黄色いテープもなければ、死体のあった場所を示す白いチョークの線もなかった。もっとも、死体はあちこちに散らばっていたはずだ。いまわしい話だが、それが現実だ。

フィンがこの場所へ来たときのことを想像してみようとした。さっきのフェンスの穴か、近くの別の穴から無理やり中に入ったのだろう。フィンが列車に轢かれたとき薬でハイになっていなかったとしても——なにか自然な原因で亡くなったのだとしても——ここに来たのにはなにかしら理由があったに違いない。フィンは三代にわたる鉄道員の血筋だ。線路の危険は知り尽くしている。ではなぜフェンスを越えたのか?

十字架が振動しはじめた。最初は感知できないほどだったが、やがてはっきりしてきた。

振り返ると、DC行きのアセラがこちらに向かって高速で突き進んでくるのが見えた。まだ二百ヤード（約百八十メートル）ほど離れていたが、距離はどんどん縮まっている。カーブを曲がる音は聞こえなかった。ディーゼルエンジンに比べると、電気で動く列車は不気味なほど静かだ。レールの振動を感じ、列車が近づく音を聞いたときには、すでに手遅れだ。フィンが線路の上で気を失ったのなら、助かる見込みは万に一つもなかっただろう。

低く腰をかがめてフェンスの穴をもう一度くぐった。背中を傷めないよう注意していたが、代わりに左膝にプチッという音がした。左足が崩れ、私は派手に転んで横倒しになった。列車がヒューッという高い音を立てて通り過ぎる。地面は二秒ほど地響きを立て、私の体じゅうの分子が、奥歯の銀の詰め物に至るまでぶつかりあって振動した。そのあと、またなにもかもが静かになった。

私は仰向けに転がって、膝を手でつかんだ。高校時代、私は優秀なアメリカン・フットボールの選手だった。クォーターバックにふさわしい腕力や、ワイド・レシーバー向きの長い指の持ち主ではなかったが、逃げ足は速かった。ボールをつかんで全速力で走る。三年生のときには、トップスコアラーになっていた。だが同じ三年のとき、左膝を傷めた。それ以来、ときどき調子が悪くなる。それでもつねに歯を食いしばって耐えてきた。ここまでどうにもならない状態になったのは、これが初めてだった。自分の体が信用できないとしたら、なにを信用すればいいのだろう？

こんな事件現場をかぎまわって、自分で自分がなにをしているのかわからなかった。行政機関の長として、バラクはアメリカの法執行機関のトップの位置にいた。私はその右腕だった。だがそんな地位は、警察の実際の捜査活動においてはなんの役にも立たない。サンタクロースに自分でおもちゃの列車をつくって、と頼むようなものだ。おもちゃをつくるのは妖精の仕事だ。赤い服を着た太っちょのお爺さんは、良い子たちのために木のおもちゃをつくる方法なんて一つも知りはしないのだ。私がこんなところにいたって仕方がない。

私がひっくり返った亀みたいにここに転がっている姿を見たら、バラクはなんて言うだろう？　一昨日バラクが訪ねてきたあの夜から、私たちは話をしていなかった。私の知るかぎり、二人の関係になにも変化はなかった。たしかに彼は約束を守り、警察にちょっと脅しをかけておいてくれた。例の不穏な詳細は、今のところ新聞には載っていない。そのことについては、私は大いに感謝していた。だが私たちのあいだには、まだ話していないことがたくさんある。テレビの電波に乗せて密かなメッセージを送って、答えが返ってくるかどうか待つようなまねはもうしたくない。間抜け扱いされるのはもうまっぴらだ。

私はようやく起き上がって脚を伸ばした。黒のスーツには全体に砂ぼこりがうっすらとついている。肘には草の汁でついたしみが光っていた。膝をついて立ち上がることはできたが、片足を引きずりながら歩いてバンに戻った。グラントは気づいたかもしれないが、なにも言わなかった。

第九章

ウィルミントン駅の公式名はジョセフ・R・バイデン・ジュニア駅だが、その名で呼ぶ人は誰もいない。いまだにウィルミントン駅と呼ぶ人ばかりだ。人の名前をどこかにつけるときは、亡くなってからにしておいたほうがいいということだろう。

実を言うと、私の名がついている場所はほかにもある。東二十三番通りと北ローカスト通りの角にある市立プールも、ジョセフ・R・バイデン・ジュニア・センターと命名されている。そのあたりはかなり貧しい地域だ。大学に通っているあいだ、学費を稼ぐため私はそのプールで監視員のアルバイトをしていた。ほかの監視員からはしょっちゅう、人種にかかわる質問をされた。おそらく私が彼らの知っている唯一の白人だったからだ。私たちはお互いに多くのことを学んだ。ある黒人の監視員から、ガソリンを入れる容器を貸してもらえないかと頼まれたことがある。ノース・カロライナに住む祖母を訪ねたいのだが、「あそこでは、たいていのガソリンスタンドに立ち寄れないんだ」という。あのプールで初めて、私は公民権というものを深く意識しはじめた。それまでは黒人の人たちがどんな現実に直面しているのか、きちんと理解していなかった。プールを改名するならマーティン・ルーサー・キング・ジュニアか、地元の黒人政治家の名前にしたほうがいいと私は思ったが、地域の人たちは私が彼らをけっして見捨てなかったことに感謝の意を表明したいと考えたらしい。私は誰のことも見捨てない。それがバイデン家の人間の生き方なのだ。

だからフィンのことも見捨てない。

駅は通勤者で混みあっていた。ラッシュアワーが始まったところだ。サングラスをかけて人目につかないように混雑をすり抜け、水を買おうとニューススタンドに向かった。ウールの黒スーツを着て昼からずっと外にいたせいで、喉は干上がった道路のようにからからだった。

フィンの死について、グラントは私と同じようにただただ驚いていると言っていた。フィンがドラッグをやっているようなそぶりはまったく見えなかったという。常習者だったなら、そんなにうまく隠し通せるものだろうか？　ただ、私たちはフィンに近すぎて、真実が見えなくなっているのかもしれない。ダン・カプリオッティはすべての証拠を自分の目で見て、これは単なるドラッグの過剰摂取だと結論づけた。だが事は本当にそんなに単純なのだろうか？

ひょっとしたら真実は目の前にあるのかもしれない。

グラントは一つ、興味深いことを言っていた。駅の防犯カメラの映像をウィルミントン警察に渡したが、状況を解明するような証拠はなにも見つからないだろうというのだ。

「どうして？」と私は尋ねた。

「ここには防犯カメラは四台あるが、ぜんぶうちの下駄箱にあるスニーカーよりも古い。VHSテープに直接録画するような代物なんですよ。映っているのは事故の前の日にフィンが仕事で列車に乗り降りするところぐらい。しかも何回も録画を繰り返したテープです。あんな粗い画像から細かいことがわかったら奇跡ですよ」

政府の緊縮財政のしわ寄せが、こんなところにも及んでいた。ほかにもどんな不都合が起きていることか。

テープについてはグラントの言うとおりだった。たとえ事故前日のフィンの映像が最高画質のデジタル画像だったとしても、なんの役にも立たないだろう。前日フィンはいつもどおり出勤し、終日通常の勤務をこなしていた。グラントの覚えているかぎり、ふだんと違う様子はまったくなかった。

あとは退勤後の十六時間あまりだ。新聞記事やダンから得た情報、グラントの話をもとにその流れを組み立ててみた。

フィンは家に帰ったか、あるいはバプティスト・マナーの奥さんのもとを訪ねた。グレースは学校に通うため家を離れている。キャンパスの近くに、ルームメイト二、三人と部屋を借りていた。フィンの行動のあとをたどる携帯電話の記録はなかった。携帯は持ち歩かなかったからだ。携帯に抵抗を試みた、われわれ世代の最後の砦の一人だったのではないか。あんなものは大嫌いだ、と公言していた。私も嫌いだが、携帯が私たちの生活を大きく変えたことは否定できない。いまや世界じゅうが大きく変わった。だが、たとえ彼が電話を持っていて、経由した基地局を通してその行動のあとをたどることができたとしても（『ロー＆オーダー』で何度か見た手法だ）、また新たな疑問がわいてくるだけだ。私にはそれがわかっていた。

靴磨きの前を、足を引きずりながら通りかかった。高めの椅子には客はおらず、肌の黒い男が背を丸めてベンチに座り、ファスナー付きの売上袋に入れた現金を数えている。新聞売りがかぶる帽子を目深にかぶっていたが、その男は新聞売りではなかった。グレッグ・マクガヴァン、人呼んで「ウィルミントン駅の市長」。駅を定期的に利用する客の顔はすべて知っていた。駅でなにか起これば、必ずグレッグの耳に入る。

靴磨きの椅子に座った。膝の痛みが一瞬やわらいだ。

市長は下を向いたまま「ちょっとお待ちを」と言った。その声は古いレコードのようにざらついていた。市長は私より少なくとも十歳は年上だ。前に彼に会ったのも、十年くらい前のことになる。ここのところ、彼のいた場所で別の若い男が靴磨きしているのを何度か見かけた。市長はもう引退したものだとばかり思っていた。

どうやらそれは間違いだったようだ。

「急がなくていいよ」と私は答えた。

市長は一瞬固まって、ゆっくりと私の目を見た。その顔には深い皺がクモの巣のように走っている。「アムトラック・ジョー。またあんたにここで会えるとは。奥さんは元気かい?」

「元気だよ。まだ先生をしてる」

　市長は売上袋のファスナーを閉めて、引き出しにしまった。彼に家族はいない。かかわりあうのは、このくたびれた椅子に座って彼と言葉を交わす通勤客だけだ。椅子の革張りのシートはひびだらけで早いところ交換したほうがよさそうだが、七〇年代に初めてここに来たときからそうだった。そのころは私と同様、彼もずいぶん若かった。今では二人とも、歳月に味わい尽くされた吸い殻みたいなありさまだ。

　市長は私の靴を片方手にとった。さっきの原っぱでついた泥で汚れている。彼はなにも言わず仕事にかかった。若いころにはもっと汚れた靴も見てきたはずだ。

「フィンの葬式に行ってきたところだよ」と私は言った。

「そうかい」

「なにか聞いたかい?」

「いろいろ聞くさ」と市長は言った。

「いいこと? それとも悪いこと?」

　彼は首を振った。「いろいろさ」

「警察は事故だと言っている。フィンはハイになって、線路に入りこんだんだろうと」

「ハイになって? 上機嫌ってことか?」

「ヘロインだよ」

市長はちょっと手を止めたが、またすぐ仕事を続けた。「あいつが酒を飲むのも見たことがない」と市長は言った。「賭けトランプをしてたんだ、毎週土曜の夜。おれとフィンとアルヴィンとグラントで。あいつのことはなにもかも知ってたよ」

「フィンのことで、なにか妙な話は聞かなかったかね？」

「妙な話？」

「ああ」私は言った。「なにが起きたのか、真相を知りたいんだ。どうしてフィンは線路の上なんかで最期を迎えることになったのか。ドラッグはどこから出てきたのか」

市長は私のほうを見ずに、左右を確認した。まるで間違った答えを言ったら、誰かが人混みから走り出して捕まえにくるとでも疑っているようだった。私のことを信用していないのだ。

「警察がドラッグをやってたと言うなら、そうなんだろうさ」と彼は言った。そしてぼろ布で私の靴を最後にそっとはたいた。「また会えて本当に嬉しかったよ、副大統領閣下」

「今はただのバイデンだよ」

「そうだったな。ほかに御用は？　バイデンさん」

市長の顔にはまだ笑みが浮かんでいたが、もう話す気はなさそうだった。彼が私のことを信用しないのも当然だろう。警官みたいだと思われてしまったのだとしたら、きっと冗談を言う暇があまりなかったせいだ。

私は財布を出したが、市長は手を振って断った。「今日はサービスさ」

私は二十ドル札を出そうか迷ったが、代わりに名刺を渡した。財団を始めたときにジルがつくってくれたのだが、それほど配ってもいなかった。だいたい私の電話番号を知っている他人が多すぎる。

市長は名刺を指でいじりながら、私の顔を見上げた。

「トランプのメンバーが必要になったら呼んでくれ」と私は言った。

「あんたはなにをやる？」

「ジンラミー」

「ラミーか」市長は繰り返した。「強いのか？」

私はにやりと笑った。「長いことやってないから、覚えてないな」

市長はうなずいたが、その疑うような表情から、私の実力を推し量ろうとしていることが見て取れた。私は記憶を飛び出しナイフのように研ぎ澄ました。前回ジンラミーをプレイしたときのことはよく覚えていた。初めてプレイしたときのことも、その後何回かプレイしたときのことも、ぜんぶ覚えている。ジンラミーは唯一、私の興味を引いたトランプゲームだった。よい札を引く運よりも、記憶と戦略のほうが重要な数少ないゲームの一つだからだ。

だがトランプに興味があったわけではなかった。フィンの件の真相をなんとしても探りたかった。いままでのところ、それほど急いで犯人探しをしようとはしていなかった。焦ってもたいていろくなことはない。しかしぐずぐずしてもいられない。ダン・カプリオッティが明言したところによれば、ウィルミントン警察は悠長に薬物検査の結果を待つつもりらしいのだ。

そんなやりかたではとうてい十分とは思えない。

私はニューススタンドで水のボトルを一本つかんで、レジに並ぶ短い列に加わった。レジ係は知らない顔だった。最近は以前よりそういう機会が増えている。国中を移動して回る人たちが、とくに若い世代に多くなった。彼らは本能に従って、心のおもむくままに職を変える。根を引き抜くのは、根付かせるより簡単なのだ。もちろん私も、大昔にペンシルベニアからデラウェアへ移ってきた一族の出身だ。私たちもかつてはよそ者だった。自分の故郷はウィルミントンだと思っているが、そこにはもともとほかの人たちが住んでいた。そしてそのほかの人たちが来る前には、そもそもの最初の住人レニ・レナペ族が住んでいたのだ。

電話にメールの着信があった。ジルだ。遅くなりそう、ということだった。悪いけど一人で先に帰って、チキンを解凍しておいてくれない？　と頼まれた。

「これだけですか？」と聞く声がした。

私は顔を上げた。「ああ、すみません」とレジ係の女性に言う。「水だけで」レジの処理を待っているあいだに、カウンターの上にある花束が目にとまった。「あとこれも」

衝動買いだった。十八ドルの衝動買いだ。なんの花なのかはまったくわからなかった。ひょっとしたら雑草かもしれない。まあでもきれいだし、とにかくジルに花をあげたかったのだ。

外に出てＵｂｅｒタクシーのアプリを起動した。頼んだ車は七分後に到着するはずだ……ラッシュアワーだが、ここはウィルミントンだ。ありがたいことに、ＤＣほど道が混むことはまずない。ジルにメールをした。「帰宅中。チキンの解凍は六時の夕食には間にあう予定」

黒いキャデラック・エスカレードが、私の前の歩道の縁石に寄せてとまった。そのトラック・サイズのＳＵＶはアイドリングしたままそこを動かない。頼んだ車がもう来たのか？　ダッシュボードにＵｂｅｒのマークがあるかどうかは、確かめようがなかった。窓ガラスには濃い色がついていて、中がまったく見えないのだ。

頼んだ車ではないとしたら？　どこかの反社会勢力か、頭のおかしいやつが元副大統領を狙っているのだとしたら？　私の住所がついた地図を列車内に残していたのが、フィンではなかったのだとしたら……？

心拍数が上がりはじめた。もう守ってくれるシークレット・サービスはいない。個人的な警護もつけていないし、ピストルも持っていなかった。だいたい葬式に銃なんか持ってくる人間がどこにいる？　車は私の目の前に、そびえるように立ちはだかっていた。乗っているやつがとつぜん窓を開けて私を蜂の巣にしても、誰も止めることはできないだろう。私はまるで無防備なカモだ。しかも飛び立つ翼さえ持っていない。私は大きく息を吸いこんで、花束をぎゅっと握りしめた。花束の下から水が滴ってコンクリートに落ちた。

スモークガラスの窓が下がる。

「乗っていくかい？」とバラク・オバマが尋ねた。

第十章

　バラクの横の席に座って、シートベルトを締めた。うしろにはもう一列席があるが、誰も乗っていない。先日裏庭でバラクと一緒にいた話好きなエージェントが、運転席でエアコンをいじっていた。バラクにつねにつきまとっていた側近の一団や私設秘書たちは、今回も所在不明だった。まあ、いなくてもぜんぜんかまわない。

「葬儀は午後早くだったと思ったが」と花束を見ながらバラクが言った。

「これはジルへのプレゼントだよ。今から家に帰ろうと……」

「それは百合(ゆり)の花だぞ、ジョー」

「だから？」

「だからそれはお悔やみの花だ。百合は葬式の花だよ。ロマンティックな贈り物なら、バラを買わないと」

　エスカレードは車の流れにゆっくりと合流した。私は手に持った花束を見つめた。どう見ても普通の白い花束だ。「赤いバラもあったが、値段が三倍もしたんだ」

　バラクは指で小さな銃をつくって、私に狙いを定めた。「だからロマンティックなのさ」

　私はため息をついた。バラクの言うとおりだ。バラクの言うことは、つねに正しい。

「とにかく家に帰って、それから……」

彼は私の膝を軽く叩いた。傷めていないほうだ。「家まで送るよ」とバラクは言った。

私はシートのあいだに身を乗り出して、少し先にある高速道路への進入路を指差した。

「この時間は、できれば州間高速道路は避けたほうがいい。もう一マイルほど行くと、全方向一時停止の十字路に出る。左に曲がって、東三十号線をずっと行くと、クリスマス・ツリー・ファームの看板が見えてくる。スティンソンズだ。夏は閉まっているが、クリスマス・ツリーが欲しかったら、あそこの木は太くて立派だぞ。きみがユダヤ人でなければの話だが。きみはユダヤ人かね？」

「いいえ、違います」とスティーヴは言った。

「マッツァ・ボール・スープ（ユダヤ人が過越祭のときに食べる団子入りチキンスープ）を食べたことはあるか？」

「スティーヴはきみの家の住所を知ってるよ、ジョー」バラクが割って入った。「このあいだどうやってきみの家まで行ったと思ってるんだ？」

私が肩を軽く叩くと、スティーヴは一瞬びくっとした。サービス・エージェントは少々神経過敏になっているものだ。「なにか聞きたいことがあったら、いつでも言ってくれ、相棒」

私はシートにもたれかかった。バラクは一瞬、私を見つめた。

「フットボールでもしてきたみたいだな」とバラクは言った。

靴は磨かれていたが、スーツは埃まみれだった。「転んだんだ。たいしたことはないよ、

「ふふん」とバラクは言った。大統領はつねに私に対してそんな感じの声を出す。「ふーむ」とか「ほう」とか、はたまた「はーん」とか。八年いっしょに仕事をしたが、それが正確にはどういう意味なのか、解読できていなかった。バラクはときどき、要塞のように見える。また時には、感情を中に秘めたガラスケースのように思えることもある（とコメディアンのウィル・フェレルなら言うだろう）。

「うちの『小さい野獣（リトル・ビースト）』は気に入ったかい？」

私は不審な顔で片眉を上げた。

「この新しい車だよ」と革製のアームレストをぽんぽんと叩きながらバラクは言った。水曜日よりはずっと機嫌がよさそうだ。彼の説明によると、この改造を施したエスカレードは、一般市場で買える車の中で、大統領のときに乗っていた装甲リムジン（「野獣（ビースト）」と呼ばれていた）にもっとも近いものだということだった。アフガニスタンから輸入させたもので、大統領時代の回想録の第一稿を書き終えたことに対する自分へのご褒美らしい。彼がそれにいくら払ったか見たとき、ミシェルはこう言ったそうだ。「その分厚い頭蓋骨の中には、本のアイディアがもういくつか入っているんでしょうね？」

「きみがまたデラウェアに来ているのは、偶然じゃないよな？」と私は言った。

バラクはフロントシートのあいだに身を乗り出した。「ちょっとプライバシーが欲しいんだだが、スティーヴ」

エージェントはラジオのボリュームを上げた。わりと最近のロックンロールの曲だ。私はバディ・ホリーとか、フォー・シーズンズのような、昔の踊れる曲が好きだった。といっても別にダンスがうまいわけではない。ダンスフロアで踊っているときでなくても、自分の足につまずいてばかりいることで有名だった。

「葬儀できみを見かけたよ」とバラクは言った。

「私のあとをつけていたのか」

「敬意を払うために、墓地へ行ったんだ」

「きみはフィンのことを知らないだろう」

「きみにとってどれほど大事な友人だったかは知っている」とバラクは言った。「葬儀のあとできみをつかまえて挨拶しようと思ったんだが、きみがバンに乗りこむのが見えた。真っ白の、どこにでもあるバンだった。昼間に人をさらうにはぴったりのやつだ。あの地図を見つけたあとでは、どんな危険の可能性も放置できない」

「それであとをつけた？」

「きみの安全のためだ」

「おいおい、私は子どもじゃないぞ。電話をくれればよかったのに」

彼はため息をついた。「そうだな、ジョー。だがこの前も言ったように、少なくとも私設の警護を雇うことは考えたほうがいいんじゃないか。きみだけでなく、ご家族のためにも」

「家族は関係ないだろう」私はむっとして言い返した。

「まあ落ち着け。きみの友人、このバリーが言ってるんだ。悪いやつがきみを脅しているわけじゃない」

私はきつく握った拳を緩めた。いつのまにか握りしめていたことにさえ、気づいていなかった。

「すまない」と私は言った。「もう誰が悪いやつなのかもわからないんだ」

「フィン・ドネリーは悪いやつではなかったと思うよ」

「きみにはわからない。私にも。いや、誰にもわからない」私は友人の刑事ダン・カプリオッティと会ったときのことをバラクに話した。「警察は過剰摂取の案件だと見ている。生命保険会社は自殺を疑って調査を行っている。もう誰を信じていいかわからないよ。おかしなやつらもうろついているし……」

「おかしなやつら？」

「奥さんが入っている施設で、ドラッグをやっていそうな男に出くわしたんだ。たぶん関係ないんだろうが……」私は肩をすくめた。「フィンの遺体からヘロインが発見されたのを知っていたか？　そんな話、信じられるか？」

「きみに知らせようと思っていたんだ。今日知ったんだよ、警部補が捜査資料をファックスしてきてね」

「もうやめてくれないか」

「なにを？」

私はあきれた様子で目を白黒させた。「きみのしていることだよ。助けてくれようとしていることはわかるが、私には私のつてがある。ダンはなにか重要な事実が出たら教えてくれるはずだ。フィンは危険な輩と付きあっていたのかもしれない。思うに、私に会おうとしていたんだ。助けを求めて。じゃあ彼がドラッグをやっていたことを信じるのかって？　やっていなかったという証拠はなにもない。真実はかなりややこしいことになりそうだが、きみやきみのところのサングラス軍団が出しゃばってきたって邪魔になるだけだ。さっさとバリ島だかケープタウンだか、どこでも好きなところへ戻って、日焼けでもしてきたらどうなんだ」

バラクは唇をぎゅっと結んで私をじっと見たが、なにも言わなかった。彼はなにを期待していたのだろう？　どうやらこの前話を終えたところから、そのまま会話を続けたかったようだ。まるでワシントンを離れてから、まったく時間など経っていなかったかのように。いや、じつをいえば、私もそうしたかった。

しかしそうはいかなかった。できれば一緒に一杯やりに出かけたかった。マスコミに吹聴していたように、ゴルフでも二、三ホール回りたかった。だが、私たちをふたたび結びつけたのは悲劇だったのだ。死の影が私たちの頭上を覆い、あたりの空気を蝕んでいた。いつものようになにものにも影響されないバラクらしさも、その暗い影を振り払う役には立たなかった。

こんな件にわざわざ自分の労力と資源を使って、いったいバラクになんの得がある？　彼はフィンのことを知らないのだ。彼の行動はなにかおかしい。不正なことをする人間だとは思わないが、彼の動きにはなにか別の意図が隠されているような気がした。この事件について、私に言っていないことがまだあるのではないか。

そもそもバラクが最初に現れたときから、その疑いが私の中でずっともやもやしつづけていた。

そしていま、疑いはますます強くなってきた。

すでに警察は、この事件の調査に全力を注ぎこむ気はないらしいことがわかっていた。ダンからは昨日の電話への折り返しもない。問題は、私一人ではフィンの死の真相を暴くのは難しい、というのもわかっていることだった。私は刑事ではない。どんな質問をどうやって聞けばいいかすらわからない。

だからといって、バラクの助けが必要だというわけではない。

「きみの手を汚すことはない」と私はバラクに言った。「いまもっとも避けるべきなのは、シークレット・サービスだかＦＢＩだかＮＳＡ（国家安全保障局）だかなんだか知らんが、そういう類(たぐ)いが出てきて事態をややこしくすることなんだ」

「ジョー」とバラクは言った。その声はなにもないカンザスの大地よりも平静だった。

「私は本気だぞ。きみがその気になれば、一週間以内にウィルミントン中をドローンが飛びまわることになるのはわかっている。だがここは戦場じゃない。ここを戦場に変えるようなまねを、きみにしてもらいたくないんだ。きみも私も、いまでは一般市民だ。私たちが勝手にかぎまわったりしたら、ぜったいろくなことにはならないし……」

「ジョー」

「その『ジョー』はやめてくれ」と私は言った。「私は本気なんだ」

「きみは本気なんだな」

「そうだ、タワー・サンドウィッチの超高カロリーに負けないくらい超本気だ」

「そうか」バラクは言った。「わかった」

その後私の家に着くまで、バラクはずっとブラックベリー（欧米で人気のキーボード付き携帯電話）をいじり、私は窓の外を見つめていた。バラクの助けを拒んだのは、私の気持ちが傷ついていたからだけではない。フィンの死の背後にある理由は、時限爆弾のようなものだ。それが爆発したら、どれほどの人がその影響を受けるかわからない。バラクも、そしてジルを始めとする私の家族も、その爆発を止めようとする私のつたない試みからできるだけ遠ざけておきたかった。それは正しいことだし、賢いことだと私は思ったのだ。

これは自分をごまかすためについた嘘だ。だがあまりによくできた嘘で、自分でもあやうく信じそうになった。

第十一章

ガレージのキーパッドに暗証番号を入れると、シャッターが開いた。車はない。なんとかジルより先に帰れたようだ。少しほっとした。これでバラク・オバマの車に乗せてきてもらった理由を質問責めにされる心配はなくなった。私がバラクのことであれこれ文句を言うのを、ジルは幾度となく聞かされてきたのだ。「もう少し待ってあげて」とジルは何度も何度も言ってきた。「彼には一人になる時間が必要なのよ」

なだめるジルの言葉を聞いて、私はいつも笑ってしまった。一人になる時間？ バラクは一人で過ごしてなんかいないし、家族と過ごしてさえいない。次から次へと別の有名人とつるむその様子は、新しい親友を求めて公開オーディションをしているようだった。それがどうも見つかりそうもないから、またしらっと私のところへ戻ってきたのだ。バラクは許しを乞うような礼儀も持ち合わせていないし、あの魔法の言葉を言う気もなさそうだった。

「すまない」

たったそれだけだ。それを期待するのは高望みなのか？

ガレージのシャッターが開くと、エスカレードに小さく手を振った。バラクとスティーヴは、私が無事中に入るまで車寄せで待つと言い張った。大丈夫、家の鍵は持っていないが、ガレージを開ける六桁の暗証番号はわかるから、と言ったのだ。しかし彼らはきかなかった。

「いや、たいしたことじゃない。ただ確認のため待っただけだから」

確認ってなんの？　私がボケて自分の家のガレージを開ける番号を忘れてないか確かめたいのか？

二人が帰ったのを見届けはしなかった。

家の中に入ってスーツを脱いだ。傷めた膝は腫れはじめていた。どの程度のけがなのかはわからない。とりあえず、あんな転びかたをしたあとも立つことができたのは運がよかったとしか言いようがない。不幸中の幸いだ。ただジルは不審に思うだろう。たとえバラをプレゼントしたとしても、言い訳を重ねるごとに増えていく嘘の埋め合わせにはなりそうもない。

下着姿のまま足を引きずってキッチンへ行った。冷凍庫を開けようとしたとき、壁の電話機が点滅しているのに気づいた。デラウェア州で固定電話が残っているのはうちとあと数軒ぐらいのものだろう。世界は変わっていくが、私は違う。

受話器をとった。たぶんジルがチキンのことを忘れないように留守電を入れたのだろう、と思った。それかＦＣＣ（連邦通信委員会）の罰金を恐れないどこかの保険業者が、割安な自動車保険を売りこもうとしてきたか。だが留守電のメッセージはセリーナ・エスポジートからだった。セリーナ・エスポジート警部補だ。

保険のセールスのほうがよっぽどましだった。

エスポジートは一日一箱タバコを吸うようなしゃがれ声をしていた。声を聞いたのは初めてだが、二ドルのステーキぐらい噛みごたえのあるタフな女だという評判にぴったりの声だ。そのメッセージは「サシで話がしたい」というものだった。なんとなくいやな響きだった。向こうがなにを望んでいるにせよ、早いうちに手を打っておいたほうがいい。この件が私の手に負えない事態に陥る前に。

電話をかけると、ワンコールで出た。

「こんなにすぐにお電話いただけるとは」とエスポジートは言った。「番号が合っているかどうか自信がなくて」

「合っていますよ」と私は言った。

「少しお時間をいただけますか？」

「フィン・ドネリーの葬儀から帰ってきたところです。一、二分なら」

「けっこう」と彼女は言った。電話の向こうで紙がガサガサいう音が聞こえた。「昨日カプリオッティ刑事とお会いになったそうですね」

「事件の話じゃありませんよ、ご心配なく。昔なじみの友人どうしがコーヒーを飲んだだけです」

「ふざけるのもいい加減にしてくださいよ、ジョー。だいたい、あなたコーヒーは飲みませんよね？」

私はなにも言わなかった。気のきいた答えが見つからないときは、黙っておくに限る。ママ・バイデンからそう教わっていた。

「ここは私の管轄です。私がここを仕切ってるんです。あなたの友人のカプリオッティでも、あなたが幼稚園から知ってる誰かほかのご友人でもない」

「私たちは同じ側の人間でしょう」

エスポジートはフンと鼻で笑った。「あなただろうが、あなたのシークレット・サービスの手下だろうが、ここへ出しゃばってきてうちの刑事を使い走りにするようなまねはやめていただきたい。ダンはあなたにいい顔したいんでしょう。だからこの件に首を突っこみたがるんだろうけど、死体安置所にはダンが処理しなきゃならない死体が山のように待っている」

「シークレット・サービスは私の……」

「シークレット・サービスがなに？」

私の手下じゃない、と言おうとしたのだが、やめておいた。スティーヴが私ではなくバラクの命により介入していることに、警部補はまったく気づいていないのだ。バラクと私は気まずい雰囲気になっていたが、だからといってバラクをこれ以上このやっかいごとに引きずりこんで迷惑をかけるのも気が引ける。

「わかっていただきたいのだが、フィンとは親しい友人だったんです」と私は冷静さを装いながら言った。それから余計な情報を漏らさないよう注意を払いつつ、警部補に私たちの関係を詳しく説明した。私はつい口を滑らせることがよくあるという、もっぱらの評判なのだ。

「ずいぶんたくさんお友だちをお持ちなんですねえ」と警部補は言った。

私はそれを無視した。「いいですか。一人の男が命を落とした。私は正義がなされているかどうか確認したいだけです。奥さんは病気だ。娘さんもずいぶんとつらい目に――」

「どんな犯罪者にも愛してくれる家族はいます」と彼女は言った。「それでも犯罪者に変わりはない」

「フィンは犯罪者じゃない」

「じゃあポケットにスケジュールI（最高危険度の薬物の分類）のドラッグを入れていた男をなんて呼ぶんです？　ヒーロー？」

「ドラッグ濫用（らんよう）は病気です。常用者を暴力的な犯罪者みたいに扱うのはやめるべきだ。フィンはヒーローではないが、犯罪者と呼ぶのは行き過ぎです」

「法律はそうは言ってませんよ、ジョー」

もちろん、警部補の言うとおりだった。法律は法律だ。バラクと私は、法律を変えようと努力したが十分ではなかった。そして私たちが変えたことも、現政権によって覆されようとしている。私たちが政権についていた事実なんて、まるでなかったかのように。

「よろしい」と私は言った。

「よろしい？」

「あなたの言うとおりだ。つい感情のままにしゃべってしまった」

「ではもううちの刑事にはかかわらないでいただけますね？　これ以上私の部下の時間を無駄にするようなら、きっと後悔することになりますよ」

いや、最初に連絡してきたのはダンのほうだ、と私は言おうとした。だが言ったところでどうにもならない。警部補がその気になれば、ダンに冷や飯を食わせることぐらいなんの造作もない。

今後なにか頼みたいことがあれば、シークレット・サービスから正規のルートで連絡させます、と私は言った。シークレット・サービスの介入がじつは正式なものではないということを、彼女に知らせる必要はない。私がバラクに手を引くよう言ったこともだ。「それでどうです？」

「正直に言いますけど、ジョー」

「なにか？」

「あなたは思っていたよりずっと利口な方ね」

「それはほめ言葉かね？」

彼女は答えずに電話を切った。私は裏庭とその向こうの湖を見渡せる大きな窓から外を見た。湖面は安らかに眠る魂のように静かだった。私の中には、このままフィンを静かに眠らせてやってくれないだろうか、と思う気持ちもどこかにあった。

呼び鈴が鳴った。なにも考えずに、鍵を外して勢いよくドアを開けた。

スティーヴだった。

「なにか忘れ物かね?」と私は尋ねた。そういえば下着姿だったとぼんやり気づいてはいたが、気にしなかった。頭の中はもっと重要なことでいっぱいだったのだ。

「花をお忘れです」

彼はそう言って百合の花束を差し出した。

「とっといてくれ」と私は言って、彼の目の前でドアをバタンと閉めた。ドアが閉まるときの彼の面食らった顔は、ちょっとした見ものだった。

しかし私のいい気分は長続きしなかった。

また呼び鈴が鳴った。チャンプが吠えている。

出たくなかった。まだかなり気持ちがたかぶっていたのだ。あの間抜けな花のことだけではない。すべてのことに対してだ。エスポジートが本気でダンを締め上げたら、私は裏口から連れ出されて警察署に引っ立てられるだろう。そしてじつはシークレット・サービスの調査など行われていないのを、そんなに長いこと隠してはおけないだろう。もっと問題なのは、なぜ私はフィンの死ぬ前数時間の行動のパズルを、警察よりもうまく組み立てられると思ったのだろう? ということだった。フィンが暗く強大な流れに巻きこまれていたことはしだいに明らかになってきた。いま私もその同じ澱んだ水の中を泳いでいる。気をつけないと、私も逆流に足をすくわれるかもしれない。

苛立つ気持ちが大きくなってきた。もう一度ドアを開けたら、スティーヴにもごもご謝ってしまうか……それか顔を見た瞬間にまたドアを閉めてしまうか、どっちかだ。とにかく二階に上がって風呂に湯を入れ、傷めた膝を癒したかった。

呼び鈴がもう一度鳴った。チャンプが吠えたてる。

大きく息を吸った。「お下がり」とチャンプに言って、チャンプとドアのあいだに自分の脚を入れる。少しだけドアを開けた。

今度はスティーヴではなかった。バラクだ。

バラクと私は、入り口に立ち尽くした。真昼の決闘を始める直前のガンマンのように、お互いの目を見つめあった。だが時間は夕方の五時、私は下着姿で、二人とも六連発拳銃は持っていなかった。

「中に入れてくれないのか？」

バラク・オバマの目の前でドアを閉める、というのはありえない選択肢だった。いや、ありえたとしても、いまはそれを実行する気分ではない。それは核兵器を使用する決断に等しい。

第十二章

私は一歩下がって道をあけた。「お入りください、大統領閣下」

バラクはマットで靴をぬぐった。ブーケを持ったスティーヴもすばやくあとに続く。チャンプは小走りに二人のあとをついていって、ズボンの匂いをかぎまわった。

バラクは目を細めてわが家の内装を品定めした。「なかなかいいお宅じゃないか、ジョー」

私たちが立っていたのは玄関だ。彼が目にしたうちの様子は、二つの螺旋（らせん）階段ぐらいのものだ。あまり上出来なお世辞とは言えなかった。

「服を着てくるよ。リビングへどうぞ」と私は言って、廊下の先を指差した。「遠慮なくくつろいでくれ」

私はネイビーブルーのバスローブを羽織った。クローゼットを吟味して洗濯してあるドッカーズのチノパンツを探している暇はなかった。とにかくジルが帰ってくる前に、バラクとスティーヴを家から追い出すチャンスは、まだあるかもしれない。

階下に戻ると、二人はリビングの革のソファに座っていた。バラクはチャンプの耳のうしろを掻いてやっている。チャンプはこの上なく気持ちよさそうだ。

「まるでヒュー・ヘフナー（『プレイボーイ』創業者）だな」私のローブ姿を見て、バラクは言った。「いいね」

私はリクライニング・チェアに腰かけた。「座をしらけさせたくはないんだが、もうすぐジルが帰ってくるんだ。きみたちがいるのを見たら、なにも言わずにお客様を夕食に招いたってジルから大目玉を食らうよ。ジルはもう夕食の予定を立てているし……」

「長居するつもりはないよ」とバラクは言ったが、私の目を見てはいなかった。「伝えにきたんだ。車の中で言おうと思って言えなかったことを」

私は腕を組んだ。「謝りにきたのなら、時すでに遅し、だ」

「謝るって、なにを？」

「なにって、それは――」私は言葉に詰まった。なにを言いたいかははっきりわかっていたが、その言葉が舌の奥に引っかかって出てこない。「そ、それは――」

バラクとスティーヴは顔を見合わせている。バラクは答えを聞くのをあきらめたようだ。

「私が言いたかったのは、事件には続きがあるということだよ」

「続きって、どんな？」

「きみを脅かしたいわけじゃない。きみがこの事件をすべて警察に任せたいと思っているのもわかっている。きみが警察官に最大限の敬意を払っていることも——」

「いいからさっさと言ってくれ」

　バラクは横に座っているエージェントのほうを向いた。「フォルダーを、スティーヴ」

　スティーヴは花束と一緒に持っていた紙製のフォルダーをバラクに渡そうとした。私はコーヒーテーブルの向かい側から手を伸ばして、そのフォルダーをさっと取った。中には六つ切りサイズの写真の束が入っていた。すべて同じ家の写真で、アドレナリン注射をされたピットブルの子犬が中で暴れまわったかのような惨状が写っている。

　私はバラクを見上げた。「どういうことだ？」

「フィン・ドネリーの家だよ」とバラクは言った。「もちろん、そこには少し前から住んでいなかったがね」

「どこに住んでいたんだ？」

「線路の近くの安モーテルだよ」とバラクは言った。「フィンからそのことは聞いてなかったのか？　彼はきみの言わば『第二の家族』の一員だったんだろう？」

「アムトラックの職員はみんな『第二の家族』だと私は言ってきたんだ」と私は反論した。「だがフィンは、ほかの職員よりももう少し本当の家族に近い存在だった。フィンがアムトラックで働きはじめたのは、私がアムトラックに乗りはじめたのと同じ一九七二年だ。彼の結婚式にも行った。娘が生まれたときには病院に花を送った。私が乗る列車に必ず乗務していたわけではないが、三十年以上にわたってかなりの確率で彼のいる列車に乗ってきた。私はメトロライナーに一万回は乗ったんだぞ」

「数えたのか」

「どこかのジャーナリストがね。まあ、この話をするたびに数字を一桁水増ししているが」

「本気で信じていれば嘘じゃないさ」とバラクは言った。

「誰のセリフだ？　マルクス主義の哲学者？」

「私の父だ」

「ほう」そこを深く追求するのはやめておいた。私は言葉を続けた。「とにかく、フィンが家を出ていたなんて知らなかった。今週まで、奥さんが病院に入っていることも知らなかったんだ。娘さんによると、フィンは人にはなにも言いたがらなかったそうだ。助けを求めてくれていたら……と思うよ」

「それでフィンはきみの住所を調べたのかもしれない」とバラクは言った。「彼には話を聞いてくれる相手、あるいは金策を頼める相手が必要だったんだ。世の中にはプライドが高すぎて身を滅ぼす人たちがいる。助けを求めることは罪ではないのに」

バラクの電話がポケットの中で音を立てた。彼はそれを無視して、さらに続けた。「とにかく、フィンは家族と暮らしていた家にはいなかったんだよ」

「奥さんがいない家に一人では広すぎると思ったんだろう」

「それもあるだろうな」とバラクは言った。「それで二、三カ月前、フィンは子持ちの若い女性に家を貸すことにした」

「じゃあその借り手が……こんなまねをしたのか？」私はそう言って写真を持ち上げた。

バラクは首を振った。「その女性の息子はまだよちよち歩きで、とてもこんなまねはできない。その人たちは理想的な借り手で、家賃は遅れたことがないし、庭もちゃんと手入れしていた。昨日の夜、フィン・ドネリーのお通夜に行ったそうだ。それで帰ってきてみたら、こんなことになっていた。調書を書いた警官によると、何者かが裏口をバールでこじ開けて侵入したらしい」

「なくなっていたものは？」

「判断が難しいところだが、どうやらなにもなくなっていないようだ。これはあくまで推測の域を出ないが、押し入ったやつはこの家が他人に貸されていたことをまったく知らなかったんじゃないか」

「フィンの家族はこの件を？」

「フィンの妹と、娘は知っている。二人は当面この街に滞在しているからね。ホリデイ・イン・エクスプレスに泊まっているそうだ」

「いいホテルだよ。コンチネンタル・ブレックファストを出す」

「らしいな」とバラクは言った。

「エスポジート警部補はなんて言ってる？」

「フィンの死には関係ないと考えているようだ。近頃は葬式や通夜の留守を狙った空き巣が多発しているからね。新聞の訃報欄で亡くなった人の家を探して、留守中に押し入るらしい」

「どこかでそんな記事を読んだよ」

「ウィルミントン警察の考えでは、これもよくある押しこみ強盗の一つだということだ」

「だがきみはそうは思わなかった」

「なにも盗まれてないんだぞ」とバラクは説明するように言った。「まあ盗みの最中に邪魔が入って、あわてて逃げた可能性もある。警察はそう言っている。だがなにかを探しに入ったが、見つからなかったということもありうる」

　大いにありうる、と私は思った。ふと療養施設にいた男を思い出した。患者に神の話をしに来たと言っていた、あの長髪の男。あいつもなにかをかぎまわっていたのだ。私はコーヒーテーブルの上にフォルダーを放りだした。「なぜこの写真を早く見せてくれなかった？」

「ちょっとやり過ぎたかなと思ったんだ。車の中で話をしているうちに、スティーヴにきみのあとをつけさせるのは、やめておくべきだったと気づいた。出過ぎたまねをしてしまったよ。私が間違っていた。すまなかった」

　バラクも一応謝ることを知っているんだな、と私は心の中でつぶやいた。

「だが……」

「だがきみを降ろしたあと、もう少しじっくり考えてみた。もしこのことを黙っていて、さらになにかが起きたら、私はぜったいに自分のことを許せないだろう……そんな思いがどうしても頭を離れなかった。ただ、理由もなくきみを怖がらせるようなことはしたくなかった。とはいえ、この空き巣ときみの友人の死につながりがないという考えには、私は賛成しかねるがね」

同感だった。バラクにもっと詳しく事情を説明してもいいだろう、と私は腹を決めた。

「カプリオッティ刑事は昨日、ドラッグの過剰摂取の線を強く推してきた。地元の警官のことを悪くは言いたくないし、なかでもダンはずいぶん前からよく知っている間柄だから一層非難したくはないんだが、どうもなにかが引っかかる。しかし、なにが引っかかるのか、はっきりとはわからなかった。二十分前まではね」

「二十分前になにがあったんだ?」

「エスポジート警部補と話をしたんだよ。警部補がこの件を自ら采配しているのは、仕切りたがり屋だからじゃない。私たちが彼女の部下の刑事を使って、雲をつかむような無駄な捜査をさせることを心配しているからなんだ。さっさとこの件をおしまいにしたいらしい。たしかに彼女の推理のほうがもっともらしい。ウィルミントン警察は殺人捜査の案件をこれ以上増やしたくないんだ。二、三年前、ここの警察の殺人事件の解決率は全件数のわずか十五パーセントだと全国紙に書かれたことがある。メンドーサ・ラインよりも低い数字だ」

「メンドーサ？」

「野球のたとえだよ（野球の低打率を示す表現。七〇～八〇年代にプレーしたマリオ・メンドーサ遊撃手に由来する）」と私は言った。「警察も改革が進んではいるが、さほど大きな変化はない。しかし警察だけが頼みの綱ではないはずだ。たしか国家運輸安全委員会も――」

「――彼らは空き巣の報告書を見ようともしないさ」とバラクが口をはさんだ。「列車の機関士を調べて、事故時の周辺状況の確認はするが、そこまでだ。私たちはもう孤立無援だよ」

「私たち？」とあやうく言いそうになったが、思いとどまった。私のほうでは、「私たち」という認識はまるでなかったのだ。だがその一方で、手助けしたいというバラクの申し出をはねつけることはできなかった。バラクがなぜそれほどフィン・ドネリーに興味を持つのか、なぜいま私の人生にふたたび興味を持つことにしたのか、それはわからない。しかしエスポジートは、自分の捜査の邪魔をされる事態を自らの手で招いたと言ってもいいかもしれない。バラクダンに刑事としての立場を危険にさらして力を貸してくれと頼まないかぎり、私にはバラクが……あるいは少なくともシークレット・サービスの力が必要だ。スティーヴが付きあってくれるというなら、私も喜んで付きあおう。

「このモーテルの部屋は誰か調べたのかね？」と私は聞いた。「フィンが暮らしていたという部屋だ」

「エスポジートが送ってきた報告書にはなにも書いてなかった」とバラクは言った。「フィンの家族が片づけたと思うが、それもあくまで推測だ」

「ホテルをチェックアウトしたあとで、部屋になにか忘れたと気づいたことはないか？　ベッドの下とか、ドレッサーの引き出しに。荷物はぜんぶスーツケースに詰めたはずだと思っていても、携帯電話の充電器をナイトランプのうしろに置いてきたとか……」

「フィンは携帯電話を持っていなかった。携帯を持たない最後のアメリカ人だな」

私は両手を高く挙げた。「それは知っているさ。私が言っているのは、確かめに行く価値はあるんじゃないか、ということだ。とにかくなにか実際の証拠が必要だ。見かけよりずっと深刻ななにかが起きているという証拠が」

バラクはなにも言わなかった。

「ふと思っただけだよ」と私は言った。「ほかにいい案があるなら……」

バラクは肩をすくめて、エージェントのほうを向いた。「その花を入れる花瓶を探してくれ。それからもう一度街へ戻ろう。『ハート・オブ・ウィルミントン・モーテル』という安宿を探しに」

「待て、今から行くのか？」と私は尋ねた。尋ねてはみたがそれは形だけで、答えは聞かなくてもわかっているという悪い予感がした。

「なにか問題でも?」とバラクが聞いてきた。「ジルならきっとわかってくれるさ。電話して事情を――」

「服を着てくるよ」と私は言った。それからスティーヴにこう付け加えた。「パントリーに花瓶がある。キッチンのすぐ横だ。きみのGPSが場所を教えてくれるさ」

　階上に足を引きずって上がり、週末に片づけなければならない仕事を頭の中で整理した。Eメールの受信ボックスには、一週間ずっと避けつづけてきたメールがいくつか入ったままになっている。一件はペンシルベニア大学で行う予定の新しい講演会関係、もう一件は私が母校デラウェア大学に設立した政策研究機関バイデン・インスティテュートに関するものだ。メールの返事は悪いがもう少し待ってもらおう。

　クローゼットからシグ・ザウエルが呼んでいる。私たちはこれから街の危険な地域に、おそらく暗くなってから向かおうというのだ。州間高速道路（インターステート）の下では危険を感じることはなかったが、そのときはそのとき、今は今だ。シークレット・サービス・エージェントは武器を持っているだろう。私も武器を持っていたっていいのではないか? 金庫のダイヤルを回してシグ・ザウエルを取りだし、その重みをずっしりと手に感じてみた。だがやっぱり元に戻した。私には銃が必要なわけではない、私は銃を持ってみたかったのだ、と気づいた。代わりに私は大統領から与えられた自由勲章を取りだした。

自由勲章は、大学のクラス・リングのように毎日身につけるものではない。実際、ほとんどの人は勲章を額に入れて飾っている。だが私はそうしなかった。毎日目にするのがつらすぎたからだ。自由勲章はあの八年間を思い出させる象徴だった。八年間のすばらしき栄光に満ちた日々……それはまるで前世のように遠い出来事に思えた。私は勲章を机の上に置いた。

服を着ながらジルに電話した。まだ留守番電話だ。キッチンにメモを残した。「バラクと出かける、詳しい話はあとで」電子レンジの上の時計を見た。もう六時十五分前だ。ラッシュアワーに街なかまで行って帰って来たら、どんなに早くても八時か八時半にはなる。下手をしたら九時過ぎになるかもしれない――寝る時間をすぎてしまう。

メモに名前を書いた。それから、その下に思いついたようにこう書き加えた。「先に寝ててくれ」

第十三章

バラク・オバマも私も、かなり人目を引く存在だ。身元を隠す手段を考えておいたほうがいいだろう。街なかで目立って、おおぜいの人にあとをついてこられてはたまらない。すでにフィンの件をめぐっては、かなりの騒動が起きているし……という完璧な理屈を私のほうでは用意していたのだが、家から出てきた私の姿を見て、バラクは爆笑しはじめた。「なんなんだ、そのきみの頭の上にのってるやつは？」

私はかぶった野球帽のつばに触った。帽子には人の耳元でがなりたてるような派手派手しい文字で、『KISS MY BASS』と書いてある。文字の上には、ぱっくり口を開けて釣り上げられているブラックバスが刺繡(ししゅう)してあった。

「変装ってやつだよ」と私は言った。「ほら、きみのぶんもある」大きく『P』の文字が刺繡されたえび茶色のキャップをバラクに渡した。「フィリーズだ。だってきみはホワイトソックスのファンだろう？　これなら誰もきみだとは疑わないさ」

「うーむ」帽子を眺めながらバラクは声を出した。

私はパイロット用サングラスをかけて、微笑(ほほえ)んで見せた。「どうだね？」

「きみが副大統領候補になるための面談を受けに、ミネソタへ行ったときのことを覚えているか？　私たちはその面談の件が人に知られないかと大いに心配していたんだが……現れたきみは地味なデニムの野球帽に、いまかけているそのサングラスといういでたちだった」

「サングラスはこれとは違うやつだ」

「要は、誰もきみに気づかなかったんだよ」とバラクは言った。「それは、きみのいわゆる変装ってやつのせいじゃない。きみの地元がデラウェアだからだ。中部大西洋沿岸地域に住んでいる人でなければ、みんなデラウェアの州境がどこにあるかさえ知らない」

「デラウェアの住民だってほとんど知らないさ」

「私が言いたいのは、帽子をかぶっていようと溶接工のマスクをかぶっていようと、私たちがここで人の注意を引かずにいるのはかなり難しいということだ。それに、きみのサングラス姿はみんなに見られているしね」

「じゃあ人目を欺くためには、サングラスを外せというのか？」そう言うと、私はレイバンのサングラスをさっと外した。「これでどうだ？」

バラクは私の顔をじっと見た。「どちらにせよ、ジョー・バイデンにしか見えない」

「じゃあいいよ、外しておく」

「いやいや、かけておいてくれ、そのほうが落ち着くなら」

「じゃあきみもフィリーズの帽子をかぶれよ」

「そうだな」とバラクは言った。「じゃ、そろそろ行こうか」

私はチャレンジャーのスペアキーをじゃらつかせた。チャレンジャーはガレージの中で、籠から出してもらうのを今か今かと待っている。「私の車で行かないか？」

「うちのリトル・ビーストになにか問題でも？」

「人目を完全に避けるのは難しいかもしれないが、工夫しだいで賢く立ちまわることもできる。その、なんというか、物々しい車であちこち走りまわったらどうなると思う？　モーテルの駐車場にそんなので乗りつけたら、みんなじろじろ眺めるぞ」

「サファリに出かけるような格好でそれを言われてもな」

私は自分の身につけたサンダルと青いチノパンツ、オレンジと黄色のアロハシャツを眺めた。シャツはいつか誕生日にバラクからもらったものだ。ハワイアンシャツかい？　と聞くと、その呼びかたはするなとバラクは言い、ハワイではそれはアロハシャツというんだと教えられた。

「なんなら戻って着替えてくるが――」

バラクは片手を上げてそれを制した。「きみの着替えにはもう二十分も待たされたからいいよ、ジョー」そう言って彼はエスカレードに向かってうなずいて見せた。「うちのリトル・ビーストだって……こちらのメリットも無視できないぞ。こいつのボディーは軍仕様の装甲で補強してある。窓は徹甲弾（てっこうだん）にも耐えうる強さだ。ショック・アブソーバーもかなり優秀で、地雷の上を走ってもお茶もこぼれないくらいだ。さらに、ボタンを押せば排気管が火炎放射器になる」

「ほんとか？」

「嘘だよ。だが、ついてない装備はそれくらいだ」

　私はキーホルダーのボタンを押した。ガレージのドアが徐々に上がり、私の愛車ネオン・グリーンの二〇一七年型ダッジ・チャレンジャーT／Aが、その姿を現した。七〇年代のトランザム・シリーズのマッスルカーを現代に再現した車だ。「新車を手に入れたのはきみだけじゃないぞ」

　バラクは驚いて目を見張った。「あのスティングレーはどうしたんだ？」

「ビーチハウスに置いてある」

　バラクは両目のあいだを指で押さえた。私のピカピカのマッスルカーに無関心を装ってはいたが、彼がそれに乗りこんでテストドライブに行きたくてうずうずしていることはひと目でわかった。「スティーヴはぜったいうんと言わないと思うが」

　スティーヴは進入路にとめたSUVにもたれかかって、腕時計をじっと見つめている。のどぼとけの左側に二本の指を当て、脈を測っていた。

「スティーヴが乗るスペースはうしろにある」私は運転席に乗りこんで、エンジンをかけた。エンジン音がうなりを上げる。そのなんとも美しい音の魅力にあらがうことはとてもできない。エンジン音に負けないように、私は大声で言った。「三・六リッターのペンタスターV

VT・V6エンジンに八速トルクフライト・オートマチック・トランスミッション。じつにすばらしい立ち上がりだよ」

　私が少しアクセルをふかすと、バラクは飛び上がった。

「止めてくれ」とバラクは言った。

「道路に出れば、とんでもないスピードでぶっ飛んでいくぞ」

「まさか」バラクは言った。「やめてくれ」

　私はバラクのSUVのほうに向かってあごをしゃくった。「あいつの燃費はどうなんだ?」

チャレンジャーは昔風のガソリンを大量に食う車だ。ヤワな車のはびこる世界で希少なマッスルカーなのだ。それでも、バラクの装甲エスカレードの燃費よりはましだろう。あのSUVはおそらく、ツイッター中毒の若者たちがダイエット・コークをがぶ飲みするような勢いでガソリンを消費するに違いないからだ。

　バラクはため息をついた。私は彼をコーナーに追い詰め、彼自身の倫理を使って打ち負かしたのだ。冷酷非道な手段だが、これが百戦錬磨の政治家の使うトリックだ。

　オバマが言った。「うちのリトル・ビーストをどこにとめればいい?」

　ガレージに入れたら、ジルの車が入らなくなってしまう。バラクのSUVはかなり幅が広いので、二台分のスペースを食うのだ。かといって進入路にとめれば、近所で噂になりかねない。このかつての大統領専用車を思い起こさせる車を見たら、ピンときてしまう人もいるだろう。お節介な人たちに勝手な推測をされるのは、なによりも避けたいところだ。

「ここからさほど遠くないところにウォルマートがある」と私は言った。「そこならキャンピングカーをとめる人も多いから、目立たないだろう」

「ここじゃだめなのか？」

「あまりいい考えとは言えんね」

バラクは私をじっと見た。「私と出かけるとジルに話したか？」

「私が誰と出かけようと、ジルには関係ないだろう。もう七十年も生きてきたんだ。なんでもやりたいようにやるさ。私のボスは私だ」

「前は私がきみのボスだったがね」

「私たちのボスだったのはアメリカ国民だよ」と私はバラクに言った。「いまはもう違うが」

バラクは首を振って、額に浮き出た汗の玉をぬぐった。「この前の夜、腰にさしてたやつは持ってきたのか？」

私は少しどきっとした。もちろん、バラクは私が銃を所有していることを知っていた。ショットガンの話をさんざん聞かせたから、おそらくバラクは私がどこ製のどんなモデルの銃を持っているか、言えるくらいだろう。だが彼がいま話に出したのは、ショットガンのことではない。

「不審者がうろついているという情報があってね」と私は言った。「用心するに越したことはないだろう?」

「それはたしかにそうだ。世の中、いろんなことがあるからな。近頃は一見よさそうに見える人間でも、信用していいかどうかわからない」バラクは一瞬、間を置いた。「で、持ってきたんだな?」

「いや、持ってきていない」

バラクは私の目をじっと見つめた。私が嘘をついているのかどうか、見極めようとしているようだった。しばらくして満足したのか、フィリーズのキャップをかぶって言った。「じゃあ出発だ、ジョー」

第十四章

私はモーテルの駐車場にチャレンジャーをとめた。二十ほどの客室が一列にならび、中央に受付のオフィスがある。六台ほどの車がとまっているが、すべてこれといって特徴のないボロ車だ。フィンが人生最期の数カ月をこんなゴキブリとりみたいなモーテルで過ごしたのかと思うと、どうしようもなく腹が立った。フィンは誇り高い政府職員だったのだ。もっとましな生活を送るに値する男だった。

「カラーテレビ」外に出ている看板の文字をバラクが読んだ。

「カラーテレビだって？　決まりだな」と私は言った。「部屋を取ろう」

スティーヴがうしろの席から甲高い声で割って入った。「ここに泊まるなら、怪しいやつがいないかどうか、私がまず客室をチェックします。駐車場の車のナンバープレートを照会して——」

「泊まらないよ」バラクは言った。「ジョーの冗談さ」

市議会に初めて立候補したときの選挙戦で、こんな安モーテルに泊まったことがある。だがバラクと私がこんなところに泊まるなんて、どう考えてもありえなかった。バラクも私も、ひと晩ぐっすり眠ることが一杯のレモネードより回復効果がある年齢に達しているのだ。

「フィンの部屋は？」と私は聞いた。

「百十号室」とバラクが答えた。

私はスティーヴを見た。「きみはバッジを持っている。ちょっと中を見せてもらっていいか、聞いてきてくれないか」

「お二人をここに残して？」

「きみを置き去りにするとでも思うのか」とバラクが尋ねた。

「私が心配しているのは、お二人の安全です、大統領閣下」

「車で待つよ」とバラクは言った。「ドアをロックしてね。もし誰かにじろじろ見られたら、クラクションを鳴らす。そうしたらきみが銃を構えて颯爽（さっそう）と現れればいい。ヒーローみたいにな。本になるかもしれんぞ」

「なんですか、本って？」

私はサングラスをとって鼻筋をこすった。日が沈みかけていた。スティーヴが裏道を通れと言い張るので、ここに来るまでに予想の二倍の時間がかかったのだ。スティーヴがかかわると、どうやらなんでも時間が二倍かかるようだ。

「私が行こう」ドアのロックを開けながら私は言った。

スティーヴはかなりわざとらしくため息をついた。「車にいてください。すぐ戻ります」スティーヴはなにかぶつぶつつぶやきながら出て行った。「六週間……六週間……六週間……」そんなふうに聞こえた。

　私はバラクのほうに体を寄せて聞いた。「六週間後になにがある？」

「スティーヴは対襲撃部隊のトレーニングに行くことになっているんだ」とバラクは言った。

「ここ六カ月間、鬼のように体を鍛えていたよ。ちょっと筋トレに話を振ってみるといい。もういいって言うまで嬉々としてしゃべりつづけるぞ」

「ほう」

「まあ、私たちを守るのが彼の仕事だからな」とバラクは言った。

「きみを守るのが、だろう」

　バラクはそれに答えなかった。

　スティーヴはそのトレーニングを終えたら、対襲撃部隊に入るのだろう。対襲撃部隊はシークレット・サービスのエリート武装部隊で、大統領が攻撃された際には武器を用いて反撃する。スティーヴはあと少しでそこに加われるのだ。もう私たちのような過去の遺物のお供をしてほっつき歩く必要もなくなる。

　スティーヴがモーテルのオフィスの中に入ると、私は勢いよく車のドアを開けた。

「どこへ行くんだ？」とバラクが尋ねた。

「大丈夫、ちょっと脚を伸ばすだけだ」

　私はドアを閉め、足を引きずって車のまわりを歩きつつ、ねじれた背中を伸ばそうとした。

ひねった脚を治すには、かなり時間がかかりそうだ。膝のまわりの腫れは前よりひどくなっていた。明らかになにかが断裂している気がするし、自然に治るかどうかも怪しい。脚を伸ばしたときにも、伸ばしていないときにも痛む。氷と安静が必要だが、どちらもすぐには手に入りそうにない。

車内に戻ってラジオをつけた。聞こえてきたのは、とぎれとぎれの説教師の声だけだった。天国と地獄に関する話をしている。お説教は今日の葬儀でもう十分すぎるくらい聞いた。私はラジオを消した。

「おもしろい」とバラクが言った。

最初はバラクがラジオのことを言ったのかと思った。しかし、バラクの視線の先を見ると、女が一人、ある部屋のドアの前に立ってバッグの中をごそごそ手探りしていた。部屋の番号は百十号室。フィンの部屋だ。女の顔はよく見えなかったが、ポニーテールにまとめたブロンドの髪が腰まで届くほど長い。

「トイレに行くとき困らないのかな?」と私はバラクに尋ねた。

「なんだって?」

「あんな長い髪で。ふつうに座ったら、便器の中に入って濡れるんじゃないか? 横によけたら床につくし」

「髪の話はもういい。あの女はドアをこじ開けようとしてるぞ」

私はもう一度その女を見た。昔ほど視力はよくないが、それでもどうやら女がドアロックのすきまにクレジットカードを差しこんでいるらしいことはわかった。そのモーテルのドアは旧式の鍵穴で開けるタイプで、磁気カードを読み取るタイプではないのだ。

「客なのかもしれない」と私は言ったが、自信はなかった。

「かもな」とバラクは言った。

「あるいは、通夜のあいだにドネリー宅に押し入った強盗の一味かも」

「かもな」

「確かめる方法は一つだけだ」

私は車のドアを開けた。

「スティーヴを待ったほうがいい」とバラクは言ったが、もう遅い。私はすでに車を降りていた。スティーヴを悠長に待っているつもりはなかった。もうシークレット・サービスに行動を指図されるいわれはないのだ。

バラクもなにかぶつぶつ言いながら、車から降りた。

私は彼の白髪混じりの頭を一目見て、首を振った。

「なんだ?」とバラクが小声で言った。

「帽子だよ」と私は言って、車の中から例のフィリーズの帽子を取りだし、彼に渡した。

「ああ、その帽子はなくさないでくれよ、ジルのだから。ジルはフィリーズ・ファンなんだ。

理由は知らないが」

バラクは帽子をかぶった。しかし私たちが振り返ると、すでに女の姿は見えなかった。部屋に入ったのか、それとも私たちに気づいて逃げたのか？

どちらにせよ、確かめる方法は一つしかなかった。

傷めた膝が許すかぎり静かに、百十号室のドアに近づいた。中からは明かりが洩れている。カーテンは閉まっていた。ノブに手をかけ、少しだけ回してみた。

鍵はかかっていなかった。

二人とも武器は持っていない。だがそれはたいした問題ではなかった。だがもし誰かが、というかあの女が部屋に押し入ったのだとしたら、あの女は犯罪者だということだ。そして、犯罪者は銃を持っていると相場は決まっている。ピストルを持ってくればよかった、と後悔した。だが、やはり持っていなくてよかったのかもしれない。もし本当に、心底まずい状況に陥ったとしたら、果たして私は自分の大事なところを間違って撃たずに、チノパンツの腰から銃をうまく抜くことができるだろうか？　そんなミスをしでかそうものなら、バラクに一生ネタにされてからかわれる。

バラクはその大きな耳の片方をドアにくっつけた。政治風刺の漫画家たちはよく、バラクの大きな耳を誇張して描いたものだ。今のバラクはまさに神の意図した目的のためにその耳を使っている。この姿を彼らに見せてやりたかった。

「なにか聞こえるか?」と私はささやき声で聞いた。

大型のピックアップ・トラックがモーテルのそばをガタガタ言いながら通って行った。

「なにも聞こえない」トラックが通り過ぎたあと、バラクは言った。

「じゃあ中に入ってみよう」

「法的に言って、私たちは今かなり危ない橋を渡っていると思うね」とバラクは言った。

「これは不法侵入だ」

「鍵がかかっていなくても?」

バラクはうなずいた。

「くそ」私は言った。「ウォーターゲート事件の二の舞はまずいな」

「私たちはもうホワイトハウスの住人じゃなくて、ただの一般人だが」

「ただの一般人なら……」

「やっぱり違法だ」

「鍵がかかっていなくても?」

「それはさっき言った――」

いきなりドアが内側に開いた。私はバランスを崩して床に倒れかかり、それにバラクがつまずいた。二人の腕と脚がこんがらがって、床の上にいっしょに倒れこんだ。

「なにかご用?」

私は目を上げた。ランプは消えていたが、バスルームから洩れる細い光の筋が部屋を照らしている。その光で、濡れた髪を腰まで垂らした美しい女性の体の曲線がぼんやり見えた。女性はホテルの白いタオルを身につけていた。というか、タオルしか身につけていなかった。女性が外でしていた行為について、バラクと私が見たと思ったのは間違いだったようだ。押しこみ強盗が、入った先でシャワーを浴びるとは考えられない。

私は帽子をとって挨拶した。「こんばんは、お嬢さん。私たちは、その……」

「プールを探していたんですよ」私とこんがらがった手脚をほどきながら、バラクは言った。「どうやら間違ったドアを開けてしまったようですね」

女性はしばらくのあいだ、私たちを眺めた。私はプールを探していてもおかしくない格好をしていたが、濃紺のスーツ姿のバラクはどう見ても泳ぎに行くようには見えなかった。

「プールがあるなんて聞いてなかったけど」女性の話しかたには、かすかな南部なまりがあった。

「ほら、ジョー。フロントに聞きにいこう」とバラクは言ってから、女性に向かってこう付け加えた。「おじゃましてすみません」

きょとんとした顔の女性を残したまま、私たちはそろりそろりと後じさりして部屋を出た。

「信じられない、あの場で私の本名を出すなんて」車に戻る途中で、私はひそひそ声でバラクに言った。

「私たちのことには気づいてないさ」とバラクは言った。「こんなすごい変装をしているしね」

「ふざけてるのか」

バラクは私の背中を叩いた。「友だちに電話しまくろうと、ツイートしまくろうとかまわんさ。誰がそんな話を信じると思う?」

私は肩をすくめた。「まあ、それはそうだな。だが次にこういう事態に陥ったら、コードネームを使おう」

「次に?」バラクが聞いた。「きみはこの先なにをするつもりなんだ?」

ここになにをしにきたか、あまりはっきり考えてはいなかったし、考えていたとしても、ほとんどがでたらめの思いつきだった。そして想像力が先走って、無関係な女性の部屋に押し入ってしまった。だが二人とも、そのことには一言も触れなかった。あまりにばつが悪かったのだ。この先いったいなにをするつもりなのか? できることなら、もうなにもしたくなかった。

私たちは車に戻った。スティーヴがフロントのロビーから、小さな木製のキーホルダーのついた鍵を持って出てきた。私はバラクの側の窓を下げた。

「さっさと済ませましょう」とスティーヴは言い、百十号室の鍵をバラクに手渡した。「夜間のフロント係から、中を見ていいと言われました」

「いま部屋にいる人はどうするんだ?」とバラクは尋ねた。

スティーヴは怪訝(けげん)な顔をした。「いまは誰もいませんよ。空室のはずです」

「なんだって? ちょっと待てよ!」私はしかめっ面で叫んでしまった。「一杯食わされたぞ」

第十五章

一杯食わされるのはこれが初めてではなかったし、これが最後でもないだろう。それにしても、おかしな点にもっと早く気づくべきだった。どこの世界に、モーテルのドアもロックしないでシャワーを浴びる女性がいるだろうか？　彼女には間抜けだと思われたに違いない。実際、私たちは間抜けなコンビだった。とくに女性を前にすると判断が鈍る。バラクも私も騎士道精神を発揮しすぎたのだ。もっと自分の直感を信じるべきだったのに、私たちときたら、うろたえるあまり自分自身を疑ってしまった。

部屋に戻ると、例の女はとうの昔にいなくなっていた。ドアは大きく開いたままで、タオルが椅子の背にかけてあった。

タオルには濡れた様子さえなかった。

「なにを探すのか教えていただければ、お手伝いしますが」とスティーヴが言ってきた。彼がランプをつけると、一瞬点滅したあとショートしてしまった。

「証拠を探して家探しするなんて初めての経験だからな」と私は言って、枕の一つをどけてみた。まるで歯の妖精（トゥースフェアリー）が置いていった小銭を探しているみたいだ。「指紋はどうかな」

「指紋は掃除係がふきとってしまったんじゃないかな」コップの一つを頭上の光に透かして

見ながら、バラクが言った。「とはいえ、この部屋はもう二十年ぐらい一度も掃除されていないようだ。指紋をとるだけで何週間もかかるぞ」

「指紋採取キットは家に置いてきたから、どっちみち無理だ」と私は言った。

私はベッドの下をのぞいた。「いつだったか、FBIが議員全員に配ったんだ。クリスマス・プレゼントに」膝のせいで、立ち上がるのにふだんより時間がかかる。「この建物にはどうやらネズミの問題があるらしいな」

「糞でも落ちていたか？」とバラクが聞く。

「いや、本体が」と私は答えた。「小さいやつだが」

「あんまり驚いてないな」

「一晩二十九ドルの宿じゃ、もっと大きいのがいても驚かんよ」

私はドレッサーの引き出しを開け閉めしたが、もちろんぜんぶ空っぽだった。フィンの家族が片づけたあと、掃除係がチェックして……それからおそらく、姿を消したあの女性もチェックしたのだろう。ベッドとみすぼらしい緑色のソファを除けば、部屋は生まれたての赤ちゃんのお尻のようにすっぽんぽんだった。クローゼットに金庫もない。というか、クローゼットじたいがない。ナイトテーブルはあったが、メモもペンもなかった。ということで、テレビでおなじみのあの技を試す機会を失った。探偵がメモのいちばん上のページを鉛筆でこすると、犯罪者が破り取ったページに書いてあった文字が浮き出てくるというあれだ。

　ナイトテーブルの引き出しを開けると、やっとなにか入っていた。ギデオン協会の聖書だ。アメリカのホテルの部屋には必ず置いてある、まだら模様のえび茶色の合皮ハードカバーがついた見慣れた聖書。刺青男がダーリーンの部屋に忘れていったのと同じようなやつだ。とはいえ、この聖書になにか関連性があるわけではない。というか、この引き出しに聖書がなければ、そっちのほうがなにか関係を疑うことができたかもしれない。ここにあるこの聖書には、なんの意味もない。

「ギデオン協会の人に会ったことあるか?」

　バラクは首を振った。スティーヴはカーテンのすきまから外をのぞいて、こう言った。

「ギデオン協会に入ってる従姉妹がいますよ」

「ほんとか?」私は言った。「彼らの狙いは?」

「キリストの言葉を広めることです」

「あそこのビジネスモデルがどうなっているのか、知っているのか?」

　スティーヴはカーテンをシャッと閉めた。「寄付で聖書を買う資金をまかなうんです。知ってるのはそれくらいです」

「いや、ただ、ギデオン協会の教会を見たことがないのでね」と私は言った。「ギデオン協会は実在するのだろうか、といつも思っていたんだよ」

「僕の従姉妹は実在の人間です」とスティーヴは言った。「クリーヴランドに住んでます」

バラクがバスルームから顔をのぞかせた。「誰かベッドを調べたか？」

「ベッドの下は調べたよ」と私は言った。「シーツに触れというのか？」

「フィンがなにか残していないか、探しているんだろう？」

「しかし、シーツも？」

「ぜんぶだ」とバラクは言った。

私は身ぶるいした。少なくともバラクはバスルームを受け持っている。そこがどんな悲惨な状態になっているか考えたくもなかったが、選挙の遊説中に使った移動式トイレのほうがきっとましだろう。

ベッドスプレッドは上まで引き上げられて、角がきちんと折りこまれていた。ジルがやるようなベッドメイキングだ。私は汚れたおむつでも拾い上げるように、ベッドスプレッドの片隅をつまんで、ゆっくりとはがした。なにが見つかると期待していたのか、わからなかった。血か、弾痕か。汚れたおむつか。そのぜんぶか。

幸い、そこには漂白された白いシーツがあるだけだった。だからといって、その部屋の印象がよくなったわけでは少しもない。こんなところで一時間過ごすのさえ嫌なのに、人生最後の数カ月をここで過ごすなんて（ばかなやつ、フィン、なんで私に話してくれなかったんだ……）。

バラクがバスルームから出てきたが、首を振った。

「来てみる価値はあっただろう？」と私は言って、椅子にどさっと座りこんだ。フィンがなにか大きな陰謀に巻きこまれていたことは、いまや否定できないように思われた。警察に提示できるような確たる証拠はなにもなかったが、少なくともフィンの跡をかぎまわっている人物が一人はいる。押しこみ強盗と、モーテルの部屋への侵入が別のグループ……というか別の犯罪者集団のしわざだとすれば、怪しいやつらはもっと多くなる。さらにダーリーンの部屋にいたヤク中の男もだ。どうひいき目に見ても、フィンが悪い人間とかかわりあっていたことは間違いなかった。最悪、フィン自身が悪い人間だったのかもしれない。フィン自身が犯罪者だった、なんてことがありうるのか？ そしてここでもっと大事なのは、真実を究明すべきか、それともフィンの名前を守るべきか、という問題だった。

私はグレース・ドネリーに、きみのお父さんの真実を必ず見つけ出す、と約束した。だがその情報を手に入れたとき、それをどうするかについてはなにも言わなかった。

「椅子を動かした跡があるな」

私はバラクを見上げた。「なんだって？」

「椅子だよ」バラクはそう言って、私がいま座っている場所を指差した。「動かした跡がある」バラクは部屋を横切ってこちらに来て、ひざまずいた。カーペットを上から手で押さえている。「しかも最近だ。ここにまだへこみが残っている」

私はなるべく何事もなさそうな顔をして、椅子から立ち上がった。バラクを心配させるようなことだけは避けたい。彼は私の傷めた膝のことを詳しく知らないのだから、できるだけ秘密にしておきたかった。

かがんで椅子を傾け、なにかその下に隠されていないか見ようとしたが、バラクとスティーヴが重いものを持ち上げる役を引き受けてくれた。「ここは若い者に任せてくれ、ジョー」とバラクが言った。

二人は椅子の背もたれを床につけてひっくり返した。

カーペットの一部が十二インチ四方（約三十センチメートル四方）ほど、なくなっていた。端の部分は、ギザギザのナイフで切り取ったようにほつれている。下の合板が露出していて、中央にうすいピンク色のしみがかすかに見えた。

恐れと興奮に同時にとらわれて、心臓がバクバクしはじめた。みんな黙ったままだった。

第十六章

エスポジート警部補の留守電に、大至急話がしたいとメッセージを残した。すでに九時をまわっていたので、朝までに連絡が来るかどうかは疑問だった。警察だって夜は寝るだろう。いくら責任ある立場でも。

「だめか？」私の表情を読んで、バラクが言った。

私は首を横に振った。「出ない」

フロントに鍵を返しに行ったスティーヴが戻ってきて、車に乗りこんだ。夜間のフロント係も、例の怪しい女性についてはまったく知らないようだった。当然、カーペットが切り取られていた件についても知らぬ存ぜぬの一点張りで、なんの役にも立たなかった。「誰かが土産(みやげ)に持って帰ったんだろうって言ってました」

私は笑った。「こんなところから土産に持って帰るのは、トコジラミぐらいのものだよ」

「じゃあここにはもう用はないですよね？」とスティーヴは言った。

「エスポジートからの電話を待っているんだ」と私は言った。

「二、三分だ」バラクがそう言うのを聞いて、スティーヴは見るからにがっかりしたようだった。「あと二、三分待とう」

私は部屋のほうにあごをしゃくった。「あそこでなにが起きたんだと思う？」

「誰かがなにかをカーペットにこぼしたんでしょう」とスティーヴが言った。

私はバックミラーに映るスティーヴをにらみつけた。「しょうもないことを言うな」

「まあ落ち着いて」バラクが言った。「スティーヴの言うとおりだ。確かなのは、なにかがカーペットにこぼれたということだけだ」

「血だよ」と私は言った。

「それはわからないだろう、ジョー」

「じゃあケチャップのしみを隠すために、わざわざあんな面倒なことをしたというのか？そんなわけない。あの女があんな短時間でカーペットを切り取って椅子を動かすのは無理だろうから、彼女のことはいまは置くとして。もし万が一あれがフィンの血だったとしたら……」

すでに私の頭の中には完璧なシナリオができあがっていた。「フィンはもう死んでいたかもしれない」という先日カプリオッティ刑事が言った言葉が、どうしても頭を離れない。ちょっとグーグルでリサーチしてみたら、死後硬直は死後二時間ほどで始まるということがわかった。検視官には正確な死亡時間はわからない。言えるのは、だいたい何時間ぐらいという幅のある時間帯だけだ。さらに列車に轢かれた場合、事態はもっとややこしくなる。あの床についていたかすかなピンク色のしみが本当にフィンの血だったとしたら、フィンが死んだ原因は心臓発作でも、ドラッグの過剰摂取でも、自殺でもないことになる。フィンは殺されたかもしれないのだ。

私は電話をとりあげた。着信はない。ひょっとしたら鳴っていたのかもしれないが、ときどきなぜか着信があったのに音が鳴らないこともある。

「なにかがあの部屋で起こったんだ」と私は言った。「なにか恐ろしいことが。フィンと関係ないにしても、警察に一度見てもらったほうがいい」

スティーヴはシートの真ん中にもたれこんだ。「カーペットを切り取ったのは警察かもしれませんよ。その可能性は考えました？　そこに付着していたものがなにか調べるために持っていったのかも」

「事件の報告書にはなにも書かずに？」

「なんの結果も得られなかったら、そうでしょう」

私はごくりと唾を飲みこんだ。反論を試みようとしたが、スティーヴの言うことは的を射ていた。一つの道を突きつめすぎて、ほかの可能性を検証する余裕がなくなっていたのだ。

「きみの言うことにも一理ある」と私は小声で言った。

「よく聞こえませんが」とスティーヴ。

「たしかにそうかもしれんと言ったんだ」

バラクが私たちのあいだに手を入れて制止した。「そんな大声を出さなくていいよ、ジョたしかに私は両手をハンドルに置いて、気持ちを鎮めた。「スティーヴの言うとおりだ。たしかに警察はすでにこういうことも検証済みだろう。エスポジートが折り返してきたら、大バカ者呼ばわりされること確実だ。まあいいさ、それも当然だろう。成熟した大人として、甘んじて非難も受け入れよう。だがぜったいになにかがおかしい。どう考えても、どうしても納得がいかないことがあるんだ」

バラクは私の肩に手を置いた。「いらつく気持ちはわかるよ、ジョー。だが私たちはかかわるべき範囲をはるかに超えてしまった。警部補が電話をかけてきたら、私たちが見た女のことを言うんだ。なくなったカーペットのことも。警部補が噂どおりの凄腕（すごうで）なら、正しい判断をして、この件の調査にもっと多くの部下を投入してくれるだろう。きっと事件の全容を明らかにしてくれる」

「私たちに正常な判断力があれば、あの女を現行犯で捕まえられたかもしれない。なのに……」

「たとえば女が部屋に押し入ったことに、私たちがあのとき気づいていたとして」とバラクは言った。「それでなにが変わるんだ？　彼女を意思に反して捕まえておくことはできなかったさ」

「スティーヴならできたかも。そうだろう、スティーヴ？」

スティーヴは咳ばらいをした。「厳密に言えば、そのとおりです。進行中の犯罪を発見したら、シークレット・サービス・エージェントは令状なしで逮捕することができます」

「ほらな」私はバラクの腕をぽんぽんと叩いた。

「しかし手錠はリトル・ビーストの中に置いてきました」とスティーヴは続けた。「リトル・ビーストと言えば、いつまでもウォルマートにとめておくのもまずいですよね。大事なベビーになにかあれば、ルネッサンスはきっとご機嫌ななめになりますよ」

私はバラクをちらっと見た。「ルネッサンス」というのは、シークレット・サービスがミシェルのことを言うときに使うコードネームだ。

「あれはきみの車じゃないのか」

バラクは私のほうを見なかった。「リトル・ビーストはちゃんと、あのオーストラリアの小さなヤモリ（保険会社GEICOのマスコットのこと）の保険に入っている」バラクはそう言って、親指と人差し指で十センチくらいの幅をつくってスティーヴに見せた。「大丈夫だよ」

「イギリスのヤモリだ」と私は言った。

バラクとスティーヴは二人して私をじっと見た。

「保険会社のマスコットだろ」と私は言った。「イギリスのヤモリだ、オーストラリアじゃない」

バラクは疲れた目をこすった。「ときどき、きみのことがわからなくなるよ、ジョー。ほんとにわからない」

私はイグニッションにキーを差した。駐車場にとまっていたのは、私のチャレンジャーのほかに乗用車が三台とピックアップ・トラックが一台だけだった。今夜はモーテルがあまり繁盛していないのか、あるいは徒歩でやってきた客ばかりなのか。こんな安いラブホテルだと、徒歩で来た客が多いと考えるほうが自然だろう。

不意に、ある考えが浮かんだ。コンセントにフォークを差しこんだみたいに、直感がビビッと走ったのだ。

「フィンの車はどうなったんだろう？」と私はバラクに尋ねた。

「ウィルミントン警察がここの駐車場で見つけたはずだ。報告書にはそれ以上なにも書いてなかった。押収されたんじゃないか」

「だがフィンは公式にはまだ犯罪の容疑者ではない。車は証拠として扱われないだろう」

「じゃあ移動されたんだ」とバラクは言って、私の車のそばに立つ街灯に取り付けられた看板を指差した。〝警告　無許可の駐車車両は移動します〟

「すぐじゃない」と私は言った。「いずれは移動します、ってことだ」

「まさか……」

私はうなずいた。「家族が持って行っていないなら、フィンの車はまだここにある」

残念ながら、バラクも私もフィンがどんな車に乗っていたのか、皆目見当がつかなかった。

スティーヴがフロントに確認したが、ナンバープレートは記録していないということだった。理由は簡単に想像できた。どんな法執行機関から情報の提供を求められても、堂々と知らないと言い張れるからだ。ちょうどいまみたいに。

エスポジート警部補が折り返し電話してきたら、フィンの車のナンバーがわかるかどうか聞けるのだが。スティーヴがシークレット・サービスの本部に勤める友人に頼んで、記録を調べてもらいましょうかと提案したが、そうすると事を荒立てる恐れがある。

私たちは駐車場を歩きまわった。バラクはあごに手を当て、頭脳を活発に働かせているようだった。私はそのあごに手を当てるポーズもマスターできていない。やってみたことはあるが、どうしても考えごとをしているようには見えない。途方にくれた人に見えるだけだ。

「ピックアップ・トラックは違う」と私は言った。「これはリストから外していい」

「確かか?」とバラクが尋ねた。

「フィンはリバーサイドに住んでいた。あそこの住民は九十パーセントが黒人だ。ナンバープレートに南部連合旗なんかつけていたら、あっという間に袋叩きだよ」

「リストから外そう」

「それからあれは……ヴァージニア州のナンバーだ」と言って、私は比較的新しいミニ・クーパーを指差した。「フィンがヴァージニア・ナンバーの車に乗っていたとは思えないね。密かに二重生活を送っていたのでもなければ」

「二重生活を送るドラッグ中毒者はおおぜいいるぞ」

「しかし単なる気まぐれで、ほかの州で車を登録するドラッグ中毒者はいないだろう」

「オッカムの剃刀（かみそり）により、これはフィンの車ではない」とバラクは言った。

「オッカム？」

「オッカムのウィリアムだよ」とバラク。「イギリスの哲学者だ。もっとも単純な答えがたいていの場合正しいという理論を提唱した」

私はうなずいた。そういえば法学部の学生だったころに、そんな言葉を聞いたことがあったような――本当にぼんやりとした記憶だが。

以上の推論により、残ったのは乗用車二台。どちらもダークブルーの『一番目の州』デラウェア・ナンバーだ。一台はビュイック・センチュリー、もう一台はフォード・インパラだった。どちらも製造されたのは前世紀のようだ。前世紀か……。

そうだ。私は車のうしろに回って、バンパーを調べた。「見つけたぞ」私はビュイック・センチュリーのトランクを軽く叩きながら言った。

〝バイデンとともに走行中〟バラクは消えかけたステッカーの文字を読んだ。「すばらしい」

運転席のドアはロックされていた。後部座席の窓から中をのぞく。持ち帰り用のビニール袋と、空の発泡スチロールのカップが散乱していた。「この車で生活していたみたいだな」

「きみの車にそっくりだがね」とバラクは言って、運転席側の窓から中をのぞきこんだ。

「こっちも誰かに先を越されたようだぞ」バラクは助手席のドアに手を伸ばし、そこを開けた。

「ロックを忘れたのかな」

バラクは窓のへりに指を走らせたが、ガラスに傷がついているところで止まった。「誰かがドアをこじ開けたらしい。だからロックがかかっていなかったんだ。だが、あまりうまい仕事だったとは言えないな。プロならこんな跡は残さない」

私は傷を調べた。「ドアロックをこじ開ける方法に、やけに詳しいな」

「車のキーの閉じこみをしたことないのか？」

「そういうときのためにレッカー・サービスがあるんだろう？」と私は言った。

「AAA（アメリカ自動車協会。日本でいうJAF）の会費を払う余裕があればね」とバラクは言った。「高校生で小遣いぜんぶアル・グリーンのレコードとビールの六本パックに使い果たしていたら、ほかの手段に訴えざるをえない。車をパクったことのある友だちに頼むとか」

私は首を振った。どうやら私たちの過ごした青春時代には、ずいぶん違いがあるようだ。

ボタンを押してトランクを開けた。バラクがトランクを調べているあいだ、私はグローブボックスをチェックした。なにを探しているのかいまだによくわからなかったが、とりあえずグローブボックスにはめぼしいものはなにもなかった。入っていたのは車の登録証と黄ばんだマニュアルだけだ。マニュアルはレーガン政権の時代から開いた形跡もない。保険のカードは見つからなかった。おそらくフィンは財布の中に入れていたのだろう。シートの下をまさぐってみたが、使用済みの紙ナプキンが落ちていただけだった。

　私はため息をついた。手書きの犯行声明が見つかることを期待していたわけではないが、なにか出てくるんじゃないかと思っていた。誰にも教えていない秘密のノートパソコンに、フィンが本当にかかわっていたことに関するファイルが隠してあるとか。彼の人生にまつわるミステリーに光を当てるなにかがあるはずだと。

　バラクはトランクを勢いよく閉めて、うしろのドアの窓をノックした。私は手を伸ばして、ロックを外した。

「最近は、こんなバックシートはつくってないよな」うしろの席に乗りこみながら、バラクは言った。

「たしかに」

　かつて、バックシートは「事に及ぶ」のに重要な存在だった。十六歳の誕生日に手に入れたシボレーには、キングサイズのベッドぐらいばかでかいバックシートがついていた。そこを活用したいという野望に満ちあふれてはいたが、実際の私は女の子に対してあまりにも奥手で、高校のモテ男にはとうていなれなかった。

　初めて車の中で「事に及んだ」のは、その数十年後、一九八八年の選挙戦の時だ。ジルと私はアイオワ州のステート・フェアの駐車場で、シークレット・サービスの警護班を待っていた。私が美しい花嫁の唇にキスすると、花嫁は熱いキスを返してきた。知らず知らずのうちに私たちはレンタカーのバックシートで一塁を回り、私設秘書が窓を叩いて注意を引こうとしていることにも気づかなかった。

呼ばれて我に返ったのは、二塁に進むころだった。

「どうやったらこんな生活ができるんだ」とバラクが言った。彼は私のうしろで床に散乱するゴミをかき分けていた。

「車の掃除を忘れることもあるさ」と私は言った。「たいていの人にとって、そんなに緊急の優先事項じゃないからな」

「きみはもっと優先させたほうがいいぞ」

「私が?」

「そう、きみだ」バラクは言った。「スティーヴが座る場所を確保するのに、二十分もかかってきみの車の中を片づけたんだぞ。窓を開けたまま車道に出たら、どうなるか考えるのも恐ろしいよ。あのゴミがぜんぶひらひら外に舞いちるぞ。そんな状態で走りまわったら、事故を誘発しかねない」

夏のあいだずっと、車を外に出していなかった。後部座席のゴミは、春学期のあいだペンシルベニア大学のキャンパスに通っていたときのものだ。その時期は雨が多かったのだ。だがバラクには、そのことはなにも言わなかった。そんなのはバラクにはまったく関係ないことだ。

「悪かったな。私には車に掃除機をかけてくれるシークレット・サービスがいないものでね、誰かさんみたいに」私はぶつぶつ文句を言った。

バラクは助手席側にまわった。「なあ、ジョー――」

「なんだ」私はなんとかしてバラクをへこませてやろうと、喧嘩腰だった。どうにかして彼に本音を言わせることはできないものか。私のことを本当はどう思っているのか、たった一度でいい、本当に腹の底で思っていることをしゃべらせたい。

「ここになにかあるみたいだぞ」バラクは〈ワッフル・デポ〉のロゴのついた発泡スチロールのカップを持ちあげた。「きみはこれがなにに見える？」

「コーヒーのカップだろう」

「このカップが山ほどある」とバラクは言った。「テイクアウト用の袋もだ。どうやら仕事に行く前に、フィンは〈ワッフル・デポ〉に寄ってコーヒーと、たぶん食べるものを買っていたんじゃないか」

私はその推理について考えてみた。フィンのシフトは日の出前の早朝に始まる。このモーテルとウィルミントン駅のあいだに、早朝から開いているダイナーはそれほど多くない。だが、たしかに〈ワッフル・デポ〉が一軒ある。

「事故の当日もそこに行ったと思うか？」と私は尋ねた。

バラクはレシートを見せた。「少なくとも前日は行ったようだ。ここにウェイトレスの名前がティナと書いてある」

「なにか話したかもしれないな。様子がおかしかったかも」私は少し間を置いた。「ちょうどいい、ちょっと寄り道していこう。昼からなにも食べてないんだ。腹が減りすぎて、低空飛行で飛んでいるガチョウのタマも食いちぎれるくらいだ」

バラクはなにか言おうとしかけてやめた。

「おい、スティーヴ！」バラクは駐車場の向こうに呼びかけた。「ワッフルは好きか？」

第十七章

　ウェイトレスとコックのほかに、〈ワッフル・デポ〉には誰もいなかった。私たちはいちばん奥の隅っこのボックス席に座った。三人ともサングラスをかけている。変装のためだが、部屋をジョン・ベイナー（元共和党下院議長。白人だが色黒でタンニングしているとの噂がある）行きつけの日焼けサロンみたいにまぶしく照らしている蛍光灯から目を守るためでもあった。帽子もなるべく深くかぶった。

「その腹はわざと突き出してるのか？」とバラクが言った。

「私に言ったのか？」と私が尋ねた。

「そりゃスティーヴではないだろう。スティーヴの体脂肪率は一パーセントだ。なあ、スティーヴ？」

「〇・五パーセントです」とスティーヴが答えた。

「それは健康と言えるのか？」と私は尋ねた。

　バラクは肩をすくめた。第四十四代合衆国大統領も、いまだにみごとな体型を保っている。体脂肪率〇・五パーセントとまではいかないが、十分政務に耐えうる体だ。世界じゅうのあちこちでカヤックを漕いだり、パラシュートで飛び降りたり、（たぶん）秘密のファイト・クラブでキックボクシングをしたりしていたせいだろう。一方私のほうは、ずっと家にいて地下室のロウイングマシンを横目で見たり、たまにランニングマシンに乗ったりしていたくらいだ。

　スティーヴはあくびをした。目の下にくまができている。

　ウェイトレスが注文をとりにやってきた。黒髪に鼻ピアスの背の低い女性だ。名前は？と名札を見ると……ティナだ。ティナはスティーヴにコーヒーを注いだ。バラクと私は水だけでいいと言った。

　ティナが戻ろうと振り向く直前に、きみを前に見たような気がする、とバラクが話しかけた。「深夜勤務だろう？　前見かけたときは、朝食どきだったと思う。一晩じゅう働くのは大変だね」

　ティナは微笑んだ。「私もあなたをどこかで見た気がする。ここじゃなくて……その、こんなこと言っていいかどうか、バカバカしすぎるんだけど。あなた、あの人にそっくりよね」

「バラク・オバマ？」バラクはそう言ってにやりと笑った。

「よく言われるんじゃない？」ティナは一歩下がって、バラクの全身を眺めた。「でも本物のほうがちょっと若いわね」

　バラクの笑顔が消えた。「ちょっと聞きたいことがあるんだが。火曜の朝に、ここに来ていた人のことだ。一人で朝食を食べていたと思う。白髪の白人で、ここにいる私の友人より少し背が高い。見かけた覚えはあるかな?」

ティナは首を振った。「あの日はシフトの最初から最後まで忙しくって。なにもはっきり覚えてない。町でレスリング・ショーがあったのよ。あの人たち、めちゃくちゃ食べるのよね——オムレツも特大や超特大。一人なんか男性用トイレを壊したのよ。ただ普通に使っただけで」

「それはどのレスラーだい?」と私は聞いた。

バラクがじろりと私をにらんだ。

「とにかく」私は言葉を続けた。「さっき言った人はここに来ていたはずなんだ。常連だったと思う。アムトラックの車掌でね」

「ああ!」ティナが言った。「フィンね。いつもカウンターに座って、必ずノンカフェインのコーヒーを頼んでた」ティナの顔が曇った。「おたくたち、警察かなにか?」

たしかに、私たちは警察っぽく見えるだろう。三人とも短髪にサングラスをかけ、うち二人はスーツ姿。アロハシャツを着た私は、私立探偵マグナムっぽい。マグナムみたいな口ひげはないが。

「まあそういうようなものだ」と私は言った。

「フィンになにかトラブルがあったの?」

バラクと私は顔を見合わせた。ウェイトレスは事故のことを聞いていないのだ。

「ちょっと事故があってね」とバラクは言った。「鉄道会社に頼まれて、いろんな人から話を聞いている。正式な捜査ではないんだ」

「なるほどね。つまりおたくたちが知りたいのは、フィンの息が酒臭くなかったか、それかハッパの香りがしてなかったか、ってことね」ティナは前かがみになった。「私のシフト中にここに来る人の半分は、バーからまっすぐ来る人たちだからね。金曜や土曜の夜はもっと多い」

「今夜はそうでもないがね」と私は指摘した。

「まだ早いし」とティナは言った。「バーが閉まるのは二時だから」

全員が時計を見上げた。まだ十時半。二時はまだまだ先だ。

「だけどフィンなら」とティナが続けて言った。「なにかおかしなとこがあったら気づくわよ。制服姿で酒の匂いをぷんぷんさせて歩くわけない。パイロットがジャック・ダニエルのボトルを抱えて飛行機に乗りこむようなもんよ。そんなの見たら誰だって気がつくでしょ」

「じゃあ火曜の朝のフィンのことで、なにか覚えてないか？　落ち着かない様子だったとか？」

ティナは肩をすくめた。「近頃は、なんかそわそわしてる人が多いから。みんな多動っぽいんじゃない？」ティナの視線はスティーヴのほうを向いた。スティーヴはまた脈をチェックしている。水曜の朝にもフィンを見たかとバラクは尋ねたが、ティナは見ていなかった。

事故の前日の朝が最後だ。

私は尋ねた。「そう言えば、なにかカバンみたいなものを持って――」

バラクがテーブルの下で私を思い切りけとばした。

「ヘロインのカバンとは一言も言ってないだろう」私は歯のすきまから声を絞り出すように言ったが、バラクには（ほかの人にも）聞こえていないようだった。

「カバンなら持ってたわよ」とティナが言った。「いま言われて思い出したけど。黒いカバンだった。ほら、ジムに持ってくようなやつ――」

「ボストンバッグ？」

「そうそう。あの人、いつもなにも持ってなかったけど、あの日は黒いボストンバッグを持ってた。それもすごく大事そうに。ちょっと変だなと思ったのよね。車に置いとけばいいのに」

「このあたりで？」と私は尋ねた。

「このあたりがなによ？」

「いや」私はすぐに打ち消した。「なんでもない」

ティナがその場を離れるとすぐに、興奮を抑えきれない私はバラクのほうを向いた。「ボストンバッグだ。これは重要な情報じゃないか？」

「なにもなかったわけではないが、だからといってただちにそれが重要な情報と言えるわけではないだろう」

私は電話を出してエスポジートにかけようとしたが、バラクがちょっと待てとそれを止めた。「警部補からはまだ電話が返ってきていない。向こうが電話をかけてきたら、線路のそばかモーテルにボストンバッグがあったか聞く。それまではへたに動かないほうがいい。誰かに電話して伝言を残したのなら、向こうがかけてくるまで待つんだ。こっちから何度も何度も電話してしつこく伝言を残す必要はない」彼は少し間をとってから、おもむろに続けた。「きみが相手にいやがらせをしたいなら話は別だが」

スティーヴは私たちがやりあうのを聞いてはいなかった。彼はまったく別の次元に入りこんでいた。いったいどんな次元にいるのか、のぞいてみたいものだと私は思った。

ウェイトレスが頼んだ料理を持ってきた。バラクとスティーヴが頼んだのは鶏胸肉のグリルだが、二人が見ていたのは自分たちの料理ではなかった。私の前に置かれた料理を、恐怖におののきながら見つめている。私はかまわずハインツのケチャップボトルに手を伸ばした。

「そのぐちゃぐちゃの下にハッシュ・ブラウンがあるのか?」とバラクがきいた。

「そのとおり」と私は言った。私のハッシュ・ブラウンは、〈ワッフル・デポ〉の用語では「辛い誘惑のハッシュ」というらしい(つまり、チーズとオニオン、角切りハム、ハラペーニョがけということだ)。七百四十キロカロリーの脂まみれの代物だ。ここ数カ月、私はこういうものばかり食べていた。夜中に下着姿でベン&ジェリーズのアイスをパイントカップから食べていて、ジルに見つかったことも一度や二度ではない。自分ではベッドから出た記憶もぼんやりとしかない。夢遊病とまではいわないが、それに近い状態だった。

「その炭水化物、ほんとにぜんぶ食べるんですか？」とスティーヴが言った。彼がこちらの世界へ戻ってきて、会話を交わしてくれてほっとした。少々むかつく態度ではあったが。

「カロリーは体にいいんだ」と私は料理をほおばりながら言った。「エネルギーのもとだから。カフェインだってエネルギーのもとだろう」

私はまぶたが半分垂れ下がったスティーヴの目を見たあと、彼のコーヒーカップに目を落とした。二十分もたたないうちに、すでに三杯目を飲み干したところだ。「効き目はどうだね？」

スティーヴはなにも言わなかった。

黙って勘定を待つあいだ、スティーヴは私のハッシュ・ブラウンの残りを、まるでゴッホの絵でも見るような目つきでじっと見つめていた。私は彼の精神状態が本当に心配になってきた。この男に武器を持たせておいていいものだろうか？

「腹が減っているんだな」と私は彼に声をかけた。「ハッシュ・ブラウンの残りを食べるといい。多少余分なカロリーをとったところで死にはしないさ」

スティーヴはフォークをとると、私の皿に残った料理におそるおそる突き刺した。死んだ動物を棒でつつくような具合だ。ひと口食べ、またひと口……。ペースを落としたほうがい

いと注意する前に、あっという間に皿は空っぽになっていた。それどころか皿はきれいにな
め尽くされていた。そのあとスティーヴはすっかり元気を取り戻したようだったが、罪悪感
にさいなまれているらしいことは心理学者でなくても察しがついた。たしかにスティーヴの
肉体はじつにみごとな人体標本のようだ。だが炭水化物を断っているせいでつねに体調が優
れないのなら、そんな無理をする意味があるのだろうか。一方私たちのような老兵には、多
少の余分なエネルギーが必要だ。でないとたるんだ皮膚が骨のカーテンレールからだらんと
垂れ下がってしまう。

バラクは私の顔に浮かんだ暗い表情に気づいた。「私たちはきっと真相にたどりつくよ。
心配しなくていい」

「きみにそんな保証はできないだろう」と私は言った。

「保証はしていない。だが信念がある」

「まーたそんなできもしない約束をするんですか」私は精一杯サラ・ペイリンのアラスカな
まりをまねしながら言った。

「私を批判するのはやめてくれ、ジョー」

「現実を見たほうがいい。私たちはなにをしているんだ？　ここでいったいなにを？」

「いまなら、私はトイレに行くところだよ」バラクはそう言って、ボックス席から立ち上が
った。

私も行くと言おうとしたが、その言葉が口から出る前にスティーヴがもう腰を上げていた。

私は口をぽかんと開けた間抜けな顔のまま、席に一人残された。

「なんだい、ジョー？」バラクはスーツのジャケットをぴんと伸ばしながら尋ねた。

「いや、いい」と私は小さくつぶやいた。

第十八章

バラクが勘定書を持って立ったので、そのまま払ってもらった。そのあと、私たちは〈ワッフル・デポ〉の外の歩道で立ち止まった。頭上にともる蛍光灯から、カゲロウたちが急降下爆撃してくる。手で払いのけたが、数が多くてこちらに勝ち目はない。しかしまだ車に乗ってしまうわけにはいかない気がした。車に乗るのは、新しい行動計画を立ててからだ。

バラクは食後のニコチンガムを嚙みながら、別のことを考えていたようだ。「今夜はこれでお開きにしよう」と言った。

「きみは悪いやつらもこれでお開きにすると思うのか？」

「悪いやつらって？」

「ほかになんて呼べばいいんだ？　他人の家やモーテルにずかずか押し入ってくるやつらなんだぞ。それどころか、療養施設にまで」

「どこか同じ組織の人間かもしれない。法執行機関か、マフィアか……シークレット・サービスか」バラクはそう言って、スティーヴにウィンクした。

スティーヴはウィンクを返さなかった。

「これまでにわかったことを整理してみよう」とバラクは続けて言った。「ある男が、走ってくる列車に轢かれて線路上で死んだ。ポケットにはヘロインが入っていた。男の部屋のカーペットが、四角く切り取られていた。ボストンバッグの話が出たが、これは証拠品として保管されているかもしれないし、家族が持っていったのかもしれない。こんなところか？」

「フィンがハイになっていたという話は、事情を聞いた人たちからはまったく出なかった」と私は付け加えた。「可能性を除外することはできないが、私はぜったいにありえない話だと思う。あと、フィンが列車に轢かれて死んだのかどうかもわからない。轢かれる前に死んでいたかもしれない」

「ドラッグの過剰摂取か、心臓発作か」とバラクが言った。

「それか……」

「ああ、もう頼むよ」スティーヴが小声でつぶやいた。「また始まった」

「犯罪行為があった可能性がないとは言えないだろう？」と私は言った。

スティーヴはバラクのほうを見た。「自由に話す許可をいただけますか？」

「別に許可を得る必要はないさ」

スティーヴは大きく息を吸った。「いいですか。言わせていただくなら、これはやりすぎです。この思いつきの探偵ごっこにこれまで付きあってきましたが、もうたくさんです。あなたがたは僕の指示を無視して、あのモーテルの部屋に丸腰で飛びこむなんて無茶をやらかした」

「女がいたんだ」と私は言った。

「女は滞在客か、売春婦だったかもしれない。それかキメられる場所を探していたドラッグ常用者だったかも。武器を持ってたかもしれないんですよ。そうしたら、お二人ともいまごろ担架に乗ってたか、下手したら死体安置所送りでした。大統領閣下、僕にはもうあなたの安全を保証することができません。もしお二人がこの……このばかげた調査を続けるおつもりなら」

スティーヴは肩で息をしている。

「この演説は炭水化物のせいか？」とバラクが尋ねた。

スティーヴはバラクを無視し、勢いに乗ったまま続けた。「切り取られたカーペットについていたしみが、こぼれた赤ワイン以外のなにかの証拠だったとしたら、それこそ驚きですよ。びっくり仰天だ」

「あんなところでワインなんか飲む人間はいない」と私は言った。「少なくともそれは認めるだろう？」

スティーヴは私を信じられないという目で見た。「まだこだわるんですか？　いいでしょう。言えばいい、殺人だって。殺人が行われたと、あなたは思っているんでしょう？」

「そうは言ってない。ただ可能性はあるということだ。いまのところ、その可能性にはほかの誰も目を向けていない」

「なぜだかわかりますか？　ほかの誰も、そんなバカなこと考えている暇がないからですよ。殺人があったという証拠は皆無です。悪いことは起こるもんです。泥棒が家に押し入ったり、モーテルの部屋に入りこんだり。飲み物がこぼれることだってある。そういったことぜんぶになにか意味があるかって？　なにもありませんよ」

私は体が熱くなるのを感じた。スティーヴは明らかに私の中のスイッチを押してしまったようだ。バラクは私が爆発寸前なのを感じ取ったらしく、私とスティーヴのあいだに割って入った。

「あのエスポジート警部補というのはじつに優秀な人です」スティーヴは続けた。「州兵としての勤務経験があり、アフガニスタンにも行っている。そんな人の判断を信用しないなんてどうかしてる」彼は私の胸に指を突きつけた。「それに比べてあなたは……」

「私は『ロー&オーダー』を見過ぎの、ただの老いぼれか」

バラクは両手をあげて、いまにもつかみあいの喧嘩になりそうな私たちを牽制（けんせい）した。「もういい。スティーヴの言うとおりだ。今日はここまでにしよう。ただ、これでおしまいにするわけじゃない。明日また仕切り直そう。警部補が私たちを非難するなら、向こうの言うことに従うまでだ。フィンはジョーの友人だった。そしてジョーは私の友人だ。私たちは状況が困難になったからといって、友人を見捨てたりしない。それが気に入らないのなら、スティーヴ、きみのことは配置替えしたほうがいいのかもしれんな」一瞬、バラクは間を置いた。

「うちの犬の警護に」

「この『捜査ごっこ』でお二人がやらかした失敗の尻ぬぐいをするくらいなら、犬の糞を拾ってたほうがマシですよ。もしあなたがたになにかあったら——転んで膝でも擦りむこうものなら、僕の記録に汚点が残るんです。そうしたら、前大統領の警護をもう一年やらされる羽目になる」スティーヴは教会に来た罪人のように汗をかいているが、話の勢いは止まらない。「それに、あなたがたがシャーロックごっこをやっていると知ったら、ルネッサンスはなんとおっしゃると思います?」

「なにも言わないさ」とバラクがぴしっと言った。「彼女はなにも知らないのだから。きみは彼女には報告しない。きみが報告する相手は監督者であるこの私だ。必要なことはすべて監督者に報告すべきであって、ミセス・オバマにはなにも話す必要はない。わかったな?」

「でもなにか聞かれたら——」

「聞かないさ」

「でも実際なにか——」

「間違っていたら教えてくれ。きみの勤務機関のモットーは『信頼と信念に値する』行動だろう?」とバラクは言った。「ホワイトハウスの裏口からこっそりマリリン・モンローを連れこむのをごまかしてくれと頼んでいるわけじゃない。ほんの少しだけ自由を認めてくれと言っているんだ。少しだけ信頼してくれと」

スティーヴはまだ異議を唱えようとしたが、急に脇腹を押さえた。

「大丈夫か、スティーヴ？」と私は尋ねた。

スティーヴはもう片方の手で口を押さえた。私たちの見ている前で、スティーヴの顔色はみるみるうちに真っ青になり冷や汗が噴き出てきた。いまにもベスビオ火山が爆発しそうな様子だ。

「ハッシュ・ブラウンが……」スティーヴがしわがれ声で言った。

「きみは大丈夫か、ジョー？」とバラクが言った。

私が答える前に、スティーヴは体を二つに折り曲げて、歩道に勢いよくゲロを吐いた。湿ったしぶきがバラクのズボンに跳ねかかる。バラクも私も思わず目をそらした。レストランに入ろうとしている男女に、バラクは小さく手を振った。二人は足取りを早めて歩き去った。

激しい嘔吐(おうと)の音がようやく止(や)むと、私たちはスティーヴの生死を確かめるためそちらのほうに向き直った。シークレット・サービス・エージェントは、黒いジャケットの袖口で口元をぬぐっていた。かろうじて生きてはいるようだ。

「顔を洗ってきたらどうだ？」とバラクが言った。

「お二人を……ここに……残しては……行けません。腕を伸ばして……届く範囲にいなければ」

「訓練で言われたことは、とりあえず忘れるんだ」と私は言った。「とにかく、ドブネズミみたいな臭いのするやつを私の車に乗せるのはお断りだ」

　スティーヴはまた不快なゲボッという音を出した。そのまま彼は〈ワッフル・デポ〉の中にかけこみ、私たち二人は歩道上にゲロとともに残された。

「まったくひどいな」私は言った。「ハッシュ・ブラウンも消化できないとは。たしかに脂っこいが、だからといってこれはないだろう」

「いいやつなんだ。だが……」

「だが？」

「ちょっと抜けてる。空気が読めないんだ」

　私はあることを思いついた。少々無謀な考えだったが、スティーヴは私たちの計画全体をつぶそうとしている。「彼に張りつかれていては、思うように動けない」と私はバラクに言った。「四六時中、気をつけろと言われつづけてはね。これまでは安全第一でやってきたが、たいした結果も得られなかった」

　バラクはいたずらっぽい笑顔を見せた。私がやろうとしていることが、彼にはわかっていた。彼も同じことを考えていたのだ。

「きみは恐ろしいやつだな、ジョー。じつに、まったく恐ろしいやつだ。病人を置き去りにするなんて、『男同士の掟（Bro code）』（人気テレビシリーズ『ママと恋に落ちるまで』から広がった男同士の絆を守るための掟を表す言葉）では許されるのか？」

「さあ、知らんな」私は言った。「許されるのか？」

「私も知らんよ。だいたい『男同士の掟(おきて)』なんてものが、あるのかどうかさえ怪しい。だがもしあったとしたら、より大いなる善の追求のためには、邪魔になる重石(おもし)は捨ててもまったくかまわない、と書いてあるさ」

店のトイレに戻ると、スティーヴは陶器製の神の前にひざまずいて祈りを捧(ささ)げていた。バラクはスティーヴのポケットに二百ドルを忍ばせ、ウォルマートの駐車場までタクシーで戻れるようにしてやった。

外に出たとき、私の心臓は高鳴っていた。バラクの護衛から逃れようとしているなんて、信じられない。世界は危険に満ちていて、とくに政治家が人目につくのは危ないし、大統領はもっと危ない。なかでもバラクの危険度は最大級だ。彼は歴代の大統領の中で、もっとも多くの殺害予告を受けてきた男なのだ。未然に防がれた陰謀は数知れないが、一般の人が知っているより、その実数ははるかに多い。おそらく私が知らないものもあるだろう。そういう陰謀を企(たくら)むいかれたやつらの半分は、なぜかいまだにバラクが大統領だと思っているか、あるいはひそかに「闇の国家」みたいなものを支配していると考えている。陰謀論者たちが撒(ま)きちらしつづける最新のデマにはさほど詳しくないが、バラクと私が「トカゲ人間」だという陰謀論を聞いたことがある。いわく、私たちは半人半エイリアンのハイブリッドで、社会に溶けこみ、ひそかに政府を操っているというのだ。私たちはあらゆることの背後で糸を引いているらしい……テロリストの攻撃や、自然災害、金利の上下さえも。誰かがこの混沌(こんとん)

とした世界を操っていると考えると、なんとなく気が楽になるのかもしれない。

だが尻尾のある姿というのは、あまり格好よくないな、と思った。

「うちへ戻ろう」と車のドアを開けながら、私は言った。「客間があるんだ。スキー・ロッジのような造りになっていてね。スキー道具もぜんぶ用意してある」

バラクは車の屋根越しに私をじっと見た。「スティーヴがいちばん最初に探しにくるのはきみの家だ。ベッドに入る前に捕まってしまう」

「そうか。じゃあ、リホーボス・ビーチの別荘は？」

「そこはスティーヴが二番目に探しにくる場所だ」とバラクは言った。「アイディアを出しあおう。スティーヴがいちばん探しに来なさそうな場所は？」

それなら、あまり長く考える必要はなかった。「そうか、ビンゴ！　わかったぞ」

「うちって言うなよ。うちはだめだぞ」

私は首を振った。「もっといい場所がある」

第十九章

私たちはタクシーでハート・オブ・ウィルミントン・モーテルまで行き、タクシーには私が現金で支払いを済ませた。〈ワッフル・デポ〉に私のチャレンジャーを置いていくのは気が進まなかったが、スティーヴに広域手配をかけられたら、あっという間に見つかってしまう。

タクシーが走り去ったあと、私は振り返って看板を見た。

〝満室〟

「まさか、冗談だろ」私は小声で言った。駐車場にはフィンのを含めて十一台しか車はない。

バラクは私の背中をポンと叩いた。「こういうモーテルでは、待っていればいいんだ。一時間もすればどこか空くさ」

私は足を引きずってフロントへ向かった。たしかにバラクの言うとおりだった。二十分もたたないうちに、一部屋空きが出た。私が現金で支払った。受付では身分証明の提示は求められなかったし、名前も聞かれなかった。

部屋に入って最初に気づいたのは、ベッドが一つしかないことだった。というか、ベッドは二つあるが、マットレスが載っているのは一つだけだ。

「きみはハネムーン・スイートを予約したのか?」とバラクが尋ねた。

「よしてくれ」と私は言った。疲れていてとても笑える気分ではないし、一つ足りないマットレスをどうするか考えるのも面倒だった。

「フロントに電話して、なんとかしてもらうよ」とバラクは言った。「先にシャワーを浴びてくるといい」

バスルームに行って服を脱いだ。むやみに明るい光の下で見ると、膝は相当ひどい状態になっていた。青黒く腫れて、膨れあがった死体みたいだ。ジルになんと言って説明しよう? 最善の策は、いつもと同じように、真実をそのまま話すことだ。そして、少々古くさいが、カトリックの教会でするようにひれ伏して許しを乞うしかない。

膝もひどかったが、顔はまさにホラー映画の世界だった。目の下にはクマ、額には深い皺が刻まれている。両肩にかかる世界の重みに耐え切れず、私はもうくずおれる寸前だった。

ここでいったいなにをしているのだろう? バラクはいま人生の真っ盛りかもしれないが、私はとうに盛りを過ぎている。ステージから耳を傾けてくれる人に向かって、いくら「私は完全な健康体だ」と声高らかに宣言しても、時の翁(おきな)のもたらす効果を無視することはできない。私は自分の老いを実感しはじめていた。ほかの人間に対して口に出して認めたりはしないし、ジルにもそんな話はしないだろう。チャンプにさえ一言も言わないと思う。もちろん年をとるのは恥ずかしいことではない。だが自分ではそれを認めたくなかった。

フィンは私に会おうとしていたのだろうか？　私なら彼を守れると思ってくれていただろうか？　警察にできなくても、私にできることがなにかあるのだろうか？　私は彼の死を防ぐことができなかった。いまの私は副大統領ではない。公的な権力もなにも持たない、ただの一人の年老いた男だ。これまでに出くわした怪しげなやつらには、体力的にも精神的にも対抗できない。おまけに膝まで傷めていては、もしも向こうが形勢を逆転してこちらを追ってきたら、逃げおおせるチャンスは限りなくゼロに近い。

私はもうフィンが何年も前に知っていたような男ではないのだ。フィンの知る私は、十年前の私だ。あれから私は、議事妨害しか眼中にない、いかれたティーパーティー運動シンパとの戦いに明け暮れる八年間を過ごした。バラクの髪には白髪が増えた。もっとも私の髪は、副大統領になった時点で真っ白だった。フィンを助けることができたかもしれない、などと考えるのは無茶だとわかっている……だが、ほかに選択肢があったとも思えない。フィンは私を必要としていた。フィンの家族もだ。

だが、とりあえずいまは睡眠が必要だ。

私はバスルームの電気を消して、ベッドルームに戻った。シャワーは朝にしよう。

「なにも問題ないかい、ジョー？」バラクが尋ねた。

「大丈夫だ」と私は言った。バラクは私の年について、よくジョークのネタにしてからかってきた。「食物繊維はちゃんととっているかい、ジョー？」とか、「前立腺の調子はどうだい、ジョー?」とか。もっともバラクは、誰に対してもそういう軽口を叩いた。彼は親しい友人や側近に「ジョーク」を言うのが好きだったのだ。そういう「ジョーク」とは実際には相手をけなすものだったが、私はそれで気分を害したことはなかったし、自分は生来ユーモアを理解できる人間だと思っている。しかし今日はそんな気分ではなかった。私はバラクをじろりとにらんで、黙ってないと痛い目を見るぞと警告を発した。

ほぼ七十年間、人を痛い目に遭わせたことはない。

だが、その日は誰かを痛い目に遭わせてもいいような気分になっていた。

ベッドスプレッドもめくらずに、ベッドの上に体を投げ出した。マットレスは半端なく固く、枕には濡れた砂でも詰まっているようだ。バラクがシャワーを浴びているあいだ、テレビのリモコンを手に取ったが、テレビがないことに気づいた。テレビがあったはずの壁からはワイヤとケーブルが飛び出している。

シャワーを浴びたバラクは、Tシャツとジム・ショーツ姿になっていた。バラクはだらしなく太ったりしていなかった。そのことは彼の「冒険」映像をいくつか見て知ってはいた。だが実際の彼は、まさに筋骨隆々だった。そのみごとな体は「おやじ体型」という言葉に新たな定義を与えるものだ。思わず釘づけになっている自分に気づいて、私はあわてて目をそらした。

「私の場所を空けてもらえるかな?」とバラクが尋ねた。

私は少し横にずれて、バラクにベッドの半分を明け渡したが、お互い半分ではとても足りなかった。私の左腕はベッドの端からぶらりと垂れ、床に触れていた。

バラクは私の隣に滑りこんだ。「フロントに電話したんだが、余分のマットレスはないそうだ。ほかの部屋が空くのを待つのがいやなら、これで我慢するしかない」

「もう一つのマットレスはどうしたか、聞いたのか？」

「聞いてどうする」とバラクが言った。「知ったところで、どうしようもないだろう」

彼はベッドサイドのランプを消した。

私たちは並んで暗闇の中に横たわっていた。二人とも体の片側がベッドから落ちそうになりながら、天井を眺めていた。隣の部屋の壁にベッドフレームが当たって鳴るギシギシという音が、ずっと聞こえている。数分後、音はしなくなった。絶頂に達した女の声が聞こえた。

バラクと私は、子どものようにくすくす笑い出した。

ひと笑いすると、神経がたかぶって眠れなくなった。

「大統領、最高裁、ファーストレディ」と私は言った。

バラクは私のほうを向いた。「なんだい、それは？」

「上院でよくやっていたゲームだよ。議事妨害のせいで徹夜したときにね。まず女性の名前を三人挙げて、どれにふさわしいか決めるんだ。さっきの……」

「大統領、最高裁、ファーストレディに？」

「そのとおり」

「じゃあきみが三人挙げてくれ」

「ナンシー・ペロシ、エリザベス・ウォーレン、ヒラリー・クリントン」

長い間があった。

「別の三人にしてくれ」とバラク。

「悪いが、ルールは変えられない」

「ちょっと女性に失礼じゃないか？　誰がこんなゲームを思いついたんだ。ストロム・サーモンド（人種差別主義者として有名なアメリカの政治家）か？」

「いや待て、ストロムはフランシスコ教皇（現ローマ教皇。リベラルな姿勢で知られる）ではないかもしれないが、性差別主義者ではなかったぞ」

「人種差別主義者だったのは確かだ、ジョー」

「正確には『分離主義者』だ」

「そうか」天井を見つめながらバラクは言った。「そのほうがだいぶマシだな」

「質問をはぐらかすなよ。大統領、最高裁、ファーストレディは誰にする？　ナンシー・ペロシとエリザベス――」

「ヒラリーが大統領。エリザベスが最高裁。ナンシーがファーストレディだ」

私はまさか、という目つきでバラクを見つめた。

「ナンシーがファーストレディ？　エリザベス・ウォーレンでなくて？　正気かね？」

「エリザベス・ウォーレンがいちばん若い。だから最高裁に据えたんだ。ゴーサッチ（二〇一七年にトランプ大統領の指名により四十九歳で就任した連邦最高裁判事）が最高裁判事に選ばれたのは、まず年が若かったからだろう？」

「なるほど。だがヒラリーが大統領？　冗談だろう？」

「きみはまだ選挙のことを根に持っているのか？」

「私なら大統領選であの指の短い道化師（トランプのこと。トランプの指が短いことは有名）に勝てたはずだ、バラク、私なら――」

「おやすみ、ジョー」

　私はため息をついた。「おやすみ、バラク」

　私は目を閉じて眠ろうとしたが、ヒラリーの顔をどうしても頭の中から消すことができない。アメリカがあんな道を選んだのは、彼女のせいではないとわかっていた。だがもし私が候補になっていれば、いまごろ私はハート・オブ・ウィルミントン・モーテルではなくホワイトハウスで眠っていたはずだ。

　目を開けてみると、バラクもまだ起きて天井を見つめていた。私も天井を見上げたが、バラクが見ていたのはプールを往復する水泳選手のように天井を這いまわるゴキブリだということに気づいた。

「もう一度立候補しようかと考えることはあるかい？」と私はバラクに尋ねた。

「大統領に?」

「なんでもいい」と私は言った。「上院議員とか」

「寝ているあいだにミシェルに殺されるよ」

「真面目に答えてくれ」

「真面目に答えているさ」とバラクは言った。「枕で窒息させるからね、と言われたんだ。どの枕を使うかも見せられた」

「そうか」と私は言った。「だがそれでも答えになってない。実際、考えることはあるのか? 本当に立候補するかどうかはまた別の話だ。ただ、時には考えることもあるだろう?」

「いろんなことを考えるよ」とバラクは言った。「どんなことを考えるか、あまり口に出したくない」

「悪い考えだから?」

「悪い考えも、いい考えも」

「精神科医にかかっているか?」

「かかる必要があると思うのか?」

私はふん、と鼻を鳴らした。

「私は人間だ、ジョー」バラクは言った。「人はときに、考えるべきでないことを考える。いや、言いかたを変えよう。人はしょっちゅう考えるべきでないことを考えてしまう。誰も自分の思考をコントロールできない。コントロールできるのは、行動だけだ」バラクは少し間を置いた。「きみは立候補しようと考えているんだろう？」

「私もいろんなことを考えるよ。だが、そうだな。そう考えることもある」

「きみの心はなんと言っている？」

「私は人の役に立つためにこの地上に生まれてきた。そして神に誓って、その務めを果たしてきた。問題は、いつまでやれば十分なのか？　ということだよ」

バラクは深く息を吸って、それを吐き出した。「いつまでやっても十分にはならないさ。この国の過ちを、いやこの世界の過ちを正すためなら、私は自分の持てるすべてを差し出すつもりだ――そして実際、何年かはそうしてきた」

「だがきみの言うとおり、いつまでやっても十分ではない」と私は言った。「なぜそれでも私たちは努力を続けるのか？」

「変化を起こすためさ」とバラクは言った。

「それで、できたのか？」

「変化を起こすことが？」

「そうだ」と私は言った。「私たちは変化を起こせたか？」

彼は目を閉じた。「わからないよ、ジョー。私にはわからない」

第二十章

次の朝、ひさびさの深い眠りから私は目覚めた。ずいぶん若返った気がした。生気がみなぎっている。両腕を思い切り伸ばしてみて、ベッドの隣が空っぽなのに気づいた。

「朝だぞ、お寝坊さん」とバラクが言った。バスルームのドアの裏についた姿見の前で、スーツのジャケットのボタンを留めている。一つ、二つ、最後にもう一つ。昨日着ていたのと同じマーティン・グリーンフィールドのスーツだが、パリッとしてきれいにアイロンがかかっているように見えた。

バラクは私の顔に浮かんだ驚きの表情に気づいたに違いない。「隣にクリーニング・サービスがある。そこできれいにしてもらった。服にハッシュ・ブラウンのかけらをつけたまま、歩きまわりたくないからね。きみの服は椅子の上だ」

私はぼんやりした目をこすりながら起きあがった。「どうして起こしてくれなかった？ チェックアウトは何時だ？」

バラクは両手を上げた。「落ち着けよ、ジョー。時間はたっぷりある。まだ十時にもなっていない」

ベッドから出て立ち上がろうとしたとたん、膝が崩れてよろめいた。バラクは急いで私を支えようとした。

「大丈夫」と私は言ったが、嘘だということはどちらにもわかっていた。私は椅子に片手をついて体を支えた。「ぐずぐずしている暇はない。一人の男の名誉が――」

「かかっているんだろう」とバラクは言った。クールで、冷静で、落ち着いたその声は、いかにもバラク・オバマそのものだった。一方、泡をくって慌てふためく私は、いかにもジョー・バイデンそのものだった。

私はため息をついた。やっぱり私たち二人が出会えば、以前の関係に戻ってしまうのだ。

「どうする？」と服を着ながら私が聞いた。

バラクは目を細めた。「どうするって？」

「朝食だよ」と私は言った。

「コンチネンタル・ブレックファストはないよ。きみが期待しているのがそれなら」

私は携帯電話を確認した。三〇二の局番から朝の二時に着信があった。エスポジートの家の番号だろうか？　電話をかけ直してみたが、呼び出し音が鳴るだけで留守電にはつながらなかった。

「くそっ」こんな朝っぱらから汚い言葉を使いたくはないが、特殊な状況下だからやむをえない。「スティーヴがかけてきたんだな。あいつ、どうしたかな？」

「総合的に見て、私たちはうまくやったんじゃないかな。彼は第四十四代合衆国大統領を見失ったようだ」

「それで思い出した。ジルに電話して、私がどこかの道端でのたれ死んでないことを知らせておかないと」

「そんなことになったら全国規模のニュースになるさ」とバラクが言った。

「やめてくれ。きみのほうはミシェルに話したのか？」

「昨日の夜メールしたよ。きみの家に泊まるってね。二人でお泊まり会をしたと思っているよ。彼女がジルと話さないかぎり、大丈夫だ」

私はううむ、とうめき声を上げた。「私にも、きみのところに泊まったとジルに言えと？」

「二人ともなにも知らないんだから、余計な心配をかけることはない。私たちがうまく口裏を合わせてボロを出さなければ、嘘をついたと責められる心配もないさ」

腹が鳴る音がした。また腹が減ってきたのか、それともこれ以上のストレスに胃が耐え切れず悲鳴を上げているのか。ジルと私はすばらしい関係を築いてきたが、その関係は信頼の上に成り立っている。その信頼を、私は壊そうとしているのだ。より大いなる善のためだとわかってはいたが、うしろめたくて胃がキリキリする。

ジルに電話をかけた。最初、呼び出し音が四回鳴っても出なかったので、少しほっとしかけた。だが留守電に切り替わる直前で、電話に答える声がした。

「庭仕事してたのよ」とジルは言った。「なにか用？」

ジルは心配でたまらなかったはずだが、その声はびっくりするほど落ち着いていた。というか、少しイラついているようだった。やっと家から私を追い出したのに、まだ自分をかまってくるのかと鬱陶しがっているようだ。

「昨日はバラクの家に泊まったんだ」と私は言った。「彼も葬式に来てて、そのあと一杯飲みにDCへ戻った。思い出話をしながら夜更かししてしまってね。男同士のよくある集まりさ」

「あら！」ジルは言った。「ゲストルームはどんなだった？」

バラクの家のゲストルームがどんな風なのか、まったく想像もつかなかった。それどころか、バラクのDCの自宅がどうなっているのか、キッチンの中もリビングもなに一つ思い浮かばない。実際わかるのは、オバマ家がどんな地域に住んでいるかというはなはだぼんやりしたイメージぐらいのものだ。

「バラクと一緒にマスター・ベッドルームで寝かせてもらったよ」と私は言った。「ミシェルは出かけていたんだが、バラクは一人で寝たくないと言うのでね」

ジルが電話口の向こうで笑った。「そうよね」一瞬間を置いて、ジルが言った。「なにか用だった？」

「きみが心配してないかと思って」

「あなたがどこかの道端でのたれ死んでたら、今ごろ大騒ぎだわ」とジルは言った。「CN

Nのトップニュースよ」

　バラクはベッドの端に腰かけて、電話を切る私をにやにやしながら見ていた。

「なんだ？」と私は言った。

「なにも言っていないよ」

　私はドアチェーンを外してから、肩越しにもう一度振り返った。財布も電話も持った……なにか忘れたとしても、メイドがとっておいてくれるだろう。メイドがいればの話だが。

「どこへ向かう？」とバラクは尋ねた。

「まず、いちばん近くのファストフード店で朝食を食べよう。それから……その先のことはまだ考えていなかった」

「グリーン・ティーのある店なら、どこでもいいよ」

　私はドアを開けた。太陽がまぶしい。一瞬目がくらんで、両手で目を覆った。しまった、レイバンを忘れた——記憶が確かなら、バスルームの洗面台にあるはずだ。しかし、目の前になにがあるかを確認するのに、目を使う必要はなかった。聞こえてきたのだ、あの聞き間違えようのない、千五百馬力のエンジンのうなり声が。リトル・ビーストだ。

　バラクがサングラスを渡してくれた。サングラスをかけると、開いた後部座席のドアの前に五フィート八インチ（約百七十七センチメートル）の男が立っているのが見えた。ミラー・サングラスに、車のフード・オーナメントに当たっているのと同じようなまぶしい日光が反射している。その顔はいつもどおり平静だった。
「空腹ですか？」とスティーヴが聞いた。

第二十一章

マクドナルドの駐車場に座っているときに私の電話が鳴った。またあの三〇二の局番だ。

「ジョーですが。どなた?」

「市長だよ。公衆電話からだから、あまり時間がない。昨日はあまり余計なことをしゃべりたくなくてね。誰が聞いているかわからんから。だろう?」

「ああ」と言いつつ、私は車を降りた。むさぼり食べた二個のエッグマックマフィンを少し消化する必要がある。

「賭けトランプの話をしただろう。だが昨日言わなかったことがある。フィンは最近来てなかったんだ。あいつがなにかよくないことに巻きこまれてたのに、おれたちが気づいたと思ったんだろう」

「ドラッグか?」

「詳しいことはわからん。あいつはなにも言わなかった。だがあいつにはなにか隠しごとがあると、みんな気づいてたはずだ。最初はバプティスト・マナーに入ってる奥さん関係のことだと思ってた。奥さんが病気になったことはみんなが知っていたのに、あいつは一言も言わなかったからな。だがそうじゃなかった。さっきも言ったように、おれたちはあいつがどんなことに巻きこまれていたのか、その内容については皆目見当もつかない。ただ、それがなにかよくないことだったことは確かだ。最後にトランプをやりに来たとき、あいつの財布の中身をちらっと見たんだ。おれたちの賭ける金はわずかなもんだ。だがあいつが財布から札を何枚か出したとき、財布の中には大枚が入っていたのをおれたちみんなが見たんだ」

「財布がパンパンだったと言うのか」

「妊婦の腹みたいにな」と市長は言った。

「貯金を下ろしたところだったとか……？」

「それかほかの理由かもしれん。そのときは誰もなにも言わなかったが、あとでその話をした。アルヴィンは誓ってなにも知らないと言ってたよ」

「アルヴィン・ハリソンか？」

「そう、あいつの相棒の機関士だ。とにかく、フィンが持ってたのは、あんな状況の人間には不釣りあいな大金だった。奥さんは病気で、娘は大学生なんだぞ。あいつがおれみたいな現金商売をしてたんならわかるが」

「そうだな」

「だがあとで、その晩おれが勝って手にした十ドル札の一枚を使おうとしたとき、なんか妙なことに気づいたんだ。その札は汚れてた」

「札っていうのは汚れているものだろう」と私は言った。実際、アメリカの通貨全体の九十パーセントにコカインがついているという話をどこかで読んだ覚えがある。糞便についてはいったい何パーセントについているのか、知りたくもない。

「実際に汚れてたというだけじゃない。汚い金だということだよ。札の片隅に小さな蛍光ペンの印がついてた。警察かFBIがつける印だ。命をかけるとまでは言わないが、あれはぜったいドラッグ関係の金だよ」

「フィンはヘロインをやっていたと思うか？」と私は聞いた。

「ヤクをやってたなら、金は財布から羽が生えて飛んでくものさ。財布に入ってきたりはしない。それに、おれはヤクに溺れた連中をいやというほど見てきたから、やってるかどうかは見りゃわかる。あのうつろな目つきは隠せないもんだ」

「警察にいま言ったことを話したかい？」

受話器の向こう側の笑い声があまりに大きく響いてきたので、私は電話から耳を離さなければならなかった。「また駅に来たら寄ってくれ」と市長は言った。「だがこの電話の話はするな。この会話はなかったんだからな」

電話を切ってから、ふとあることが気になった。市長の言った言葉だ……アルヴィン・ハリソンを、あいつの相棒の機関士と言っていた。

あいつの相棒。

もちろんそうだ。アルヴィンは七時四十六分発のアセラ・エクスプレスで、フィンがペアを組んで乗務していた機関士だったのだ。アルヴィンがフィンを轢いた列車を運転していたことは知っていたが、今の今までその事実に気がつかなかった。アルヴィンがフィンのそばで毎日いっしょに働いていた機関士であることに、もっと早く気づくべきだった。彼が事故にあれほどのショックを受けていたのも当然だ。フィンはただの同僚というだけではない。アルヴィンのもっとも近くにいた同僚だったのだ。

私はバックシートに戻り、市長から聞いた話をバラクに伝えた。助手席のバラクは、バックミラーで私を見ながらその話を聞いていた。バラクは三パック目のリンゴのスライスに手をつけていた。マクドナルドのメニューで、彼が食べてもいいと思ったのはそれだけだったのだ。スティーヴは私たちの話を聞いていないふりをしていたが、興味を覚えていることは明らかだった。昨日の夜置き去りにされたことについては、びっくりするくらい何事もなかったかのようにふるまっていた。私たち全員が、過去のことは水に流すことにしたのだ。片づけなければならない問題が山積みで、個人的な感情にこだわっている暇などなかった。

アルヴィンの電話番号を知らなかったが、知る必要もない。グラントがアパートの前までアルヴィンを送って行ったので、私はアルヴィンの住んでいるところを知っていた。「車を出してくれ」とスティーヴに言った。「機関士に話を聞きたい」

バラクは私のほうを見て、私が本気なのかどうか確かめた。「エスポジートを待たなくていいのか？」

「警察と運輸委員会はあの男を責めたてたんだ。万が一なにか黙っていることがあったとして、どっちのほうに話をしたがると思う？　警察か、アムトラック・ジョーか？」

「いいところをついているな」

「取り調べの担当者は、正しい質問のしかたをしていないんだ。アルヴィンはなにか知っている。ぜったいに。あれほど長いあいだ、あれほど近くで仕事をしてきたんだ。お互いになにもかも打ち明けあっているはずだ。二人のあいだには固い絆があったに違いない」

「聞いたかスティーヴ、私たちのことみたいだな」バラクはスティーヴの背中を軽く叩きながら言った。

スティーヴは車のエンジンをかけた。私はシートにもたれかかって目を閉じた。車はバックしはじめたが、急に止まった。

「お客さんのようだぞ」とバラクが言った。

私は目を開けた。バックミラーに赤と青の点滅灯が見える。警察の車が私たちのうしろをふさいでとまっていた。左右にもパトカーがいる。私たちはすっかり囲まれていた。

「誰も違法なものは持っていないよな？」と私は聞いた。「銃とか、それから……」

「なにもないよ」とバラクは言った。

「マリファナタバコも？　DCで違法でなくなったことは知っているが、ここはDCじゃないぞ」

「今は『ジョイント』って呼ぶんだ、ジョー」とバラクは言った。「そもそも、そんなもの持ってない。ハッパはぜんぶうちの『男の隠れ家』に置いてきた」

それは冗談なのかと聞く前に（「男の隠れ家」があるなんて一度も聞いたことがなかったので）、スティーヴの側の窓を叩く音がした。エスポジートだ。警部補の顔に笑みは浮かんでいなかった。

第二十二章

スティーヴはなにも言わずに運転席側の窓を下げた。両手は自動車教習でみんなが習うように、ハンドルの十時と二時の位置に置いている。エスポジートは助手席に座る身なりのいい男をちらっと見た。それがバラク・フセイン・オバマだと気づいた瞬間、彼女は目を大きく見開いたが、すぐに冷静さを取り戻した。

警部補は後部座席の私に視線を移した。「へえ、本当だったんですね。あなたがたが親友だという噂は」

「まあそんなところです」と私は言った。

バラクはミラー越しに私をちらりと見た。なにか言いたそうだったが、時と場所を考えてやめにしたようだった。

私は咳払いをした。「ゴルフコースへ向かう途中でしてね」

エスポジートは果てしなく青い空を見上げた。「嵐が来るそうですよ」

「きみは雷に打たれるより、ホールインワンを決める確率のほうが高いらしいね」

「私はゴルフをしないからわかりません」そう言って彼女はベルトの位置を直した。「だけどスポーツの話をしに来たわけじゃありません」彼女は開いた窓に腕をかけて、車の中へ身を乗り出し、スティーヴのパーソナル・スペースに侵入した。それでもスティーヴはひるまなかった。「ご存じでしょうが、私はドネリーさんの件をうちでいちばん有能な刑事に担当させてます。これはこの街にとって非常に大きな犠牲を払ってのことだ、と言っておかねばなりません。私たちは包囲されているんです。手当たりしだいに刑事を配置するような余裕はない。しかしどうやらそれでは十分じゃないらしい。というのも、昨日の夜『話がしたい』という留守番電話があったからです。『なにかを見つけた』という伝言をね。ええ、たしかに話をする必要があるでしょう」

「その……」私は言葉に詰まった。「彼が住んでいたモーテルで――」

「なにを見つけたんです？」

「彼の部屋のカーペットの一部がなくなっていたんです。誰かがはがしたようで、下の床には血痕があった。それで誰か派遣して調べてもらえないかと思って」

「血痕ね」

「それに彼の車もまだあそこにある」

警部補は腕を組んだ。「それで車の中になにがあったんです？　また血痕？」

私は発泡スチロール・カップのことを勢いづいてしゃべろうとしたが、警部補はそれをさえぎった。「あなたがなにを見つけたか、教えてあげましょう。なにも見つけてやしません。私たちと同じ。なぜかわかりますか？　見つかるものなんかなにもないからです。うちの刑事の一人がカーペットがなくなっているのに気づいて、鑑識を呼びました。あのしみがなんなのかはわかりません。酸素系の薬剤で漂白されていたからです。ちなみにあらかじめ言っておくと、ハウスキーピングの備品置き場を見たら、酸素系の漂白剤が山のように保管されてました。誰かがなにかをやらかして、誰かがそれを掃除したんです。あそこで働いている人間は、だいたいカーペットがいつからはがされていたのかさえ知らなかった。それだけじゃ、事件があったと考えるにはとても十分とは言えません」

「しかしフィンの家に押しこみ強盗が入ったことを考えると……」

また警部補が割って入った。「私たちは押し入ったと思われる強盗犯を逮捕しました。葬儀で留守中の家に押し入る手口のやつらです。どうしようもないごろつきですよ」

「白状したんですか？」

「いまに白状しますよ。まだ立件の途中です。どのみち、もう逃げられやしないんだから」

彼女はまたベルトの位置を直した。「いいですか、たしかにご自宅の住所が書かれた地図のことが気になるのはわかります。ですがシークレット・サービスのお仲間がなにか有力な証拠を私たちに隠しているのでないかぎり、この件の捜査は終了するしかないんです」

「毒物検査の結果、フィンがドラッグをやっていなかったことがわかったら、どうなんです？」

「じゃあ心臓発作か脳卒中だったということでしょう。それか自殺だったのかも。誰かが自ら進み出て、彼の最後の足取りをじかに見たと説明してくれないかぎり、彼がなぜあそこにいたのか、実際なにが起きたのか、本当のことは誰にもわからないんです」警部補は少し間を置いてから、こう付け加えた。「こんな経験はもう千回もしましたよ」

「不審な死の？」

彼女は首を振った。「この、あなたがたが今やっているようなことです。あなたがたはでたらめな現実から意味を見つけてつなぎあわせようとしている。その道の先にはなにもありません。あなたがたは真っ暗な道を歩いている。愛する人の死に意味を見出そうと、何年も何年も探しつづける家族を見てきました。みんなテレビのドラマを見て思いつくんでしょう。テレビではすべての死は犯罪がらみで、その犯罪は数回のCMをはさんで一時間のうちに見事に解決されます。でもあれは現実じゃない。これが現実なんです」

「おっしゃることはわかります。しかし――」

「みんな先に進んだほうがいい」と警部補は言った。「あなたにとっても、フィンの家族にとっても。ではよい一日を。雨が降り出す前に、何ホールか回れるかもしれませんよ」

「そうします」私はしわがれ声で答えた。

警察がその場を去ったあと、私はバラクのほうに向き直った。「きみの家には『男の隠れ家』があるのか？」

バラクはあきれたように目を白黒させた。「おいおい、エスポジートの話をしたいんじゃないのか？　彼女のこと、どう思う？」

「共和党員だな」

「真面目に答えてくれ」

「なにか理由があって、私たちの注意をそらそうとしているように感じる。さっき私たちに言った以上のことを知っているんじゃないか。なにか隠そうとしているのかも」

「そういう可能性もある」とバラクは言った。「だが別の見方をすれば、彼女は私たちに率直な話をしているだけなのかもしれない。事件にとりつかれてあきらめきれない友人や家族をたくさん見てきた、とかね」

「私たちが知っていることを警部補が知ったら――」

「モーテルの部屋で見た女のことを、きみは警部補に言うこともできた」とバラクは言う。「だが言わなかった。ボストンバッグのことも言えたのに、言わなかった」

「あの女とフィンを直接結びつける証拠はなに一つ見つかっていない。それにボストンバッグだって、重要なのかどうかもわからない。エスポジートはもう方針を決めているんだ。世界じゅうの証拠を集めたって、彼女の気持ちを変えることはできそうにない。ダンはおそらく二、三週間、交通整理をやらされているんじゃないか。そうでないとしても、彼が自分の職場での立場を危険にさらしてまで私を助けてくれるとは思えないし、私からもそんなことは頼めない」

バラクは私の意見に異議を唱えなかった。彼がすでに私と同じ結論に達していることはわかっていた。

「この事件には、とてもいやな感じがしてきた」と私は言った。

「これまではしてなかったんですか？」とスティーヴが聞いた。

「きみには聞いていない」と私はぴしゃりと言った。

バラクは目を通していた新聞をたたんだ。「一歩引いて、いまのところなにがわかっているかを見てみよう、ジョー。私たちがこれまでに見つけたものには、ほんのわずかなつながりも見つかっていない。私にはそう見えるし、きみも同じだと思う。もしエスポジートが正しかったとしたら？　私たちがなんの関係もない出来事を、無理に結びつけようとしているだけだとしたら？　つながりをなにも見つけられないのは、実はそもそもつながりなどないからなのでは？　確かな証拠が見つからないのは、巨大な陰謀など存在しないからだ」

「人は理由もなくただ死んだりはしない」

「そうは言っていないさ」とバラクは言った。「私が言っているのは、人は意味のないところに意味を見出そうとしがちだ、ということなんだ。毒物検査の結果が戻ってくるまで待てば、なにがあったのかもう少し見えてくるのではないかな」

「そんな悠長に待っていたら、新聞に大々的に載ってしまうかもしれない。こういう話は洩れるものだろう？　地図とかヘロインとか……」

「そうだな」とバラクは言った。「だがすぐに収まるよ。ニュースのサイクルはどんどん短くなっている。世の中にはもっと重要なことが山ほど起きているからね。いっときは噂になるが、二十四時間も経てばもう忘れ去られるのさ」

私はバラクに鋭い視線を向けた。「私にとっては、これがいまいちばん重要なことだ。グレース・ドネリーにとっても、これがいまいちばん重要なことなんだ」

「落ち着けよ、ジョー。そういう意味で言ったんじゃない」

私はため息をついた。「信仰を持つ人間として、私は偶然というものを信じない。ものごとはすべて神の計画によるものか、あるいは誰かほかの人間の計画によるものか、どちらかだ。そして、この街で起きていることに、神はまったくかかわっていないと思う」

バラクは自分の信仰については固く口を閉ざしているが、私の言葉が彼の心の琴線に触れたことは、その目からはっきりと見てとれた。私はスティーヴにアルヴィン・ハリソンの住所を教えて、GPSの設定を頼んだ。フィン・ドネリーに本当になにがあったのかを知っている人間がいるとすれば、それはアルヴィンだ。

「本気でこれがいい考えだと思うのか?」とバラクは尋ねた。

「よくない考えというのは、うまくいかない考えのことだ」

バラクはなにも言わなかった。私と同様、彼にもわかっていたのだ。たとえ間違った道を進んでいるとしても、引き返すにはもう遅すぎると。

第二十三章

アルヴィン・ハリソンはウィルミントン北部のブランディワイン・ヒルズに住んでいた。旧世界の魅力がいまも輝きを失っていない地域だ。住宅の大部分は、郊外に住むことがブームになり、あらゆるものがコピーのそのまたコピーに見えはじめる前の、一九三〇年代や四〇年代に建てられたものだった。歴史を持つ美しい石造りの家が、丘の上の通りに立ち並んでいる。バイロンやミルトン、ホーソーンといった作家の名前がついた通りは昔懐かしい雰囲気に満ちていた。

アルヴィンのアパートのある建物の角を曲がったところの、小学校の運動場前に車をとめた。子どもが三人、バスケットボールをしている。そのほかには、あたりにはまったく人影がなかった。路上にもあまり車はとまっていない。犬の散歩をする人や、歩道をジョギングする人も見当たらない。たぶんみんな遅い朝食に出かけているのだろう。

バラクがドアを開けようとしたが、私はそれを手で制した。「アルヴィンはかなり参っている。シークレット・サービスがいきなりドアをノックしてきたら、どうなると思う?」

「スティーヴは車で待たせておけばいい」とバラクは提案した。

「またお二人で無謀な行動に出ようというんですか?」とスティーヴが言った。

「きみを出し抜こうと私が逃げ出したらどうする？」とバラクが言った。「ここで車を降りて、歩道を全速力で走り出したら？　街の真ん中をかけっこするか？」

「もちろん追いかけますよ」

「ぜったい追いつけないさ」とバラクは言った。

「わかりませんよ」

バラクはにやりと笑った。「追いつけなかったらどうする？　私の膝を撃ち抜くか？　私を見失うよりもっとまずいことになるぞ」

スティーヴはあまり楽しそうには見えなかった。そもそも、楽しそうにしているところを一度も見ていない。

「待たせておこう」と私は言った。「昨日の夜の半分は〈ワッフル・デポ〉のトイレの床で寝ていたんだ。相当疲れているだろうさ」

結局バラクは態度を和らげて、スティーヴと一緒に車の中で待つことになった。バラクがほんの数分間だけでも逃げ出して自由になりたい、と考えるのも無理はないと思った。自分で私的な警備員を雇わないかぎり、オバマ家の人間はこの先も一生シークレット・サービスの保護下に置かれる。たとえば一人でふらっとスーパーに買い物に行ったりするようなささやかな楽しみは、もう二度と味わえないのだ。もちろんうちの場合はスーパーに買い物に行くのはジルだけだが、それだってささやかな楽しみには違いない。いつかジルに付きあって買い物に行って、楽しいかどうか確かめてみよう。

アルヴィン・ハリソンは二階建てのレンガ造りのアパートに住んでいた。通りの名前とは違って、その建物には古風な趣はまったくなかった。中部大西洋沿岸地域の魅力的な街並みの真っ只中(ただなか)に、無粋なレンガの山をどんと置いただけのような代物だ。錆びた手すりや色あせたすべての設備から判断するに、この建物を建てた人間は建てたことすら忘れてしまったに違いない。

私は階段のそばに並んだ郵便受けをざっと見渡した。グラントがアルヴィンを建物の近くで降ろしたとき、アルヴィンがどの部屋に入っていくかを見ていたわけではなかった。そこで郵便受けの出番だ。「ハリソン」の名前は二十三号室についていた。

レイバンのサングラスをかけると、建物の横にジグザグについている階段を昇った。空はよく晴れて明るく、警部補が言っていたような雲の兆しはどこにもない。

アパートの二階にたどりつくころには、膝が限界に近づいていた。なぜ一時的にでも痛みを和らげる注射を打っておかなかったのだろう、と考えた。有名スポーツ選手はみんなやっている。コルチゾン注射とか言ったっけ。残念ながら週末に注射を打ってくれそうな医者を見つけるには、かなり時間がかかりそうだ。こんなことで救急外来の手をわずらわせるのも気がひける。

私はアルヴィンの部屋のドアを一度ノックした。二度目のノックをする前に、ドアはわずかに中へと開いた。きちんと閉まっていなかったようだ。

「こんにちは」呼びかけてみた。「アルヴィン？」

答えはない。

「誰かいますか？　ジョーです。アムトラック・ジョー」

答えはない。

ドアをもう少し押し開いて、中の様子をうかがってみた。明かりはついておらず、ブラインドが閉まったままだ。私の立っているところから、ソファの背面が見えた。

よく太った茶トラの猫が私の脚にじゃれついてきた。

「やあ、チビちゃん……じゃなくておデブちゃん」と私は言った。

猫は二十ポンド（約九キログラム）はありそうだ。私の脚のまわりをくるくる回って体をこすりつけ、腹を空かせた犬のように哀れっぽい鳴き声をあげた。なでようと手を伸ばすと、猫はシャッと威嚇するような声を立ててから、アパートの中へ戻っていった。

「歓迎ありがとう」と私は言った。

アルヴィンはいないようだが、ドアが開いていたのが気になる。私はアルヴィンの名前を呼びながら、アパートの中へと足を踏み入れた。猫がさっきよりも大きい声で、訴えるような鳴き声をあげた。ぽっちゃり猫はソファの横の床に座っている。その隣には、オレンジ色の薬の容器が転がっていた。

靴も見えた。もう少し近づくと、靴には脚がついているのがわかった。脚は毛足の長いラグの上に大の字になって伸びた人のものだった。

アルヴィンは死んでいた。

第二十四章

エスカレードに戻ってくると、車はロックされていた。バラクは一服やりに外に出たんだな、と私は思った。バラクは私の前ではめったにタバコを吸わない。タバコに対する私の考え方を知っているからだ。がん撲滅運動を始める前から、私はタバコを忌み嫌っていた。

「S!」

バラクの声が聞こえたほうにさっと顔を向けた。そんなに遠くには行っていなかった。彼はさっき見かけた三人の少年たちと、バスケットボールをしていた。スティーヴはコートの端から見守っている。バラクは上着を脱いで、シャツの袖をまくっていた。ホワイトハウスでそれをやるときはいつも、重大な仕事に取りかかるときだった。だがいま彼が取り組んでいるのは、三、四年生の子どもたちとのバスケットボールだ。

「野球帽はどうした?」と私は非難するように言った。

「バスケのときに野球帽はかぶらんよ」とバラクは言った。

やせた巻き毛の少年がシュートを打った。ボールはリング(というかリングは壊れてほとんどなくなっていたので、その残骸)にまっすぐ入って、バウンドしながら転がっていった。もう一人の少年がそれを追っていった。

「E！」と巻き毛の少年が叫んだ。

バラクはその子とフィストバンプをした。「ナイス・シュート！　そのまま続ければ、次のマイケル・ジョーダンになれるぞ」

少年は顔をしかめた。「靴なんかつくりたくない。僕はバスケット選手になるんだ」

「YouTubeで調べてごらん」

もう一人の少年がバラクにボールを投げてよこした。「もう一回やる？」

バラクはその子たちに、デラウェア州の民主党候補の応援にまたいつか戻ってくるよ、と言った。「きみたちのご両親はみんな投票登録をしているよな？」

私はバラクの袖をひっぱった。「問題が起きた」と私はささやいた。「アルヴィンは亡くなって――」

「じゃあみんな、またな！」バラクはそう言って、子どもたちに手を振った。スティーヴは最後にもう一度子どもたちをじろりと見てから、私たちのあとについてSUVに戻った。

バラクはまくっていた袖を下ろしてカフスボタンを留めた。「あの子たちは十歳かそこらだぞ、ジョー。それくらいの言葉はわかる」

「すまない、少し動揺しているんだ」私はバラクに見てきたことをすべて伝えた。前に座るスティーヴも、聞き耳を立てている。それかサングラスの下に隠れて居眠りしているのかもしれない。

「確かなのか、アルヴィンが死んでいたというのは？」とバラクが言った。「脈が弱いと手首や首筋では感じられないこともあるぞ」

「スマーフみたいに真っ青だったんだ」

「わかった、わかった」とバラクは言った。「どうするか決めなくては。少し考えさせてくれ……」

「どうするかは決まっているだろう」と私は言った。「警察を呼ぶんだ」

バラクは指でピラミッド型をつくり、その先を唇に押し当てている。それはつまり、彼の頭脳がフル回転しているということだ。超高速で回転するその脳は、止まることを知らないようだった。

「猫に餌をやったか？」とバラクは尋ねた。

「猫の心配か？」

「私たちの存在を知られないようにしなければ。猫に餌をやっていたら、きみの指紋がキャビネットや餌の皿についてしまったかもしれない」

「なにも触っていないし、猫に餌もやらなかった。もう十分太っていたしね。外に出るときに、ドアノブについた指紋をふきとってから、一目散に逃げてきた」

「よし」とバラクは言った。「公衆電話を探して、そこから通報しよう」

「少し面倒なことになりそうだな」と私は言った。

「最近、公衆電話はめずらしいからな。まあでも、どこかで見つかるだろう」

　私は腕を組んだ。「私が言ったのはそのことじゃない。きみはここで姿を見られている。あの子たちはいまごろ親に話して、友だちにもツイートしまくっているぞ」

「そんなもの誰が信じると思う？」

「誰が信じるかって？」私はうなるように言った。「とりあえずエスポジートは信じるだろうな。きみがこの街に来ていることを知っている。どこかの子どもがフィンに関係のある犯罪現場から一ブロックしか離れていないところで、前最高司令官とバスケをしたなどと触れまわっているのを耳にしたら、さすがにピンとくるだろう」

「エスポジートが私たちが犯罪現場にいたことを知るころには、私たちはもう去ったあとさ。なにも法は侵していない。このあたりの警察署に連れていかれて尋問されることもないと思うね。なにかまずい報道が出たりすると思うか？　エスポジートは立件するのに時間がかかるだろうし、私たちを巻きこむことなど、よほどの理由がないかぎり市当局が許さないさ。そのころまでには、私たちは事件の全容を暴いているか……」

（それか私たちが被害者になっているかだ）と思った。バラクも同じことを考えていたと思うが、彼はあえてそれを口に出したくないようだった。私たちのどちらもだ。自分たちがいったいどんな面倒に巻きこまれているのか、この陰謀の根っこはどれほど深いのか、まったくわからなかった。ただ、確かなことが一つだけあった。陰謀はぜったいに存在する、ということだ。

これまでにもこんな苦しい状況に陥って、それを耐え抜いたことがなかったわけではない。二〇〇八年、バラクは民主党の指名を勝ちとるため、クリントン一派と戦った。また私たちは二人して、バラクのことをありとあらゆる罵詈雑言(ばりぞうごん)でけなす共和党と戦いながら、ホワイトハウスへの道を切り開いた。私たちはいま、場所もわからない海の真っ只中に、ライフジャケットも着けないまま浮かんでいる。生き残るために、両手両足を必死に使って進もうとしているが、どっちに泳いでいけばいいのかもわからない。陸地がどっちの方角にあるのか知らないからだ。不思議とこういう経験は初めてではない気がしていた。だがそれでも、ひどく心配になった。こんなに水の中でバシャバシャやっていたら、そのうちサメが寄ってくるのではないか?

第二十五章

ガソリンスタンドの店内に入ると、ドアの取っ手についたベルがチリンチリンと鳴った。レジの店員が、手持ちのプラスチックの扇風機の風を自分の顔に当てている。彼女は一瞬私の顔を見たが、またすぐ扇風機に顔を向けた。

私は男性用トイレにまっすぐ向かって用を足した。手を乾かしているあいだ、トイレの自動販売機で売られているさまざまなコンドームの説明を読んだ。壁についた金属製の大きな箱には、暗闇で光るゴムから、彼女がよろこぶイボつき絶倫ゴムまで、ありとあらゆる官能的な誘惑の文句が並んでいる。お好きなのをどうぞ。一個たったの四十五セント。四十五セント持ってはいたが、イボつき絶倫ゴムに無駄遣いする気はなかった。

トイレの外に公衆電話があった。電話を探してガソリンスタンドを回りつづけ、これが五軒目だ。正直、伝書鳩(でんしょばと)を警察に飛ばしたほうが早いんじゃないか、という気がしはじめていたところだった。手首につけたロザリオを指でまさぐり、その電話が故障していないことをマリア様に祈った。

コインを入れる。三つ目の十五セント玉が機械の中に落ちると、呼び出し音が聞こえた。イエス様は小さな祈りには答えてくれないなどと言うのは誰だ？　聖母マリア様に祈ればいいのだ。

私は市警察本部の電話番号をダイヤルした。九一一に電話してもしょうがない。アルヴィンに必要なのは救急救命士ではなくて、法医学者だ。

女性の声が聞こえた。「ウィルミントン警察です」

「薬の過剰摂取みたいだ。人が死んでる」

「わかりました」

「住所を言おうか?」

「お待ちください、鉛筆を探すので」女性はため息をつきながら言った。「はい、薬の過剰摂取ですね? ヘロイン、それとも錠剤……?」

「錠剤のボトルがあった。なんの錠剤かはわからない」

「被害者に息はありますか?」

「死んでる。さっき言っただろう、死んでるんだ。だから息はしてない。死人は息をしない」

「あなたの名前は?」

「ジョー……ゼ、ゼッツリン」

「わかりました、ジョー。いま被害者といっしょですか?」

「彼は自分のアパートにいる」

「被害者のアパートですか？」

「そうだ、死んだやつのだ。名前はアルヴィン・ハリソン。ブランディワイン・ヒルズ・アパートメントに住んでる。二十三号室だ」

「わかりました。あなたはいまどこですか、ジョー？」

私は電話を切った。あまり長く話していると、逆探知されてしまう。くそ、ガソリンスタンドの名前が電話係の発信者IDのところに表示されているかも。だがまず彼女はアルヴィンのアパートに警官を向かわせるだろう、と私は判断した。あとからガソリンスタンドから電話をかけた人間を調べるかもしれないが、そのころには「ジョー・ゼッツリン」はもうそこにはいない。

私は車に戻った。

「終わったぞ」と私は言った。

「プロテイン・バーは買ってきてくれたか？」とバラクが尋ねた。

私はミニ・ショップの中で買ったヘルス・バーを取りだした。

バラクは疑わしげな顔でそれを受け取った。「ふむ」

「ふむってなんだ？」と私は尋ねた。

「なんでもない。ただ……このプロテインの成分はずいぶん質が悪いな。ラベルを見てみろよ。加水分解コラーゲン？　それじゃアミノ酸の効果がフルに得られないだろう」

「じゃあなにか？　私がただのキャンディー・バーに四ドルも無駄遣いしたと言いたいのか？」

私のイラつきを感じたバラクは、バーの封を切ってひとくちかじった。あまり美味くなかったとしても、彼はそれを顔に出さないように注意を払っていた。「なにか気になることでもあるのか、ジョー？」

「死体の数が増えていくことのほかに？」

「まあそうだ」

「いまちょうど私の頭に浮かんだのは、こんないかれた考えだ。私たちは思い違いをしていたのかもしれない。フィンは六十いくつで、引退間際だった、そうだろう？　たとえば、彼がアムトラックのことでなにかを発見したとする。乗客の安全にかかわるような手抜きだ。それで彼が私に会おうとしていたわけも説明がつく。フィンは内部告発者で、私は彼が頼れる唯一の人間だった。彼は書類をひと抱え持っていて、ぜんぶまとめてつねに持ち歩いていた。だが誰かがそれを知ってしまった。誰か上の者だ。それで彼は殺され、過剰摂取のように見せかけられたんだ」

「産業スパイか」

「おかしいか？」

「ふくらんだ想像をしぼませて悪いが、あまりに突飛すぎるな」とバラクは言った。「それにそんなことを言いだすのは、エレン（エレン・デジェネレス。アメリカのコメディアン、女優。一九九七年に同性愛者であることを公表した）がばらされてあわてるような国家機密を知っている人間だけだ」そう言ってバラクは一瞬間を置いたが、スティーヴも私も笑わなかった。「ジョークだよ。性的指向は生物学的なもので、ＤＮＡによって決まる。つまりこういうジョークをつい言ってしまうのは──」

「わかったよ」と私は言った。

「きみは本当にフィンが内部告発者だったと思うのか？」

私はため息をついた。「いや。ただの妄想だ。私が本当に心配なのは、フィンが罪のない犠牲者ではなかったとわかったら、どうすればいいのか？　ということなんだ。印のついた札や、なにが入っているのかわからないジムバッグ……この件には一人の男の評判がかかっていると自分に言いつづけてきたが、その男というのはフィンではなくて、私なのかもしれない。フィンが善人ではなかったとわかったらどうなる？　私はなんと言われるだろう？」

バラクが答える前に、私の電話が振動しはじめた。

グレースだった。すすり泣きが聞こえる。

「大丈夫かい？」と私は尋ねた。

「捜索令状を持った男の人が二人訪ねてきたんです。いまうちを家宅捜索してます」

「警察が？」

「いいえ」グレースは言った。「麻薬取締局（DEA）です」

第二十六章

ドネリー家がかつて住んでいた家はリバーサイドにある。ウィルミントンでもっとも治安のよくない地域の一つだ。フィンとダーリーンは七〇年代の初めにその家を買ったが、当時そこには第二次大戦後にできたアイルランド移民のコミュニティがあった。だが近くにあったイーストレイクの公営住宅が閉鎖されたあと、そこの住民（と彼らが抱えていた問題）がリバーサイドに流れこんだ。アイルランド系カトリック教徒の住民の大部分は、荷物をまとめて郊外へ逃げ出したが、ドネリー家はそうしなかった。フィンはそういうことはしない男だった。

私が着くころには、DEAはすでに引きあげたあとだった。ドネリー宅を借りていた母子（おやこ）は、週の初めにあった押しこみ強盗におびえて、さっさとそこを引き払っていた。

「いつまでこの街にいるつもりなんだい？」と私はグレースに尋ねた。グレースは忙しく衣服をたんすの中に詰めこんでいる。たたもうとする様子はまったく見られない。ぜんぶ慈善団体に寄付するつもりです、と彼女は言った。

「ウィルミントンには来週かそこらまでいるつもりです。父の後始末をいろいろしなくちゃいけなくて。請求書の支払いとか。ジェソップ叔母さんと私で家を掃除して、リストアップしようと思ってたんです。そしたらDEAがやってきて、なにもかもひっくり返していったの。叔母さんにはとりあえずホテルに帰ってもらってます」

「きみがこんな目に遭うとは、気の毒に。DEAはなにか押収していったのかね？」

グレースは首を横に振った。「以前は弁護士をされていたんですよね。うちの弁護士に連絡がとれなくて、それでお電話を……こんなことに巻きこんですみません。ほかに誰に電話すればいいのかわからなかったんです」

「電話をくれて正解だよ」

「わからないわ。どうして麻薬取締局なんかが父を調べてるの？」

私はすでに捜索令状に目を通していた。ドネリー宅の住所がたしかに捜索地のところに記してある。しかし捜索対象については、単に「所有すると違法になるもの」か「今後の刑事訴追で使われる可能性のある物的証拠」としか書かれていなかった。捜索令状の決まり文句だ。しかし、署名をした判事の名前は確認できた。正当な書類のようだ。

「リビングに行こう」と私は言った。「話があるんだ」

グレースは飲み物を勧めてくれた。水？　お茶、それともコーヒー？　バラクとスティーヴは路上にとめたエスカレードの中で待っている。もう少し待たせても大丈夫だろう。

「もしあるなら、温かいミルクを」と私は言った。

私はソファに座った。二、三分してグレースは戻ってきた。

「ありがとう」ミルクを受け取りながら私は言った。ひとくちすすってみた。温度を確かめるため、ほんの少しだけ口をつけるつもりだった。だが次の瞬間、思わずむせるような勢いでミルクをがぶ飲みしそうになった。冷たすぎず、熱すぎもせず、完璧な温度だ。ただなにかがちょっと違う。「これは……スキムミルクかね?」と私は尋ねた。

「アーモンドミルクです」とグレースは言った。「大丈夫でした?」

私は笑顔をつくった。「もちろん」

私はサイドテーブルにマグカップを置いた。できるかぎり簡単な言葉で、グレースの父親のポケットから警察が発見したもののことを説明した。さらに話には続きがあって、私の家の住所がついた地図も見つかったのだと伝えるあいだ、グレースは無表情のまま聞きいっていた。フィンにはドラッグの問題があって、私に助けを求めたかったのではないか、という私の考えについても話した。フィンが自分でドラッグをやっていたなどとは一瞬たりとも考えたことはないが、この証拠がほかにどんなことを指し示していると言えるだろうか?

血痕がついていた可能性のあるカーペットのことはなにも言わなかった。現在わかっている事実だけを述べるようにした。さらに、私のもう一つの考え(内部告発)については一言も言わなかった。確かな証拠をつかむまでは、私が突き進んでいる常軌を逸した方向に彼女を引きずりこみたくなかったのだ。希望は大切だが、嘘の希望は罪でしかない。

「警察はなんて言ってるんですか?」とグレースは聞いた。

「聞いてみるといい」と私は言った。

「警察は、いまの話はなにも教えてくれませんでした」

「警察が話を聞きにきたときのことを思い出してごらん。供述書をとられたかい？」

グレースは首を振った。「私が話をしたのは、カプリーズ刑事だけです」

「カプリオッティ？」

「そうです。カプリオッティ刑事」

私はため息をついた。「私のせいかもしれない」

グレースは目を見開いた。

「きみのお父さんに起きたことではなくて、なぜ誰もきみに詳しいことを話さなかったのか、ということだよ。私の住所がついた地図のせいで、話がシークレット・サービスに伝わり、それで私はその件について伏せるように言ったんだ。それがマスコミに知られたら、騒ぎになると思ってね。きみの家族がフィンにお別れを言うのに、右にも左にもレポーターが張りつくような状況は避けたかった。警察は少なくとも、きみのお父さんが過去になんらかの常用がなかったかぐらいは聞いたと思ったんだが」

「叔母には聞いたかもしれません」とグレースは答えた。

私は額をこすった。こんがらがった頭をほぐそうとしたのだ。

「ご存じでしょうけど、そんなのまったくありません。薬にせよほかのものにせよ」グレースは言った。「お酒だって一滴も——」

「飲まなかった。知っているよ」私は彼女の肩に手を置いた。「さぞかしショックだろうね」

「現実とは思えません」

この先もずっとそうだろう、と私は思った。そういう思いを抱えて、人は生きていかねばならないのだ。

私たちは部屋の向こうの、なにもない壁を見つめていた。フィンはこの家を貸すときに、かかっていた絵もなにもかも取り外してしまったのだろう。それでもマントルピースの上の金属製の列車のように、まだいくつか残っているものはあった。

列車をじっと眺めている私に、グレースは気づいたようだった。

「父はうちの家系で三代目の鉄道員でした。車掌は一人目です。父の人生のすべてでした」

彼女は涙をぬぐった。「ときどき、私が男の子だったら父はもっと嬉しかったんじゃないか、と考えたりしました。男の子だったらもっと列車に興味を持ったかもしれないから。バカみたいですよね、そんなことないのに」

「フィンは子どもができて、それも娘だったことに大喜びしていたよ。彼の口から直接聞いたんだ。きみのことを、小さな奇跡だと言っていた」

グレースは笑った。「私ができるまでに二十年もかかったから」

「継続は力なり、だね」

グレースの唇の両端が上がった。「十三歳のとき、父に大人になったらなにになりたいかと聞かれて、私『うざい列車に関係なかったらなんでもいい』って言ったんです。ちょっと反抗期だったのね」

「かわいいものだよ」

「私は十三歳だったけど、未来の姿が見えていました。列車の時代は終わろうとしていたんです。最初のT型フォードが生産ラインから登場したときから、列車の時代の終焉は始まっていました。私は沈みゆく船に乗るつもりはありませんでした」

それからグレースは席を立った。私は彼女の言ったことを考えた。アメリカは列車とともにつくられてきた。だがそれは昔々の話だ。蒸気機関車は過去の遺物となり、未来の鉄道は軽量軌道の旅客列車だ。というか、少なくともそうなるはずだった。だがその夢が実現すると考える人は年々少なくなっている。高速鉄道はヨーロッパと日本では成功を納めているが、アメリカではそうはいかなかった。政府の資金援助なしでは、旅客列車は赤字を増やすばかりだ。しかしアメリカ人がまったく理解していないのは、政府の資金援助なしでは、公的、私的を問わず自動車道やほかのいかなる交通機関も赤字を出しているということだ。

グレースが手洗いから戻ってくると、私は結局手をつけなかったアーモンドミルクの礼を言った。グレースはドアのところまで私を案内してくれた。「もう一つだけ聞きたいことがあるんだが、警察はきみにボストンバッグを返したのかな？　お父さんのモーテルに置いてあった持ち物の中にあったかもしれないんだ。〈ワッフル・デポ〉のウェイトレスがそのバッグを見たと話してくれて、ずっと気になっていたんだよ。たいしたことではないと思うんだがね」

グレースは首を振った。「モーテルには父のスーツケースがあったけど、それだけでした。ここでもボストンバッグは見てません。父が持ってたとしたら、行方不明なんだわ。時計と同じように」

「懐中時計のことかい？」

グレースはうなずいた。「事故現場にもなかったと警察は言ってました。どこへ行くにも必ず持ち歩いていたのに。部屋から盗まれたんじゃないかしら。それかボストンバッグの中に入っていたのかもしれない」彼女は肩をすくめた。「ボストンバッグが盗まれて、時計はそこに入っていたんじゃありませんか？」

「そうだね」と私は言った。それ以上なにも言いたくなかった。「悪いが、もうそろそろ行かなければ。捜索令状のことは、詳しい事情を少し当たってみるよ。とりあえずきみは叔母さんと一緒にホテルにいるといい。この家にはすでに押しこみ強盗が入っているし――」

窓の向こうに、一人の女が車寄せをこちらへ歩いてくるのが見えた。スラリとスタイルのいい女だが、最初に目が行ったのはそこではない。ポニーテールにまとめられた腰まで届くブロンドの髪が、ドアに近づいてくるにつれ、彼女のうしろで揺れていた。

第二十七章

私はグレースをドアのうしろの壁に押しつけた。

「どうしたんですか？」と彼女は尋ねた。

私は自分の唇に指を当てて、彼女を静かにさせた。いま家の前にいる女がどうやってバラクの前をやり過ごしたのか、見当もつかなかった。バラクも彼女がハート・オブ・ウィルミントンにいた女だとぜったいに気づいたはずだ。今日はタオルよりもう少し身につけているものは多かった。白いパンツスーツにピンヒールというでたちだ。だがあの女であることは間違いない。

女のヒールがカンカンと音を立てて階段を昇ってくる。呼び鈴が鳴った。

グレースと私はぴったり壁に張りついたまま、黙って立っていた。

呼び鈴がまた鳴った。

私はあたりを見まわして、武器として使えそうなものを探した。コートハンガーも、傘立てもなにもない。私は自分の履いているサンダルを片方脱いだ。女を襲おうと思っていたわけではない。これまで生きてきて、一度たりとも女性を殴ったことはない。だが向こうが攻撃してきた場合のことも考えておかねばならない。モーテルの部屋に押し入った女なのだ。

ドネリー宅にも押し入ろうとしているなら……。

もう一度呼び鈴が鳴った。あきらめるつもりはないらしい。

「なんの用か聞いてきてくれ」と私はグレースに言った。

「どういうこと——」

「いいからドアを開けて。大丈夫、なにもさせやしない」

私はサンダルを両手で持って、野球のバットのように振ろうと待ち構えた。

グレースは鍵を外して、ドアを少しだけ開けた。「なにかご用ですか?」

女の声は低くこもっていて、なにを言っているのかまったく聞こえない。何者にせよ、ガールスカウトのクッキーを売りにきたのでないことは確かだ。クッキーを売りにくるのは一月から三月と相場が決まっている。

「どうぞ」とグレースは言って、ドアを大きく開けたので、私は壁に押しつけられた。

女が中に足を踏み入れた。姿は見えないが、匂いがする。部屋じゅうに漂う甘ったるいイチゴとバナナの香り。ずいぶん前にジルに買った香水と同じ匂いだと気づいた。幸いジルはそれを一度もつけたことがない。

グレースはドアを閉め、女は上着を脱いだ。コートハンガーを探そうと振り向いたところで、私と顔を見合わせる形になった。サンダルを構えて、ふりまわそうとしている男と。

女は脱いだ上着を放り投げた。それが私の顔にかかり、あたりが真っ暗になった。私はサンダルを落とし、あわてて上着を取り払おうとしたが、動きが遅すぎた。女はピニャータ人形（メキシコの祝い事に使われるくす玉のようなもの。中にお菓子を入れ、上から吊して棒で叩いて割る）を叩くみたいに私をバシバシ叩きはじめた。私は両手を上げて顔を覆った。グレースはなにかよくわからないことを叫んでいる。私がやっと上着を取りのけたそのとき、黒いピンヒールが自分の顔めがけて飛んでくるのが見えた。ピンヒールは頬骨にみごとにヒットしたが、壁で体を支えてなんとか持ちこたえた。もう一発殴られていたら、ダウンしていたに違いない。

「またあなたなの！」と女が言った。彼女はハイヒールを下ろしたが、まだ足に戻そうとはしなかった。いまのところは。

グレースが私たちのあいだに入り、私に名刺を手渡した。「こちらはアビーさん」

私は名刺を読んだ。「アビー・トッド。企業リスク調査員、デルマー探偵社。医療請求、財産請求……および生命保険金請求」

第二十八章

私は冷凍野菜の袋を顔に押しつけた。冷たい感触が骨まで染みる。クリーンヒットだった。残念ながら、私の自尊心は冷やしても癒されない。

私と彼女はソファに向かいあって座った。大きな溝が私たちのあいだに横たわっている。テーブルの上にはさっきのアーモンドミルクが手つかずのまま置いてあった。

「私とバイデンさんと二人だけでお話ししたほうがいいと思うんですけど」とアビーが言った。

「お二人だけにはさせられないわ」とグレースは言った。「いったいさっきのがどういうことなのか」――そう言ってドアのほうを指差す。「どちらかが説明してくださるまでは」

「身元に関して誤解があってね」と私は言った。

「だいたい誰を靴でひっぱたくつもりだったんですか？」とグレースが聞いた。

「こみいった事情があるんだ」

アビーは私のほうをちらっと見た。「別にそんなこみいった事情でもないわ。でしょ、バイデンさん？　なんなら席を外しましょうか？　お葬式の日の夜に、お父さんのモーテルの部屋でなにをしていたか、お嬢さんに説明なさったほうがいいでしょうから」

「なんのこと？　ジョー」

私はため息をついた。「今日のところは、この話をするつもりはなかったんだがね。だが話したほうがいいようだ。私はきみのお父さんに起きたことが事故だったとは思えないんだ。ハイになっていたにせよなんにせよ、フィンが自分から線路上に行ったとはぜったいに考えられない。フィンはおそらく……つまり私の考えでは、なにか不都合な事態に巻きこまれていたのではないかと思うんだ」

グレースは思わず口に手を当てた。

明らかに、それで部屋中の空気が薄くなったような気がした。

「警察はあなたの推理のことを知ってるんですか？」とアビーは尋ねた。「運輸委員会はすでに調査を終了しています。アムトラックにはなんの不正行為もなかったとの判断でした。機関士は彼を故意に轢いたのではありません。列車のスピードとブレーキをかけるまでに必要だった時間を計算すると、あれ以上適正にブレーキをかけることは誰にもできなかったということです。それは殺人とは言えないと思います」

「フィンは自殺したのではない」

「自殺だとは言ってません」

「きみのような人間の行動パターンはわかっているぞ」と私は言った。

「お言葉ですが、バイデンさん。私がどんな人間かご存じとは思えないんですけど」

それについてはなにも言えなかった。

「まだ調査は続行中です」と彼女は言った。

「きみは嘘をついている。なにか隠しているな。私は嘘をつかれているときはわかるんだ」

「あなたからそんな言葉を聞くなんて、ちゃんちゃらおかしいわ」

「二人とも」グレースが言った。「落ち着いて」

アビーはポニーテールの先をいじりながら言った。「あの夜モーテルで私がなにをしていたか、知りたければ教えてあげるわ。別に秘密でもなんでもない。私は私立探偵です。私のクライアントはほとんどが保険会社で、虚偽請求の疑いを調査するために雇われるんです。ちなみにあらかじめ言っておくと——保険会社というのは、保険の請求がくるたびに虚偽請求を疑う。あの業界はそういうところよ」

私は冷凍野菜を左手から右手へと持ちかえた。カリフォルニア野菜ミックスの冷凍食品だ。ニンジン、ブロッコリ、カリフラワー。

三つとも苦手な野菜ばかりだ。

アビーは続けた。「こういう事故の場合、証人と会って話します。家族や友人、被害者の精神状態について手がかりをくれそうな人は全員。物的証拠も探すわ」

「メモとかかね」と私は言った。つまり、遺書のメモだ。

彼女はうなずいた。「被害者が自ら命を絶った場合、三分の一は遺書が遺(のこ)っています。最近はネット上に遺す場合も多いので、私たちにとっては助かるわ。紙の遺書は紛失しやすいから。家族は事実を隠そうとするんです。保険金の支払いがかかっている場合はとくに」

「私たちがそういうことをすると考えるなんて、信じられない」とグレースが言った。

「法廷での審議に耐えうると確信できる証拠が得られるまでは、私はなにも信じません。単なる思いつきであちこちかぎまわってるどこかの素人探偵とはわけが違うのよ」アビーは冷ややかに微笑んだが、あえて私のほうを見ることはしかった。「モーテルにいたのは、それが決まった調査プロセスの一部だからです。モーテルで亡くなる人は多い。どれくらいの数になるか聞いたら、二度とモーテルには泊まれなくなるわ。そしてたいてい机やナイトスタンドの上に、メモ用紙が置いてある。引き出しの中の場合もある。その上を鉛筆でこすると、いちばん上の紙を破りとる前に書いた文字が浮かびあがるのよ」

「それって本当にできるのか？」あっけにとられて思わず口に出してしまった。

「レイモンド・チャンドラーがなんの根拠もなくそういうことを書いたと思います？」とアビーは言った。「でもこの件の場合、メモはなかった。どの部屋にも、一つも。手詰まりよ」

「あのときモーテルで、私たちに一杯食わせる代わりに、名刺を渡してくれていたら……」

「あくまでも慎重に行動したかったのよ」と彼女は言った。「言ってみればね」

私は目をそらした。バラクと私が出くわした彼女の半裸の状態のことを、あらためてここで持ち出す必要もない。

グレースはミルクがなみなみと入ったままのマグを取りあげて、キッチンへ持っていった。アビーと私は黙ったまま座っていた。情けない気分だった。ワイオミング通りのカマフォード館で二本立て映画を観るために、授業をサボって風紀係の先生に捕まったときのようだ。

グレースが戻ってくると、私は立ち上がった。「野菜はどうすればいい?」

「持っていってください」とグレースは短く答えた。私は彼女の信頼を裏切った。その状態を挽回(ばんかい)する言葉は一つも見つからなかった。

第二十九章

リトル・ビーストはまだドネリー宅の二軒先にとまっていた。助手席側のドアはロックされている。少しのあいだ、スティーヴがロックを外してくれるのを待った。だがロックの解除音が聞こえないので、額に手をかざし、真っ黒な窓の中に目を凝らした。

誰もいない。

ぜったいに車を無人のまま放置するなと、スティーヴに強く言っておいたはずだ。このあたりで車を無人のまま放っておいたらどんなことになるか、彼はわかっていないのだ。私にはわかっている。

パンツを腰までずり下げた十代の黒人少年が二、三人、私の背後の玄関ポーチに座っていた。一本のタバコを回して吸っている。普通のタバコでないことは確実だ。少年たちは私をじろじろ見ながら、値踏みしているようだった。自分の着ている派手なアロハシャツが、思っている以上に目立つのではないか、と初めて気づいた。「私はジョー・バイデンだ」と書いてあるわけではないが、同じくらいのインパクトがあることは確かだ。

「やあ、調子はどうだね？」と私は声をかけた。

少年たちは答えない。

「ジョー!」

バラクがブロックの半分ぐらい先のところから手を振っていた。特大サイズのカップを持っている。スティーヴはテイクアウト用の袋を抱えていた。

「その人、あんたの車に押し入ろうとしてたよ」と十代の少年の一人が声を張り上げた。十五か十六ぐらいの子だ。パーカのポケットに両手を突っこんでいる。

バラクは少年たちに五ドルずつ手渡した。「見ていてくれてありがとう。だがこの人は知りあいだ。大丈夫だよ」バラクがキーを持っていて、ドアロックを外した。「乗ってくれ、ジョー」

私が助手席のドアを開けかけたとき、ピカピカに磨き上げられたフォード・チャージャーが角を曲がってきた。その車がホイールを回転させながらゆっくりとこちらに向かって進んでくるにつれ、私は緊張して身構えた。車は交差点まで行くと、スピードを出して走り去った。

「なにか気になることでもあるのか、ジョー?」とバラクが尋ねた。

私はもともと人種差別的な考えの持ち主ではない。だがギャングの抗争の銃撃戦に巻きこまれて死ぬのはいやだというごく当たり前の恐怖心は持ち合わせていた。交戦地帯に行った経験もあるが、リバーサイドはそういった場所の多くでさえかすんでしまうほどの危険な場所だ。面積じたいはさほど大きくないのに、凶悪犯罪の発生数はウィルミントンの中で異常なほど多かった。

私は口ごもって、ほとんど言葉とも言えないような音がいくつか口から漏れた。この地域の危険さについて私が心配しているのを、しつこいやつだと受け取られることなくうまく説明できる方法がないものかと探していたのだ。だが、うまくしゃべれなくてどうにもならなくなる前に、バラクが助け舟を出してくれた。

「落ち着いて。きみを困らせるやつがいたら、私が相手だ。それにきみに教えたい魔法の言葉がある。『ドローン爆撃機』だ」

バラクは後部座席に乗りこんだ。

「DEAの令状は正当なもののようだった」と助手席に乗りこみながら私は言った。「それについては、いまのところまだどうすればいいのかわからない。別の捜査機関が絡んでくるとは思っていなかったんだ」

「DEAはそこらの低レベルのユーザーなど問題にしない」

「そっちと連絡をとってみてもいいかもしれない。ウィルミントン警察と情報を共有しているなら、私たちも彼らの話を聞いていたはずだ」

「エスポジートは私たちを追い払おうとしている」とバラクは言った。「DEAも冷たくあしらわれているんじゃないかな」

「ダンなら知っているかもしれない……だが、もう少し詳しいことがわかるまで、ダンに連絡をとるのは待ったほうがよさそうだ。私たちに手を貸してくれるとは限らないし」

「彼がきみの友だちなら、なんとかしようとしてくれるさ。それが友だちというものだ」

私は髪をかきあげた。そろそろ髪を切りに行く時期だ。

「少なくとも、グレースがボストンバッグを見ていないことはわかったよ」と私は言った。

「あと、時計もなくなっているそうだ」

「高いものか？」

「どうかな」と私は言った。「フィンは派手なやつは好みじゃなかった。安いのを買うからあまり長持ちせず、二、三年ごとに新しいのに買い替えていた。最後に持っていたのがどんなやつだったかはわからない」

スティーヴがSUVのエンジンをかけた。六・二リッターのV8エンジンがうなりを上げて動き出した。

「じゃあアムトラックの従業員は、みんな自分の時計を持っているんだな？」とバラクが尋ねた。

「マリアノ・リベラが自分のじゃないグラブをつけてマウンドに上がると思うか？」と私は言った。「昔、鉄道の機関士や車掌には時計の携帯が義務づけられていた。彼らは時間に正確で信頼できる存在でなければならず、時計をチェックする検査官もいたほどだった。近頃は、きちんと動いて秒まで表示できるものであれば、どんな時計を使ってもいいようだ。車掌の多くが昔ながらの懐中時計を好み、機関士は腕時計を使う場合が多い」

「本当に列車のことをよく知っているんだな」

「列車のことなどなに一つ知らないよ。だがアムトラックのことならよく知っている。そこは大きな違いだぞ。間違っても私は鉄オタじゃない」

「わかる言葉で言ってくれ、ジョー」

「鉄道ファンのことだよ」と私は言った。「鉄道オタク、鉄オタと言うんだ。あまりほめ言葉ではない。鉄道マニアとか鉄ちゃんとか鉄男とか、いろんな呼び名がある」

「鉄男？」

「ここで差別論争はやめてくれよ、バラク」

口を結んだままにやりと笑う表情がバラクの顔に広がった。

「なにか食べるものを買ってきてくれたのか？」と私は尋ねた。

「その野菜だけじゃ足りないんですか？」とスティーヴが聞いてきた。

スティーヴにまでバカにされるとは情けない。

私は冷凍野菜の袋を握りしめた。溶けかかって、膝の上に水が垂れていた。「これについてはだな……」

私は女との奇妙な出会いについて説明し、彼女の名刺をスティーヴに渡した。スティーヴは彼女の背景確認を依頼する電話をかけた。念には念を入れておかねばならない。

「目の下が少しあざになっているぞ」とバラクが言った。

ピンヒールにサンダルで応戦するとこうなるんだ、と私は思った。ファストフードの袋の中をあさった。バラクとスティーヴが自分たち用に買ったチキン胸肉のグリルだかなんだかは、とっくの昔になくなっていた。彼らが私に残しておいてくれたのは、チキン・フィンガー・サンドだった。

「ディップ・ソースは？」と私が聞いた。

「そこにケチャップがあるだろう」とバラクが言った。「バーベキュー・ソースもあったが、きみはハニー・マスタードより辛いものは食べられないだろうと思って」

私はスティーヴに車を出すよう言った。

「どこへ行くんだ？」とバラクが尋ねた。「証人の聞きこみか？　犯罪現場の検証か？　悪党を締め上げるか？」

私は首を振った。「どこかでバーベキュー・ソースを調達しよう」

第三十章

ガソリンスタンドに入り、ホットドッグとタキートス（ミニサイズのタコス）を売っている横にある調味料置き場で、探していたソースを見つけた。コーヒーカップいっぱいにマッド・マークのサザン・ピット・バイパー・エクストラクトBBQソースを注いだ。深いワインレッド色で、唐辛子のフレークがたっぷり入っている。それを見ただけで舌が辛さで燃え上がるような気がした。私はスティーヴのために水を手にとると、カウンターにいるバラクのところに行った。

バラクはグリーン・ティーのボトルを持って待っていた。カウンターに背を向けて帽子を深くかぶり、自分だと気づかれないよう、できるかぎりさりげなく立っている。カウンターにいる女性はペーパーバックのスリラー小説を読んでいた。第四十四代合衆国大統領が自分の右側に肘をついていることには、まったく気づいていない。

バラクが丸見えでも気づかれていないとしたら、私など透明人間も同然だった。昔からのデラウェア州民なら私を知っているだろうが、若い世代や外から移住してきた人たちはたいてい私に気づかない。世間の人が覚えている副大統領は、のちに大統領になった人だけだ。アル・ゴアが有名になったのは、むやみに目立つ仰々しいヒゲを生やして注目を集めたからだ。夕方五時の日陰の中に立つバラクと私は、たぶんヒッピーの二人組のように見えているのだろう。

バラクは私のカップをじっと見つめた。「きみはなにを証明しようとしているんだ、ジョー？」

私はわざとそれを無視した。

「外は暑いな」と私は大きな声で言って、カウンターに五ドル札を置いた。バラクは目を白黒させた。できるかぎりさっと買い物を済ませるつもりでいたのだ。だが私はデラウェア州民だ。デラウェア州民は世間話をするものだ。

女性は窓の外を見た。「地球温暖化ね」と言って、肩をすくめた。

「実際はそれよりもっと緩やかな変化なんだ」バラクは急に私たちの会話に興味を覚えて、話に入ってきた。「だからいまでは『気候変動』という言葉のほうが好んで使われている。つまり、今後五十年にわたって気温は一度か二度上がるだけなんだよ。それでも海面は十フィート（約三メートル）も上昇してしまう。そうすると――」

「それ、コーヒー？」女性が私のコーヒーカップを指差して尋ねた。

「バーベキュー・ソースだよ」

「コーヒーと同じ料金払ってもらうけど」

「いいよ。ああ、あとこの人のドリンクも」と私は言って、バラクのグリーン・ティーを指差した。

　私は釣り銭を受け取って、バラクをカウンターに残したまま店を出た。バラクはナプキンの裏に図を描いて、足の指まで動員しないと二十まで数えることも難しそうな女の子に、気候変動の複雑な仕組みを一生懸命説明していた。

「なんであんなに時間がかかってるんですか？」とスティーヴが聞いてきた。私は助手席に乗りこんで、スティーヴとのあいだにあるカップホルダーにバーベキュー・ソースを置いた。

「地球温暖化セミナーを開いているんだ」

　スティーヴはため息をついた。「そりゃしばらくかかりますね。水はいくらでした？」

「気にするな」と私は言った。

　ガソリンのポンプが止まった。スティーヴは車から降りて代金を払いに行った。リトル・ビーストを満タンにするといくらかかるのだろう、と好奇心がわいてきたので、私はポンプをちらっと見てみた。だが、表示されている金額を見て、思わずむせそうになった。ロードアイランド（アメリカで最小の州）のGDP以上だ。

　スティーヴはレシートを持って戻ってきた。

「その代金はもちろんあとで払い戻してもらえるんだよな？」と私は言った。

「大統領のカードを持ってますから」とスティーヴは言って、VISAのプラチナカードをちらつかせた。

オートバイが一台、私たちの反対側の、何台かうしろのポンプのところに入ってきてとまったた。ふだんなら私は気づきもしないだろうが、スティーヴはサイドミラーでそのオートバイをじっと見ていた。スティーヴはつねに警戒している。こっちも、あっちも、くまなく見ている。なにかが動くと目を留めるし、なにかが動かなくても目を留める。優秀なエージェントだ。

「僕のことを覚えていませんよね？」とスティーヴが聞いてきた。

「水曜の夜のことか？」

「あなたの一期目の時です。僕はあなたの警護チームにいました」

　脳みそを絞って思い出そうとしてみたが、無駄だった。私は人の顔を忘れない性質だ。だがシークレット・サービス・エージェントはつねに同じサングラスをかけ、同じ髪型に同じスーツ、同じ身のこなしをする。

「すまない。私の警護は長かったのかね？」

「ほぼ八カ月です」とスティーヴは言った。「あなたは嫌な人でした」

「きみにとって？」

「僕たち全員にとってです」

　そういう批判は前にも聞いたことがあった。エージェントたちは（誰かはわからないが）私の態度が冷淡だとマスコミに文句を言っていたらしい。私が水泳をすることについても不満があったようだ。まあ、トランクスをはいていない副大統領の姿を見たいエージェントは、たしかにあまりいないだろう。

「面倒をかけたなら申し訳なかった」

「気になりませんでした」とスティーヴは言った。「いまも気にしてません」

「だがそれを持ち出したのはきみだろう」

スティーヴの目がバックミラーのほうへと動いた。

「私はスクラントンのカー・ディーラーの息子だ」と私は言った。「警護されるのが私にとって、気分のいいことでなかったのは確かだよ」

「これはあくまで僕の意見ですが、二十四時間年中無休で誰かのあとをついて回るのも、けっして楽しいことではありません」

「それはわかる。ただ、私はそういうふうに育ってはいないんだ。自分が誰かよりも上等な人間だと考えるように育てられてはいなかった。特別扱いがふさわしい人間なんていない」

「副大統領とそのご家族は特別扱いにふさわしい方々です」

ほかの警護対象者たちは、自分を守るために配置されたエージェントたちにもっと暖かく接していた。警護担当者と友人になったりはしないだろうが、彼らを自分の身代わりの人間の盾ではなく、血の通った人間として扱っていた。

「親しくなりすぎるのが怖かったんだ」と私は言った。「きみ個人でなく、エージェント全体との話だ。自分の代わりに銃弾を受けるという使命を負った人間の、名前や顔を知ることはできなかった。そんな罪悪感を持ったまま生きることはできない。それなら自分が弾丸を受けたほうがましだ。そのほうが楽に生きられる」

「楽に死ねますしね」

「そうだな」

私たちは黙って座っていた。店内のレジの横では、バラクが両手を動かしながら熱心に話しつづけているのが見えた。カウンターの向こうの女性は、その話にすっかり釘づけになっている。五分あれば、バラクは無神論者に賛美歌を歌わせることだってできるのだ。

「これ以上長居しないほうがいいですね」とスティーヴが言った。

私は遠くになにか光が点滅していないか見回したが、なにも見つからなかった。私たちが立ち寄ったガソリンスタンドは、街はずれのちょうど都会が田舎に変わる境目のところにある。私はいまにもエスポジートが追いついてくるのではないかという妄想にとらわれはじめていた。

バイカーはまだハーレーにガソリンを入れている。その男が横を向いたとき、革のベストの背中に大きく描かれている模様が一瞬目に入った。ダイヤモンドの目をもつ巨大な頭蓋骨だ。にやりと笑った頭蓋骨は、歯に短剣をくわえている。その下には「MURDER TOWN（殺人の町）（ウィルミントンの別名）」の文字。支部の場所だ。ベストの上部に書いてあるクラブの名前は、バイカーの髪に隠れて見えない。

「あの頭蓋骨には見覚えがあるぞ」と私は言った。

「頭蓋骨？」スティーヴはミラーを調節しながら言った。バイカーは背中をうしろに向けていた。スティーヴが自分の目で確認するには少し待つしかないだろう。

「あのバイカーのベストの背中に描いてあるやつだ。ダーリーンの部屋にいた男に、ちょうどあんな刺青があった」

「牧師のことですか？」

「牧師ではないよ」

バイカーはポンプの扱いに手間取っていた。最近はガソリンを入れるだけでも、えらく面倒な手順を踏まされる（デビットカードを使用しますか？　洗車はいかがですか？　九十九セントのコーヒーはいかがですか？　こちらのガソリンはいかがですか？）。

「別に僕たちをつけてきたわけではないですよ」とスティーヴは言った。

「どうしてわかる？」

「わかるんです」バイカーは私たちのほうをちらっと見て、また目をそらした。「店に行って『反乱分子』を捕まえてきます」

「さっき言った模様に見覚えはあるのか？」

「バイカーのクラブについてはトレーニングを受けました。どのクラブのものかはわかりませんが、聞き覚えはあります。ウィルミントンに支部のあるクラブはそう多くありません。こっちに移って運転を代わって。裏口に車を回してください」

異議を唱える前に、スティーヴはさっさとガソリンスタンドの店のほうへ歩いていってしまった。本当は、スティーヴにバイカーを拘束してもらいたかった。そうすれば頭蓋骨のことについて情報が得られる。あのバイカーは、例のニセ牧師と同じバイカー・クラブに入っているのかもしれない。だが残念ながら、スティーヴには別の計画があったようだ。

私は運転席に移って、キーを回した。リトル・ビーストがうなりをあげて生き返った。目の端に、スティーヴが従業員用の出入り口から出てくるのが見えた。一瞬たって、人間の盾のあとにバラクが出てきた。残念ながら、盾として百パーセントの効果を発揮するためには、スティーヴの身長はだいぶ足りなかった。もしものときには、バラクはかがまなければならないだろう。

「お手並み拝見といこうか」と私は言って、アクセルを思い切り踏みこんだ。リトル・ビーストは前につんのめり、頭が背もたれに押しつけられた。ブレーキを何度か踏むと、スムーズで無駄のない動きでギアをバックに入れ、スピンしながら従業員用の出入り口へ向かう。最後はタイヤをスリップさせつつスティーヴとバラクの数インチ手前で止まった。二人をひき潰してホットドッグの肉にすることはどうにか免れた。

スティーヴがドアを開け、二人は後部座席に転がりこんだ。バイカーが私たちの横を通り抜け、道路に出るところでいったん止まった。そして私たちのほうをゆっくりと見た。窓には色がついているので、私の顔は見えていないはずだが、それでも私をじっと見つめている。バイカーはなんだかよくわからない言葉を叫ぶと、私に中指を突き立てる挨拶をしてから、二車線の道路に出て走り去っていった。

そうやすやすと逃げられると思うなよ、と私は心の中で言った。

私がアクセルを踏みこむと、車はバックのまま急発進した。リトル・ビーストはどうやら私の支配下から逃れたいようだ。頭がぐっと前方にひっぱられ、ブレーキを探すあいだに、タイヤの空気充塡機に突っこんだ。キキーッと甲高い急ブレーキの音を響かせて、車はようやく止まった。

私たちはしばらく黙ったまま座っていた。三人とも肩で息をしている。車の下のどこかで、壊れたホースから空気がシューシューと音を立てながら漏れていた。

私はなんとか心を落ち着けると、ギアをドライブに入れ、妻の出産に駆けつける男みたいに力いっぱいアクセルを踏んだ。

第三十一章

スティーヴが銃の弾倉をチェックしている音がした。窓から身を乗りだしてバイカーに発砲し、オートバイのタイヤをパンクさせようとするかどうかバックミラーを見て確認したが、彼はもう銃をホルスターに戻していた。

「二人ともシートベルトはしたか？」と私は大声で聞いた。

「止まってください。どうかお願いします」とスティーヴが言った。

「そうしてあの男を逃せと？」

「そうです」

私はふんと鼻を鳴らした。「ありえんね」

私たちは五十二号線に乗って、ウィルミントンから北西へ向かっていた。バイカーのすぐうしろを走っていく私たちの横を、田舎の風景が目にも留まらぬ速さで流れていく。バイクは車線を走るほかの車を巧みにかわしながら走っていった。やつは街なかの狭い通りや、混みあった州間高速道路（インターステート）を走るよりも、田舎道に出たほうが私たちを楽に振り切れると思ったのだろう。幸運なことに、バイカーが計算に入れていなかったことが一つあった。週末のドライバーだ。

私たちは、制限速度ぴったりで走っているピックアップ・トラックを追い抜いた。明らかに社会病質者（ソシオパス）だ。アメリカ中部では制限速度で走っていても問題ないのかもしれないが、沿岸地域ではありえない。少なくとも制限速度プラス十マイル（約十六キロメートル）は出していなければ、流れに乗れない。デラウェアではスピードを出すことは違法ではなく、むしろ自己防衛の方法なのだ。

バラクはシートのあいだに身を乗りだした。たぶんスピードメーターを見ようとしたのだと思う。メーターの針は八十マイル（約百二十九キロ）と八十五マイル（百三十七キロ）のあいだを揺れ動いていた。どんなにがんばってアクセルを踏んでも、ビーストはそれ以上スピードが出ない。オートバイも限界までスピードを出しているようだが、それに同じスピードでついていくしかない。

「なあ、たしかにあいつは中指を立てた。だがこんなのはどうかしている。ただの中指だろう？　事故でも起こしたら取り返しがつかない」

「あいつは私たちを知っている。私たちがあいつに気づいたことを知っているんだ」

「そのあいつって誰なんだ？」とバラクが尋ねた。

「名前は知らないが、背中の頭蓋骨は知っている。あいつのクラブはフィンとなにか関係があるんだ。そしてあいつはわざわざあのマークを私たちの前で見せびらかした。私たちをバカにしていたんだ」

「あの男は止まるつもりはなさそうだぞ。きみはいったいどうするつもりだ？」

私はなにも答えなかった。

「ガソリンは大丈夫か？」とバラクは言った。

ガソリンがタンクに四分の三は入っていることをバラクは知っている。「運転したいなら代わろうか」

「きみの運転は最高だよ、ジョー」

「本気で言ってるのか？」

「一つアドバイスしていいか？」

私は首を横に振った。

バラクはそれを無視した。「あまり自分の腕を過信しないようにしないとな。前は手を十時と二時の位置に置くのがいいと言われていたが、いまでは専門家によると九時と三時のほうがいいそうだ。手の位置がハンドルの上のほうすぎると、衝突したとき手首が折れるかもしれない」

「ハーヴァード自動車学校ではそう教わるのか？」

バラクは私の煽り(あお)に乗らなかった。私は彼がよそを見るのを待って、両手をすっと九時と三時の位置に滑らせた。

オートバイがバーモント・ナンバーの中型セダンを追い越したので、私もペースを保ちながら同じように追い越した。セダンを追い抜くとき、白い髪の毛の先が窓のいちばん下の部分に少しだけ突き出ているのがちらりと見えた。ドライバーの頭があんなに低い位置にあって、いったいどうやって前を見ているのだろう。骨張った手がハンドルにぶら下がっている様子は、ハロウィンの飾りのようだ。

「みんな、バーニー（バーニー・サンダースのこと。白髪でバーモント・ナンバーの車に乗っていることから）に手を振って」と私は言った。

誰も私のジョークに笑わなかった。

開発された土地がしだいに野原や畑へと移っていく。週末のドライバーたちは、なぜか野原の中をドライブするのを好むが、いまはあまり見るべき景色もない。トウモロコシはやっと一フット（約三十センチ）ばかりに育ったところだし、ほかの作物はまだ芽が出てもいない。バイカーはときどきサイドミラーで私たちの姿を確認しながらも、スピードを保ったままだ。私かやつか、最初にミスを犯すのはどっちだろう？

「この州の公式飲料はなにか知っているか？」と私は大声で言った。うしろから答えはなかった。「ギブアップか？　教えてやろう。答えはミルクだ。ミルクがデラウェアの公式飲料なんだ」

「すばらしい」とバラクが言った。

「だろう？」と私は言って、バラクが目を白黒させているかどうか確認しようと、バックミラーをちらっと見た。

別に白黒させてはいなかった。

「牛だ」とスティーヴが言った。

私はスティーヴを見た。「ああ、だがデラウェアにはヤギもいる。だが私が気に入らないのはなにかわかるか？　アーモンドミルクだ。あれはミルクじゃない、ジュースだ。どうせならアーモンドジュースと呼べば――」

「牛だ！」スティーヴとバラクがフロントガラスを指差して叫んだ。

あわてて目を道路に戻すと、黒いまだら模様の大きな乳牛が車線の真ん中を歩いているのがかろうじて見えた。対向車線にはセミトレーラー・トラックがこっちに向かってくる。私はブレーキを踏みこみ、ハンドルを思いきり右に切った。どうかぶつかりませんように、と心の中で聖フランチェスコに祈りながら。

私の祈りは聖フランチェスコに速攻のボイスメールで届いたに違いない。

私たちの車はスリップしながら牛をよけた。牛はそんな状況にもまったく動じることなく、のほほんとした表情を浮かべていた。アンチロック・ブレーキ・システムが作動し、ブレーキにロックがかかって車がひっくり返るのは回避できたが、その代わりに道路脇に頭から突っこむことになった。

リトル・ビーストは反対側の土手を駆けのぼった。有刺鉄線のフェンスをパーティーの飾りリボンみたいに軽々と突き破り、入った先は野原だった。でこぼこの土の上をガタガタ揺れながら進んでいったが、しだいにスピードが落ちていき、やがてゆっくりと止まった。そこまでは覚えているが、その後、目の前が真っ暗になった。

第三十二章

気がつくと、私はまだ運転席に座っていた。目がひりひりする……それはけがをしたせいではなく、ダッシュボードじゅうに飛び散ったバーベキュー・ソースのせいだった。スティーヴは後部座席にうずくまり、その顔の片側には血が流れ落ちている。バラクの席は空っぽだった。

私は外によろめき出た。焼けたゴムの臭いが鼻をつく。野原にはタイヤのつけた深い傷あとが、道路からずっと続いていた。エスカレードが路上に残した黒いスリップ痕は、五十フィート（約十五メートル）にわたっていた。私たちは牛の群れのかろうじて手前で止まったが、牛たちには私たちのことはあまり気にならないようだった。道路上にさまよい出てきたやつに加えて、数えてみると牛は十二頭いた。一ダース、プラスおまけつきだ。

トランクがバンと閉まる音がした。

「バラク？」

車の角の向こうから、バラクが顔を出した。「気がついたか。いま見にいこうと思っていたんだ」

バラクは救急セットを持っている。「私は大丈夫だ」と伝えた。

「本当か？　ハンドルに相当ひどく頭をぶつけていたぞ」

額にさわってみると、こぶができていた。覚えはないが、たしかにハンドルに頭から突っこんだに違いない。

「吐き気はないか？　頭がぼんやりするとかは？」

「いつもどおりぼんやりしてるよ」と私は言った。

「冗談が言えるなら、心配ないな」とバラクは言って、運転席側のうしろのドアを開けた。焼けたゴムの臭いが収まってくると、別の匂いが漂いはじめた。足元を見おろすと、糞の山から数インチのところに立っていた。私たちがいるのは、糞の地雷原の真っ只中だった。

バラクは私のほうをじっと見た。「ほら、足元に気をつけて」

「農場に行った経験はある」と私は言った。

私たちのどちらも、その経験があった。夏になると、ワシントンではなくアイオワで一緒に過ごすことのほうが多い時期が何度かあった。アメリカで最初に行われる大統領選予備選の党員集会で勝つためには、それが必要だったのだ。私がただ一つ後悔しているのは、長年にわたってアイオワ州のステート・フェアであんなに牛の乳を搾ったのに、私が民主党の大統領候補指名レースに一度も勝てなかったことだ。というか、かすりもしなかった。少なくともアイスクリームをつくれるくらいの乳は搾ったはずなのに。

私はバラクの肩ごしにうしろをのぞいた。スティーヴは意識はあったが、あまり具合はよくなさそうだ。その目には生気がなかった。スティーヴは「エージェント」ではないのだ、と私は初めて理解した。彼も一人の「人間」だった。痛みを感じる人間なのだ。このドン・キホーテばりの探求の旅に、好き好んで引きずりまわされているわけではない。もうすぐ大統領の対襲撃部隊に入れるかもしれないというこの大事なときに、ただ自分の記録に汚点を残すのが嫌なばかりについてきたのだ。私たちは彼を利用したが、彼にはそんな目に遭ういわれはなかった。

それでも、シートベルトはしておくべきだった。

バラクはスティーヴの頭に包帯を優しく巻いてやった。「髪の生え際に切り傷がある。頭皮は体のほかの部位よりも出血しやすいんだ。もちろん大動脈は別にして、だが」

「そうだな」と私は言ったが、バラクがなんのことを言っているのかさっぱりわからなかった。私の知るかぎりでは、バラクは医療の訓練など受けたことはないはずだ。だが彼の脳はあらゆることを吸収する。いざとなったら、赤ん坊を取り上げることもできると私は確信している。おそらく割礼を施すことだってできるに違いない。

「脳震盪(のうしんとう)を起こしていることは間違いない。だが心配なのは内出血だ。スティーヴはシートベルトをしていなかったから、フロントシートのうしろに相当激しくぶつかったんだ」

スティーヴは目を細めて私を見た。「ロシア人ですか?」

「ロシア人?」私はそう聞いて、スティーヴの手を握った。冷たくて汗ばんでいる。

「選挙に手を加えようとしてる。やつらを止めなければ」

バラクは私のほうを見て顔をしかめた。

「なにが起きたんです？」とスティーヴは聞いた。「やつらが勝ったんだ、そうでしょう？」

「私たちはバイカーを追っていたんだ」と私はスティーヴに言った。「覚えているか？」

スティーヴは手で口を押さえて咳（せ）きこんだ。咳には鮮血が混じっている。「略奪者（マローダーズ）め」

「救急車は呼んだか？」と私はバラクに尋ねた。

「デラウェアには、この野原の泥の中に入ってこられるような救急車はない。ヘリコプターをここに降ろしてもらうのも難しそうだ。おそらくかなりの面倒をかけることになるからね。リトル・ビーストが動くなら、私たちが自分で連れていくしかない」

「いい考えだ」と私は言った。

「いいも悪いも、それしかないんだ、ジョー」

「略奪者（マローダーズ）だ」またスティーヴが言った。

バラクは首を振った。「キーを貸してくれ、ジョー。道路に出なければ」

これは彼の車なのだから、それはかまわなかった。実際は彼の奥方の車だが。私がこれまでにしでかしたひどい仕打ちにもかかわらず、リトル・ビーストはほとんど傷ついてはいなかった。防弾装備に加えて、有刺鉄線に耐える装備もついているに違いない。それに少なくとも、牛は轢かなかった。牛に負けない装備のついている車は、たぶんない。

「略奪者（マローダーズ）」私はその言葉を自分の口で言ってみた。スティーヴはロシア人のことを言っていたのではない。彼は意識があるのかないのか、はっきりしない状態だったが、なにかを伝えようとしていたのだ。略奪者（マローダーズ）……。

私は指をパチンと鳴らした。「MCだ」

「ヒップホップの話をしている場合じゃない」とバラクは言った。「いいからキーを――」

「そのMCじゃない。バイカーのMCだ。モーターサイクル・クラブだよ、マローダーズというのは」

スティーヴはうなずきはじめたが、びくっとした顔をした。肋骨（ろっこつ）のあたりをつかんでいる。こらえようとしていたが、痛みを隠すのは難しかった。彼は兵士だ……だが最高の兵士であっても、倒れることはある。その目は宙をさまよい、一つところに焦点が定まらない。彼は急速に弱っていた。最後に「あれは牛ですか？」と言ったと思うと、意識を失った。

第三十三章

スティーヴをもよりの病院で降ろしてから、バラクはそのあたりの駐車場に入り、地下のスペースに長くのびた車の列の最後尾にリトル・ビーストをとめた。セメントの床には薄い水の層ができていた。水が流れる溝がないのか、あるいはオイルと泥がこびりついてとれなくなっているのか、どっちだろうか。

「私のせいだ」と口をついて出た。「そもそもこんなことに巻きこんだのは私だし、車の運転を誤ったのも私だ」

バラクは私のほうを見なかった。いまはバラクがハンドルを握っていた。「きみは自分を責めすぎだ、ジョー」

「違うか？」

「どの部分が？」

「ぜんぶだよ」と私は言った。

「まず、きみに運転させるべきじゃなかった。リトル・ビーストの運転には多少の慣れが必要なんだ」

「野原に乗り入れたことは何回ある？」

「ゼロだ」

あくびが出そうになって、口を覆った。あくびは押し殺せたが、エネルギーが衰えているのを感じた。カーチェイスのあいだ、心拍数は急上昇し、アドレナリンがからだ中を駆けめぐっていた。なにもかもが刺激的に感じた。指先にエネルギーが溜まってうずいた。その結果があの大失態だ。車だけでなく、いろんな意味でやらかしてしまった。

大きな車が私たちの前をゆっくりと通り過ぎた。オリーブグリーンの一九七三年型キャデラック・フリートウッドだ。その車はいったん止まると、バックして私たちのすぐうしろのスペースに入った。肩越しにうしろを見ると、その車のヘッドライトが光った。一回、二回、三回。

それが合図だ。

バラクと私は車を降り、フリートウッドの後部座席に乗りこんだ。

カプリオッティ刑事は振り向かない。

「来てくれて助かったよ」と私は言った。「重要なことでなければ電話しなかった。どこかほかの場所へでも……」

「もうすでに一週間、交通整理をやらされたよ。あんたと話したことがわかったら、クビになるかもしれん。ましてや聞いてないぞ、あんたがその……その人を連れてくるなんて」

「すまない」と私は言った。「ダン、こちらはバラク。バラク、こちらはダン」

二人はフロントシートのあいだで握手をした。

どちらの顔も笑ってはいなかった。

「きみの助けが必要なんだ」と私は言った。

「もうあんたのことは十分助けたと思っていたがな。あんたの友だちのポケットに入っていたもののことを教えたのは、あんたのためを思ったからだ。一時間前、フィン・ドネリーの娘から警部補に電話があって、警察がその事実を隠していたことをさんざん責められたよ。さて、娘はドラッグのことを誰から聞いたんだろうな、ジョー？」

「彼女は家族なんだ。知っていると思っていた」

「知らないとあんたに言ったよな。それとももうろくして忘れちまったのか？」

「私は……」私の声は尻すぼみになった。「いまはそのことはどうでもいい」

「それだけじゃないぞ。二、三日前、あんたから電話があった。フィンの奥さんの部屋を嗅ぎまわっていたとかいう男のことを調べてほしいってな。そこの施設の人は誰もその牧師のことを知らなかったって――」

「あいつは牧師じゃない」

「最初は牧師だと言い、いまは牧師じゃないと言う。自分で自分の言ってることがわかってるのか？　これはもう妄想の域だ」ダンは首を振った。「あげくに今度はこの呼び出しだ」

ダンは折りたたんだ紙を開いて、こちらに手渡した。俳優のリチャード・ギアのスケッチだった。

「どういうことだ」と私は言った。

「今朝十時半ごろ、電話があった」とダンは言った。「アルヴィン・ハリソンが過剰摂取で死んだんだ。見たところ、オキシコドンらしい」

私は驚いたような顔をしようとしたが、ダンはだませなかっただろう。

さらにダンは続けた。「近所の人が、アルヴィンのアパートを嗅ぎまわっていた怪しい人物の人相を教えてくれた。窓からあらゆることをのぞき見している女性の一人だよ。よくいるだろう？　そういうタイプ。ただ問題は、その女性はあんまりまともじゃないらしいんだ。つまり、精神的にな。わかるか？　それでも、似顔絵描きには相当くわしく人相を伝えたらしいが」ダンは思わせぶりに少し間をおいた。「まさかアルヴィンの死についてなにか知っていたりしないよな？」

バラクは似顔絵と私とを見比べた。

何回も。

彼は唇をかんだ。

「リチャード・ギアに話を聞くといい」と私は言って、紙をダンに返した。「彼はフィラデルフィア出身だ。ここに来ていたかもしれない。わからないぞ」

「言いたいことはそれだけか、ジョー？」

「アルヴィン・ハリソンの件で電話したんじゃない」と私は言った。「マローダーズのことをなにか知っているか、聞きたかったんだ」

「アウトローのバイカー・ギャングだ。いったいなにがどうなっているのか、言うつもりはないのか？」

「いや、とくになにも」と私は言った。

「フィン・ドネリーには関係ないことなんだろうな？」

「あると言ったら、私をどやしつけるつもりか？」

「おれの助けが必要なんだろう？　だったらどこから出てきた話なのか、知る必要がある。マローダーズとあんたの友だちには、なんのつながりもない」

「マローダーズはドラッグの売買には関係ないというのか？」

ダンは肩をすくめた。「おれは麻薬課の刑事じゃないが、あいつらの名前はときおり耳にする。マリファナとか、銃の件でな。よくあるアウトローのバイカー集団だ」

「そいつらを取り締まらないのか？」

「おれたちは戦う相手を選ばなきゃならないんだ、ジョー。いまこの瞬間も、この街の半分はなにかのクスリでハイになってる。じゃあいまから令状もなしにドアを蹴破って回るか？　そいつらが面倒を起こさないかぎり、やってることに口は出さないさ」

「つまり、やつらは白人だから放っておくということなのか？」とバラクが言った。

「そうは言ってない」とダンはムッとして言い返した。

緊張のあまり頭痛がしてきた。ひょっとしたら脳震盪の後遺症かもしれない。あるいは脳震盪とはなんの関係もないのかもしれない。

私は言った。「このあいだバプティスト・マナーで出くわした男は、そのクラブのメンバーだったんだ。フィンはもちろん、メンバーではないだろう。オートバイも持っていなかったし。だが、付きあいがあったのかもしれない。フィンにヤクを売ったのは、そいつらかもしれない」

ダンは笑った。「じゃあどうするつもりだ? 自分でやつらを逮捕するのか?」

「私たちはそこまでバカじゃない」と私は言った。

「おれも一杯食わされたかもな。あいつらは自分たちのことを『ワン・パーセンター』と呼ぶ。自分たちはすべてのバイカーの中で、法に縛られずに生きる一パーセントのアウトローだという意味だ。やつらは無駄にぶらぶらしてるだけじゃないんだ、ジョー。正真正銘の悪党どもだ。やつらの中にずかずか歩いていって、尋問を始めようもんなら、ズタズタに切り裂かれちまう。おれの案はこうだ。麻薬課にそれとなく探りを入れてみる。フィン・ドネリーに関係がある件だとは悟られないようにする。ボスに雷を落とされたくないからな。だがそのグループの周囲でヘロインの取引があるかどうか、確認してみよう。なにも出なければ、この件から手を引いてくれ。いいか」

「それは私の決めることじゃない。シークレット・サービスの案件なんだ」

バラクはゆっくりとうなずいた。

「なんでヘロインの売買がそっちの管轄になるのか、いまいちわからないな」とダンが言った。「たしかにフィンはあんたの住所がついた紙を持っていた。そこまではわかる。だが、本当に命の危険を感じているのなら、いまごろ安全なところにこもっているはずだろう。あんたがた二人ともだ。なのに、こうして一人の護衛すら連れずに車で走りまわってる。いったいそれをどう解釈したらいいんだ？」

「国家の安全上の――」

「そんなたわごとはもうたくさんだ、ジョー。おれたちはどれくらい長い付きあいだと思ってる？　長すぎてお互いのピッチングのクセだって読めるくらいだ」

「ほう、私のクセは？」

「相手のピッチングのクセを知っていても、ご親切に教えてやったりはしないだろう？　あんたも野球をやるなら、それくらいわかってるはずだ」

「なら、私が隠し事なんかしていないとわかっているはずだろう」と私はうなるように言った。

長い間があった。そのあと、ダンが口を開いた。「書き留めてくれ」

ダンはマローダーズがたむろしているクラブハウスの住所を教えてくれた。彼がエンジンをかけ、私たちはなにも言わずに車を降りた。自分たちの車に戻ったあとで、ダンに礼を言うのを忘れたことに気づいた。だが頭痛が急にひどくなってきて、細かいことに構っていられなくなった。この週末を無事に乗り切ることができたら、ダンに感謝のカードを送ることにしよう、と思った。

第三十四章

〈ワッフル・デポ〉まで行って、車を乗り替えた。私のチャレンジャーが盗まれていなかったことがわかって、ほっとした。

次に向かったのはウィルミントン駅だ。切符売り場で、次のDC行きの列車の片道切符を二枚買った。売り場で働いている八十代の銀髪の人が私に気がついた……それこそが私が狙っていたことだ。私たちは同じ年ごろの孫のことを一、二分話した。出口に向かう途中で、私を見て「あの人だ」という顔をした何人かの乗客に手を振った。なんなら数人と握手までした。髪に赤いリボンをつけた十代の女の子が携帯のカメラを構えたので、私はとびきりの副大統領スマイルを披露した。女の子は口をすぼめてウィンクした。それからリボンをとって髪を下ろし、また違う顔をつくった。その子が私の写真を撮っているのではないと気づいたのは、ずいぶん時間がたってからだった。その子は自撮りをしていたのだ。

市長が私のほうを見てうなずいたが、言葉は交わさなかった。

外に出ると、列車の切符を破ってゴミ箱に捨てた。

バラクは帽子を目深にかぶって、チャレンジャーの助手席に座っていた。「中で迷ったんじゃないかと思いはじめていたところだよ」とバラクは言った。「なぜこんなに時間がかかったんだ？」

「私がジョセフ・R・バイデン・ジュニア鉄道駅に足を踏み入れたら、おおぜいの人を惹きつけずにはいられないのさ」

「誰も駅をその名では呼ばないんだろう？」とバラクは指摘してきた。

「今夜は違うさ。十分話題を提供してきたからな」と私は言った。「赤ちゃんにキスする以外のことはぜんぶやってきた。エスポジートとその手下どもが私たちを探していたら、ワシントンに向かうことになるだろう。そのあとは足跡がぱったりと途絶えるはずだ」

「警部補がきみが思っているより仕事のできる女だったら、そうはいかないだろうがな」

「きみもこの計画に賛成してくれるものと思っていたよ」

「いや、ただ警部補はそんなことではだまされないだろうと思ったんだ。次の警察署長と目されているからには、それなりの理由がある。おそらくあのチャーミングな性格のためではないだろう」

私は両手でハンドルをたたいた。「異議があるなら、次はちゃんと声に出して言ってもらえるとありがたいね。無駄な切符に二百ドルも払う前に」

「うまくいくかもしれないさ」とバラクは言ったが、その声は明らかに自信がなさそうだった。

私は首を振った。「ここは、すべてが始まった場所なんだ」

「就任式の日か」とバラクが言った。「体感温度はどれくらいだった？　十℃だったか？」

「その前の話だよ。私の最初の大統領選のことだ」

　この駅は一九八七年に私が大統領選への立候補を表明した場所だ。家族とともに「バイデン・エクスプレス」と名づけられたアムトラックの列車に乗り、ウィルミントンからDCへと向かった。上院で十五年を過ごした私は、もっと大きな挑戦に乗り出す準備ができていた。その時点では、その大きな挑戦というのが私の最初の大統領選のことではなく、二個の脳動脈瘤（のうどうみゃくりゅう）による闘病生活になるなどとは思いもよらなかった。あの病気のせいで私はいきなり大統領選から撤退せざるをえず、あやうく棺桶（かんおけ）に片足を突っこみかけた。臨終の秘跡さえ施してもらったのだ。

「本当にこの手がかりを追うつもりか？　例のバイカー・クラブの」とバラクが尋ねた。

「ケーブルテレビで見たことのほかに、バイカー・ギャングについてなにか知っているか？」

「バイクに乗っていたことはある」

「本当か？」バラクは信じられないという口調で聞いてきた。

「政界に入る前には、私には別の人生があったんだ。もちろんクラブにも、アウトローのバイカー集団にも入ってはいなかったが、バイクは持っていた」

「信じるよ。だがどこまでやるのか、ここらで真剣に考えておかないと。死体の数は増えつづける。スティーヴは病院だ。それにハイヒールを振りまわすどこかの女探偵に襲われたことも、忘れないほうがいいぞ」

「あれは女戦士だよ」と私は言った。「身長二メートルはあった」

「モーテルで会ったのと同じ女性なら、そこまで巨大じゃなかっただろう」

「今日はハイヒールを履いていたからだ。この前はフラットシューズだった」

「なんにせよ、きみはもうヨレヨレだ。それにあえて言うつもりもないが、ここのところずっと引きずっているその膝のこともあるし、今日の脳震盪も心配だ」

「脳震盪を起こしたのはこれが初めてだと思うか？ ハハ」

「もっとものごとを大局的に見る必要があるんだ、ジョー。この謎を解くことか、きみの健康か、重要なのはどっちだ？ きみのことを頼りにしている人たちはたくさんいる。おそらくきみ自身が思っている以上に」

バラクはなにも言わなかった。

「大事なのは先のことじゃない」と私は言った。「いまここでどうするか、ということだ」

私は続けて言った。「二〇〇八年に私たちの支持率が下がりはじめたとき、きみが言ったことを覚えているか？ 世間はマケインのほうに傾きはじめていた。あの選挙がマケインに有利に傾けば、私たちはおしまいだ。私たちの戦略は、これが必然だという感覚……いまこそオバマの時代だという感覚を維持することの上に成り立っていた。アメリカは黒人の大統領を選ぶ準備ができていた。だが人々の心にほんのわずかでも疑いがあれば、ほころびは広がってしまう。『ほらやっぱりアメリカは準備ができていなかったんだ』と疑いを持つ人たちは言うだろう。『やっぱりオバマは若すぎるし、生意気すぎるし、黒すぎるんだ』とね。マケインの『ストレート・トーク・エクスプレス』（選挙キャンペーンバスの名前）が私たちと接戦を繰りひろげていることを示す支持率の数字をアクセルロッド（当時のオバマの選挙参謀）が読みあげたあと、疑いがあの部屋の中に忍びこんできた。そのとき、きみはなんと言った？」

バラクは目を上げ、それから左のほうを見た。明らかに頭の中であの日のことを思い返していた。だがここでバラクがその言葉を繰り返す必要はなかった。私は一字一句忘れずに覚えていたからだ。

「ここまでは楽に進んできた。だがこの先はそうはいかないだろう。勝利への道はまっすぐではない。上りもあれば下りもあるし、ねじれることもあれば曲がることもある。私たち全員が、いったい自分たちはなにを考えていたんだと悩むときも来るだろう。それが疑いだ。疑いの反対はなにかわかるか？　確信ではない。この人生の中で、確信の持てることなどなに一つないからだ。疑いの反対は希望だ。無闇に楽観的になれと言っているわけではない。甘い理想に浸れと言っているわけでもない。私はただ、私たちすべての心の中に断固として居座りつづけ、闘いつづける勇気があるかぎりよりよい未来が私たちを待っていると訴えかけてくる、あの強い思いのことを考えてほしいのだ」

「希望を持ちつづけるかぎり」あの日の言葉を繰り返して、バラクは言った。「勝つ可能性は残されている」

「しかし負けたら？」選挙スタッフの質問を繰り返して、私は尋ねた。

「負けるはずがない。希望の光(ホープ・ネバー・ダイ)はついえない」バラクは自分の手を見おろした。「あのときの私たちは、もっと若かった」

「そんなに違わないさ。いまのきみはあのころの私より若い」

「年齢のことを言っているんじゃない」

「私たちは八年を過ごした」と私は言った。「簡単ではなかったよな」

「簡単にいくなんて一度も思わなかったさ」

「だがいっしょに……いっしょにやりとげたじゃないか」

はるか遠くのどこか一点をバラクは見つめた。

私は袖口で鼻水をぬぐった。鼻がグスグスいいはじめていた。夏風邪(なつかぜ)のひきはじめかもしれない。私の年だと、夏風邪も棺桶への近道になりかねないことは重々承知していた。

「二〇〇八年のことも、二〇一二年のことも、二〇一六年のことも忘れよう」と私は言った。「私たちが成しとげたことも、成しとげられなかったことも、ぜんぶ忘れるんだ。成功のことも、失敗のことも、なにもかも。そしていまここで起きている、ただ一つのことに集中しよう。いまがそのときだ。いまこそが変化をもたらすチャンスなんだ。本当の変化を」

私はバラクの肩に手を置いた。いまのバラクは肩をすくめてその手を振り払うことも、からかうこともしなかった。「最後に私たちのあいだになにが起きたのかははっきりとはわからないが、過去のことは過ぎたことだ。だろう？　こんな件は私たちの得意分野ではないが……」

「ああ、まったくの場違いだ」

「だからこそ、私たちの中に残っているありったけの希望をふるいたたせる必要があるんだ。さあどうする？　できるか？」

「ああ」バラクの顔に薄い笑みが広がった。「できるとも（イエス・ウィ・キャン）」

第三十五章

マローダーズのクラブハウスは、ハート・オブ・ウィルミントン・モーテルから半マイル（約八百メートル）ほどのところにあった。今週末、それとは気づかずに二回前を通り過ぎている。とくにこれといって特徴のないコンクリート造りの頑丈な建物だ。窓は板で塞いであった。どこにもなんの表示もなく、番地もついていない。駐車場はひび割れていて、空っぽだった。建物じたいは、かつてはストリップ・クラブだったようだ。裏に別の目立たない駐車場があった。たぶん、バイクはそっちにとまっているのだろう。

バラクと私は、隣の質店の駐車場に車をとめた。横にピックアップ・トラックが二台とまっていて、私たちがクラブハウスの様子をうかがうのにちょうどいいカモフラージュになってくれた。質店の中には大学以来入っていない。近ごろでは質店は、小切手換金店や少額高利貸し業者にとって代わられつつある。増えているのは、厳しい暮らしに苦しむアメリカの消費者を利用するのになんの良心の呵責も感じないような輩ばかりだ。

「銃、金、宝石、ＤＶＤ」バラクが窓の文字を読み上げた。「まさにアメリカを語る物語だな。ないのは聖書だけだ」

「聖書を質に入れるなんて話は聞いたことがない」と私は言った。「私の育ったところは、たとえ家や子どもや女房や着ている服までなくそうと、聖書だけはけっして手放さない、という土地だった」

「ここが、そのきみの育った土地だろう、ジョー」

彼は半分正しかった。この近辺に来たことはほとんどないが、たしかに私がこれまでの六十余年の大部分を過ごしたのはウィルミントンだ。だが子ども時代は、スクラントンで過ごした。先祖もそこの出身だ。私のルーツはスクラントンにある。自分の故郷は一カ所だけではないと主張していいものだろうか？

私はバイザーをはね上げて戻した。「さあ、隣へ行って、さっさと片づけてしまおう」

「いいか、いまはきみと私の二人だけだ。なんのバックアップもない。武器もない。あそこにいるやつらは、おそらくがっちり武装しているはずだ。だから二人でSWATチームみたいに正面のドアを蹴破って入る前に、よく作戦を練ったほうがいい。そもそも、あのドアはちょっとやそっとでは蹴破れないくらい頑丈そうだぞ」

正面のドアは鋼鉄製だった。ことによると厚さ三十センチはあるかもしれない。バラクも私も招かれざる客だ。しかしクラブハウスと質店のあいだに、狭い路地が通っているのが見えた。「裏に回ろう。出入り口は一つだけではないはずだ。中に入ったら、いくつか質問をする。これが作戦だ。簡単にいきそうじゃないか？」

バラクはしかめ面をした。「令状なしでは、協力させるのは難しいと思うがね。なにせア、ウトロー・バイカー・ギャングと呼ばれているやつらだからな」

「必要なら財布に物を言わせるさ。それがだめなら……」

私は指の関節を鳴らした。

「ちょっと好戦的すぎるぞ、ジョー。喧嘩腰で入っていったら、向こうも敵意をむきだしにしてくるだけだ。もう二、三分ここに座って、深呼吸してから行くことにしよう。いいな？」

「深呼吸するのは、この件が片づいてからだ」私はそう言って、ドアを勢いよく開けた。

「待て」バラクはそう言って、私を捕まえようとした。

だがもう遅い。待つのはたくさんだ。

今度は、バラクはついてこなかった。

クラブハウスの裏には、二ダースほどのバイクが建物に沿って並んでいた。クローム仕上げのバイクの表面が、真昼の陽光を受けて輝きを放っている。

私はレイバンのサングラスをかけた。

思ったとおり、裏には納品用の勝手口があった。小さな木製のスロープが出入り口に続いている。ドアは正面と同じく鋼鉄製だが、一点だけ違いがあった。樽(たる)をはさんで開けてあったのだ。開いたドアのすきまから、ケニー・ロジャースのカントリーっぽい鼻にかかった歌声が流れてくる。照りつける太陽が私のうしろに影をつくっていたが、建物の中は暗くて、開いたドアの中はよく見えない。

私は大きく息を吸った。

私の中のアイルランド人の血が騒ぎ、このまま踏みこんで騒ぎを起こせとけしかけてきたが、やはりバラクの言ったとおりだ。二人ともなんの武器も持っていない。私の「作戦」は実際、作戦でもなんでもなかった。単なる無鉄砲な思いつきだ。あのクラブハウス内に一歩足を踏み入れようものなら、取り返しのつかない一線を越えてしまうことになる。考えれば考えるほど、自分たちがいかに無茶なことをしているのか、だんだん身に染みてわかってきた。バラクも私も、探偵でもなんでもない。いまはもう政治家ですらない。こんな牛をつきまわすような無謀なまねはするべきではなかった。下手をすると、どちらかが角で突き殺されることになりかねない。

そう思う一方で、「このまま突き進め！」と自分をあおる気持ちもどこかにあった。考えてばかりいたってロクなことはない。考え抜かれた作戦だって失敗することもある。ヒラリーに聞いてみるといい。

私は開いたドアから中に足を踏み入れた。クラブハウスの中は真っ暗だった。一寸先も、それこそ自分の鼻先さえも見えない。一瞬してから、それは自分のかけているサングラスのせいだと気づいた。

サングラスを外すと、視界はだいぶよくなった。サングラスの効果というのは、なかなかあなどれない。

明かりはついていなかったが、うしろの開いたドアからわずかに陽の光が差しこんでいる。それで自分がキッチンにいることは確認できた。シンクには皿が山積みになっている。冷戦時代以来、誰もここで料理などしていないようだった。

向かい側の壁にドアがあるのを見つけ、少しだけ開けてみる……。

映画の中で、場違いな男が酒場に意気揚々と乗りこんできた瞬間、音楽がぱったりとやみ、その場にいる全員が目を上げて気まずい沈黙がしばらく続く……という場面を見たことがないだろうか？

現実はちょっと違う。

実際には、音楽は鳴りやまない。そのうち誰かがジュークボックスのコンセントを抜いてくれるまで、気まずい沈黙はかなり長く続く。この場合、ケニー・ロジャースの音楽に罪はない。ただ、二ダースものバイカーたちに銃を突きつけられた状態で、「いつ歩き去るべきか、いつ走るべきか知っておけ」という歌詞を聴きたくなかったことは事実だ。どんなに足が速くても関係ない。膝が百パーセント正常だったとしても、雨あられと降る弾丸を出し抜いて逃げることなど不可能だった。

第三十六章

「こいつだ、さっき言ってたやつは」とバイカーの一人が言った。南部なまりがグランマ・バイデンのターキー・グレービーソースより濃い。私たちに田舎道でのカーチェイスを演じさせた、あの飛ばし屋のバイカーだ。そいつが手にしているのはビリヤードのキューだけだったが、それでもあの失恋ソングの歌詞みたいに、次の日曜日までに私の骨を七通りに折ることができるのは間違いない。

私は両手を上げて降参した。「一つだけ言わせてくれ――」

銃の安全装置がいくつかカチッと外れる音がしたので、私は口を閉じた。人数でも銃の数でも圧倒的に負けている。たとえバラクがあとをついてきていたとしても――さらにスティーヴが病院のベッドでなくここにいてくれたとしても――やはり人数も銃の数もぜんぜん足りなかった。マローダーズは週末に集まってツーリングに出かけるような、よくあるのどかなバイク・クラブではない。本物のギャングだ。ずらりと並んだ高性能の銃をみると、一九八六年以降アメリカではフルオートマチックの銃は禁止されていることすら、ちゃんと理解していないようだ。ダンは危険を警告してくれていたが、私は愚かにもそれを無視したのだ。

飛ばし屋バイカーが私の前に進みでた。マリファナの臭いがする。だがその刺激臭にもひるまなかった。犯罪者というのは犬みたいなものだ。こちらの恐怖を敏感に嗅ぎつける。小便の臭いも嗅ぎつけるに違いない。一発銃声が鳴ったら私がパンツを濡らすのは確実だ。

「おれがガソリンスタンドから出るところを、バックでぶつけようとしやがったな」と飛ばし屋は言った。まだ黒いバイク用ヘルメットをかぶったままで、第一次世界大戦のドキュメンタリーから抜け出してきたみたいだ。「正気じゃねえぞ、あの運転は。ペンシルベニアまでついてくるかと思った。どれだけ事故を起こしかけたと思ってるんだ？」

「あんたにぶつけるだって？　見えてもいなかったよ！」

「そうだろうさ」と飛ばし屋は言った。

認めるのは腹立たしいが、おそらく飛ばし屋の言っているとおりだった。エスカレードをバックさせたとき、バックミラーもサイドミラーも見えるように調節していなかったのだ。

「あんたのほうが私たちをつけてきたんだろう」と私は言った。「だからあそこにいたんだ。それは認めるな？」

「なんでおれがあんたらをつけるんだ？」

「私のことを知っているからだ」

「で、あんたは誰なんだ？」

「合衆国副大統領だ」そう言って、一瞬間を置いた。「前の、だが」

バイカーたちは互いに顔を見合わせた。そろって肩をすくめたり、首をひねったりしている。マローダーズは明らかに私の支持者層ではないだろうが、それにしてもそこまで首をひねられるとは……本当に知らないのか？

「バイデン副大統領だ。この州の上院議員を三十六年やっていた」

それでもピンとこないらしい。

とつぜんどさっという音とともに、私の横の床に誰かが倒れこんだ。倒れた男のベストの背には、マローダーズの頭蓋骨のロゴがにやりと笑っている。

「立て」私の背後で、低い声が響いた。

床に転がった男は死んではいなかった。意識を失いかけているだけだ。男はあわてて立ち上がると、よろめきながら歩いてビリヤード台につかまった。

バラクは私の肩に腕をまわした。「調子はどうだ、ジョー？」

私の正面に立っていた飛ばし屋バイカーは、ポカンとした顔で大統領を見ている。いったん仲間の顔を見て、もう一度大統領を見た。バラクは銃身を切り詰めたショットガンを、ひょいと肩にかけていた。

「そんな飛び道具をどこで手に入れた？」と私はバラクに小声で言った。

バラクはビリヤード台にしがみついているバイカーのほうをあごでしゃくった。「この間抜けは外でタバコを一服するのに、銃を脇に置いていたんだ。勝手口に戻ろうとしたときに、それをいただいたというわけさ」

ナタが床にがらんと落ちた。バイカーたちは全員、武器を下ろしていた。

「みんな私の連れのことは知っているようだな」と、誇らしげに私は言った。

「ビン・ラディンを殺したやつだ」とバイカーの一人が思わず口にした。

その場にいる全員がうなずいて同意した。彼らの目には畏(おそ)れの色が浮かんでいる。嘘みたいな光景だった。

「実際はSEALチーム6が――」と言いかけた私の背中を、バラクがポンと叩いてやめさせた。

「外に待機しているんだ。トラブルに備えてね」とバラクが続けた。「十分以内にここからわれわれが出てこなければ、二ダースの訓練された殺人集団がここに突入してきて、テレビゲームの無敵モード並みの攻撃を仕掛ける手はずになっている。わかったか？」
二、三人がうなずいた。数人が小声で「イエッサー」と言った。バイカーたちは無法者ではあるが、ベストに米軍の記章をつけている者も何人かいる。
「私たちはある人物を探している」部屋の中を歩きながら、バラクが言った。「腕にタトゥーのある人物だ」

バイカーたちは互いの顔を見合わせた。くぐもった笑い声も聞こえた。クラブハウスの中にいるマローダーズのメンバーの中で、腕にタトゥーのない人間はほぼ皆無なのだ。

「頭蓋骨のタトゥーだ」と私は言った。「クラブのロゴだろう」

バラクは部屋の中を歩きまわりながら、男たちの腕を調べた。私はクラブハウスの中を隅から隅まで見渡したが、ダーリーン・ドネリーの部屋にいた男の姿は見えなかった。あの男こそがこの事件のカギなのだ、と私は確信していた。おそらくドラッグの売買にかかわっているのは、あの男だけではないだろう。だとしたら、ここはいったん退くか。こいつらを全員尋問するわけにもいかない。いまのところは主導権を握っているが、そのうち誰かが明白な事実に気づくかもしれない。バラク・オバマはもう最高司令官ではないし、外にはSEALチーム6が待機しているはずもないのだ。だがとりあえず、バイカーたちの大部分はマリファナかウィスキーでハイになっていて、ちゃんと考えられる状態ではないようだ。どうやら彼らはどんちゃん騒ぎの真っ最中だったらしい。

ふと目の端に、一人のバイカーが仲間の陰に隠れようとしているのが見えた。顔は見えないが、長い髪を垂らしている。バラクは私の視線に気づき、なにげなくその男のほうへ歩いていった。

「こっちを向け」とバラクが命令した。大統領のそんな様子を見るのは初めてだった。当然バラクにも、私と会う前には別の人生があったのだ。バラクの人生を綴った伝記が出ているし、彼自身も自伝を数冊書いている。だがそこに書かれていないことのほうが多いだろう。バラク・オバマのすべてを完全に知っている者など、果たしてこの世にいるのだろうか。いや、バラク・オバマ自身でさえ、本当のバラク・オバマのことをどこまで知っているのだろうか。

命令に従わないバイカーを、バラクは仲間の陰から引きずりだして、前を向かせた。そしてその男の腕を私のほうに向け、タトゥーを見せた。「この男か?」

タトゥーを見るまでもなかった。顔に見覚えがあったからだ。

私はうなずいた。

バラクがぐいと押したので、ニセ牧師はクラブハウスの真ん中によろめき出た。「この愚か者の名前を誰か知っているか?」

「Tスウィズルだ」とスピード狂バイカーが言った。

バラクは片眉をあげた。「Tスウィズル?」

「テイラー・スウィフトのニックネームだ」

「知っているさ、娘がいるからな」とバラクは言って、Tスウィズルに手錠を投げた。「これをつけろ」

バラクはスティーヴを病院に送る前に、この銀のブレスレットをスティーヴから失敬しておいたのだ。

哀れなニセ牧師は仲間たちを見渡して、誰か進み出て自分が連れていかれるのを止めてくれないかと期待をこめて待った。だが誰も目を合わせようとしなかった。犯罪者の絆など、しょせんはその程度だ。

第三十七章

　バプティスト・マナーで私を煙に巻いた男は、折り畳み椅子に座ってガタガタと震えていた。私たちがいまいるのは、レイクハウスから数マイルのところに月極めで借りている倉庫の中だ。貸し倉庫にはほかの客の姿はまったく見えなかった。こんな天気のいい土曜の午後に、遠い昔に忘れ去られた遺物の箱をひっかきまわしたい人間などいないだろう。私たちには好都合だが、Tスウィズルにはそうではなかった。どんなに必死に自分の無実を訴えたところで、私とバラク以外の人間の耳には届く見込みがないからだ。「フィン・ドネリーなんてぜんぜん知らねえよ。おれのことを誰かほかのやつと勘違いしてるんだ。なあ、もう帰らせてくれよ。このままムショに入れられたら、パッチ・メンバーに昇格できなくなる――」

　私は黙れと一喝した。やつはどんどん墓穴を掘っているだけだ。

「言論の自由はどうした」やつは歯向かってきた。「おれにも言論の自由があるはずだ」

　私は言ってやった。「黙らないと、墓穴を深く掘りすぎて、いまに自分が入る羽目になるぞ」Tスウィズルとバラクのどちらのほうがより驚いた顔をしたか、確認できなかった。しばらく前からそのセリフが言いたくてうずうずしていたのだが、ついに言ってやったというひそかな興奮で頭の中はいっぱいだった。だがその興奮を表には出さないようにした。ゲームを楽しむ時間は、とうの昔に終わっていた。

財布に入っていた運転免許証によると、Tスウィズルの本名はテイラー・ブラウンズフォード。ジーンズのポケットには、もう一つ別のものも入っていた。懐中時計……フィンの懐中時計だ。議論の余地はなかった。いくらこの世の中で事実の重要性がどんどん低下しているといっても、その時計の持ち主を見誤ることはありえなかった。時計の裏にはこんな刻印があったのだ。「フィンへ——四十年の愛をこめて——ダーリーン」

その時計は、マローダーズとフィン・ドネリーを直接結びつける初めての物的証拠だった。テイラーをこれからどうするか——ダンかエスポジートに引き渡して尋問してもらうか、それとも私たちの手で締めあげるか——決めかねていた私も、その時計を見て腹が決まった。もうこれ以上やつにしらを切らせるつもりはない。このまま言い逃れできると思ったら大間違いだ。

バラクと私はいったん外に出た。やつから目を離さないようにはしていたが、今のところ逃げようとするそぶりは見せていない。

「なんだそれは?」私はバラクに尋ねた。バラクは倉庫の中で見つけた、フレーム入りの六つ切り写真を見ながらニヤニヤしている。見せられた写真には、ドレスシャツとネクタイを身につけた私とバラクがホワイトハウスの中をジョギングしている姿が写っていた。ミシェルの提案した「運動しようキャンペーン」の応援のために走ったときのものだ。「ワシントンのきみのオフィスにかかってたやつだな」とバラクが言った。

私は写真を彼の手からひったくった。「おふざけはよせ。基本のルールを決めておこう」

「いい警官と悪い警官か？」

「遊びじゃないんだ、バラク。真剣な話だ。ルール一、拷問はしない」

バラクは目を白黒させた。たぶんそうするだろうと予想はしていた。「信じられんよ、ジョー、私がそんなおそろしい尋問テクニックに訴えると思うのか。たしかに九・一一のあと合衆国は一線を超えたが、私は二度とあんなまねをしたいとは思わない」

「いいか。ものごとがうまくいっているときの行動で人の性格を判断してはならない。困難なときの行動こそが判断の基準になるんだ」

「またきみの母上の教えの一つか？」

私はかぶりを振った。「きみの言葉だよ」

バラクは私が主導権を握ろうとしていると考えたようだ。だがじつは私が本当に考えていたのは、自分自身のためにルールを決めておくことだった。この状況をうまく乗り切るにはどうすればいいのか、まったく見当もつかなかった。もうバラク本人でないふりはできないし、野球帽で顔を隠して一般人の猿芝居をするわけにもいかないのだ。

いいや、構うもんか。とにかくティラーの口を割らせなければ。

「それだけか、ルールは？　一つだけ？」とバラクが聞いてきた。

「きみにはないのか」

バラクが首を振ったので、私たちは捕まえた男のところへ戻った。バラクは倉庫のシャッターをおろして閉めた。私たちは庫内の中央にスペースを空け、そのまわりに箱を天井まで積み上げて囲いをつくっていた。バイカーはその真ん中に座っている。スペースを照らすのは裸電球一つ、床にはネズミの糞が散らばり、クモの巣がそこかしこにできていた。

「まずい事態になったぞ」と私はやつに言った。バイカーは椅子にぐったりともたれかかっている。「おまえはダーリーン・ドネリーの部屋にいた。証拠のビデオもある」私はハッタリをかました。「言い逃れはできんぞ。私のことをボケた年寄りだとあなどるのはやめたほうがいい」

「なんでこんなことをするんだ？」

「なんでこんなことをするか？」私はやつの言葉をそのままやつに向かって投げ返した。

「それはおまえがどうしようもないクズ野郎だからだ！　クズの中のクズ、最低の下衆（げす）野郎だ！」一瞬止まって息を継いだ。「フィンは私の友人だった。おまえはまずフィンの奥さんの療養施設にやってきた。そして今度はこれだ。おまえのポケットに入っていた」

私はフィンの懐中時計をやつに見せた。ピューターのケース入りで、ケースには聖ベネディクトのメダイを模した装飾が施されている。テイラーは黙ったままだ。

「このローブを着た髭（ひげ）のある人物は……」私はそう言って、メダイの中央に刻まれている人の姿を指差した。ローブを纏った人物は片手に十字架を持ち、片手に本を抱えている――聖ベネディクトの戒律だ。「これはカトリックの聖人だ。円の中に書いてある言葉が見えるか？」

私は刻まれた言葉を暗記していた。発音はできないが、ラテン語でこう書いてある。

Eius in obitu nostro praesentia muniamur.

「訳すとこういうことだ。『我らが死ぬときに、聖ベネディクトがおいでになって、我らをお守りくださいますように』いまがどんなときか、わかっているか、テイラー？」

やつはほとんど泣き出しそうになっている。

「そろそろしゃべったほうがいいぞ」と私は言った。

するとやつはしゃべりはじめた。

第三十八章

「その時計を返しに行ったんだ」ティラー・ブラウンズフォードは言った。

「フィンの奥さんにか？」

ティラーはうなずいた。「線路で見つけた。フィンが列車に轢かれたあたりで」

「そんなところでなにをしていた？　犯罪現場荒らしか？」

「本当のことを言ったら、見逃してくれるか？」

「だめだ」とバラクが言った。

バイカーはため息をついた。「ヘロインをやってたんだよ、そんときは。古い倉庫地区で流しの売人から買った」

「売人の名前は？」

「売人って言っても一人じゃねえ。車か……おれの場合はバイクで、ある場所まで乗りつける。完全には止まらないで、ゆっくり進んでいくと、誰か出てくる。そいつに金を渡すと、風船を吐き出してくれる」

私はその様子を思い浮かべてみた。誰かのツバにまみれた、ヘロイン入りの風船の包み。もうそれ以上聞きたくなかったが、どんなに吐き気のするような話だろうと、まだやつから聞きださねばならない。このヤク中どもはもっとむかつくようなまねをさんざん繰り返してきているのだ。汚れた針でも平気でヤクを打つ。多少のツバなど、屁でもないだろう。

「それでどうした」と私は言った。「線路脇でその、ヤクをキメようと思ったのか？」

テイラーはかぶりを振った。「ふだんは線路脇でなんかヤクはやらねえ。だがどうしても打ちたかったんで、何ブロックか走ったとこで空き地を見つけた。そこで時計を拾ったんだ。最初はいいものを拾ったと思ったが、よく見たら名前が彫ってあった。事故のことは聞いてたからな。おれはヤクはやるが、盗人じゃねえ」

「よくフィンの奥さんが療養施設にいるとわかったな」

「テレビでやってたんだ」

「どのチャンネルで？」

「知るかよ、そんなこと」

私はバラクを見て、いまの話を信じるかどうか確認しようとした。ダーリーン・ドネリーの名前は、私が読んだどの新聞の記事にも載っていなかった。訃報欄でダーリーンの名前を見たと言われたなら、まだ信じたかもしれないが。

「最後にヤクを打ったのはいつだ？」とバラクが聞いた。

「二、三時間前だ」

「注射器はどこだ？」

「なんでそんなこと言わなきゃなんねえんだ？　おれをバカだと思ってるのか？」

「いいや」バラクは言った。「だがおまえは嘘つきだ」そう言うと、バラクはバイカーの腕をねじあげた。ティラーの両手にはまだ手錠がかかったままなので、肘が見るからに痛そうな方向に曲がっている。バラクはバイカーの片腕をその位置に保持した。

「痛えよ」ティラーは情けない声をあげた。

「注射痕は？」

「注射痕？」

　バラクはやつの腕を放した。

　私はバイカーの目の前に近づいた。「もう一回最初からやり直しだ。今度こそ本当のことを言ってもらうぞ。でたらめはなしだ。いいな？」

「こんなの許されねえぞ」やつは訴えた。「おれには権利がある」

「ぜんぶしゃべらないと、権利なんてものはないところに行くことになるぞ」とバラクは言った。「いま時分のグアンタナモは過ごしやすいらしいな」

　バイカーの顔面が蒼白になった。「なんだって？　冗談はやめてくれ。おれはアメリカ国民だぞ！　おれは……」

　電話の着信音がティラーの声をさえぎった。バラクもティラーも、鳴っているのはおまえの電話だろうという顔で私のほうを見た。だが私の電話は鳴らないようにしてあったはずだ。

また鳴った。

もう一度。

まだ鳴っている。

「出ないのか、ジョー？」とバラクが聞いてきた。

自分の電話を引っぱり出した。「私のじゃない——」

おっと。私のだった。

非通知設定。

また市長が公衆電話からかけてきたのだろうか？

「もしもし」自分に出せるいちばん低い声で電話に出た。

「こんにちは、バイデンさん」と歪んだ声が言った。

「ここにはバイデンさんはいないがね。私はジョー……ゼッツリンだ」

「ゼッツリン？」バラクが小声で言った。

私はマイク部分を覆って、バラクにあっちへ行けという身振りをした。「どちら様？」

「お探しの答えまであともう少しだ」と電話の相手は言った。機械で歪んだ声で、男か女かもわからない。「リバーウォークにアイスクリーム・スタンドがある。一時間後にそこに来い。一人で」

「誰を探せばいいんだ？」

「来ればわかる。だが警察とシークレット・サービスにはかかわらせるな。おかしなまねをしたら、欲しいものは手に入らないと思え」

「欲しいものとはなんだ?」

「正義だ」と相手は言って、私が一体全体なんの話をしているんだと尋ねる前に電話は切れた。フィン・ドネリーの名前は出なかった。その必要もないと相手は思ったのだろう。

両手が震えるのを感じた。私は怒っていた——罠(わな)の中にみすみすはまりにいかねばならないことに。私たちのまわりで、街じゅうが秩序をなくしていることに。この世界全体に対して、私は抑えようのない怒りを感じていた。

「行かないと」とバラクに言った。

「いま?」

「そうだ」

私たちはドアのほうへ向かった。

「おい、ちょっと」テイラーが言った。「なんか忘れてやしないか?」

私たちは振り向いた。バイカーはまだ手錠をかけられた両手を膝の上に置いたまま、部屋の真ん中の椅子に座っている。私たちを見つめるその目は、ご褒美をもらうのを待つ犬のようだ。

「そうだった」とバラクが言った。「たしかに忘れていた」

テイラーはバラクが戻ってくるのを期待をこめた目で見つめていた。だがバラクは彼を解放するかわりに、頭の横側をショットガンの台尻でぶん殴った。バイカーは一、二秒間頭をぐらぐらさせたまま座っていたが、そのあと白目を剝いて、木こりに切り倒された木のように椅子の横に崩れ落ちた。

思わず呼吸が荒くなった。これまでは法と無法の境界線をまたいでいたのだが、この時点で私たちは完全に境界線を超えてしまったのだ。

バラクは私のチャレンジャーの助手席に乗りこんだ。「カタがついたら戻ってこよう。それまでは眠っていてもらったほうがいい」

私は駐車場から車を出した。夕暮れのまぶしい光が目に入るのを避けるために、バイザーを下ろした。二、三分走ったところで、バラクが私のほうを見た。「ジョー・ゼッツリン」

「え？」と私は言った。

「それはコードネームなのか？　どうせなら、もうちょっとマシなのにしたほうがよくないか」

「ジョー・ゼッツリンだってイケてるだろう」

「きみからイケてるなんて言葉を聞くとは思わなかったよ」とバラクが言った。「私たちは政治家だ。イケてるのとはまったく無縁だ」

「そんなことないさ。きみは私が知っている中で最高にイケてる男だよ。お世辞抜きで。それに言っておくと、きみが黒人だからじゃない」

バラクは目を丸くした。「いまのは聞かなかったことにしよう」

「黒人だからじゃないという部分か？　それとも――」

「ちゃんと前を見て運転してくれ」

第三十九章

ウィルミントンのリバーフロント地区はクリスティーナ川の河岸沿いにある。クリスティーナ川は川というより排水路をちょっと大きくしたようなものだが、穏やかで美しい流れであることには誰も異論はないだろう。リバーフロントの整備が始まったのは一九九〇年代のことで、ウィルミントン再開発で最後に成功を収めた計画だった。若い世代のための集合住宅や一戸建てがいくつか建てられ、郊外の住民を市中に呼び戻そうとしゃれたバーやレストランが少しばかりつくられた。この数百万ドルをかけた再開発プロジェクトを支えたのは市民の税金だが、市民はいまだにそのツケを払いつづけている。

この地区の目玉となっているのが、河岸沿いに明るく街灯に照らされて続くリバーウォークだ。前にジルとここを歩いたのがいつだったか、思い出せなかった。バーの一つから流れてくるアコースティックな生演奏のほかには、リバーウォークにはなんの音も聞こえなかった。歩く人もあまりいない。ガチョウが数羽、水辺をヨタヨタ歩いていて、通りかかったバラクと私にガアガアと鳴きたてた。おそらく人からエサをもらうことに慣れているのだろう。だが私たちはやれるエサなど持っていなかった。

夜のジョギング中のカップルが、こちらを見ることもなく通り過ぎた。私の提案により、二人とも変装をグレードアップしていた。変装用の衣類は、私がショッピングモールに行って見繕ったものだ。バラクの上腕二頭筋がTAPOUT（プロレス団体WWE関連のブランド）のTシャツの袖ぐりからはみ出して盛りあがっている。私のほうはジッパー付きのパーカで、フードがハンガーにかかったタオルのようにだらんと肩の下に垂れ下がっていた。さらに帽子とスニーカーとぶかぶかのショーツも新調したものだった。

　バラクは私のチョイスに少々不満げだった。「こんなバカみたいな格好をしていれば一般人は私たちのことに気づかないだろうが、例の謎の電話の主は都合よく気づいてくれるということか？」

「バカみたいとは失敬な。ティーンエイジャーの格好だ」

「どう違うんだ？」

　右側にあるマイナーリーグの野球場にライトが点灯した。「外野のフェンス裏から少し見ていくか？」と私はバラクに尋ねた。「まだ少し時間がある」

「DCへ来いよ」とバラクは言った。「ナショナルズが今年は調子がいいぞ」

「ナショナルズのブルペンには詳しくないんだ」

「誰にだって不得手（ふえて）はあるさ」とバラクが言った。「きみにも不得手があることを認めたほうがいいぞ」

「きみのほうこそ不得手があるのか？」

バラクは答えなかった。

私は腕時計を見た。謎の相手と話してから、四十分ほど経っていた。

「きみは車に戻っていてくれ」と私はバラクに言った。「携帯の地図によると、アイスクリーム・スタンドはもうすぐそこらしい。一人で来るよう言われたからな」

「木の陰から様子をうかがわなくていいのか？」

ここの植栽はそれほど古くない。みな二十年ほど前に植えられたものばかりだ。いくらバラクが細くても、ここの貧相な木の陰に身を隠すのは至難の業だろう。

「一人で大丈夫だ」と私は言った。「気をつける。約束するよ」

バラクは疑わしげに私を眺めた。「相手が誰なのか、心当たりがあるのか」

謎の人物は、自分のことは見ればわかる、と言ったので、おそらく私が前に会ったことのある人物だろうとは思っていた。もちろん声は変えられていたので、そこからは手がかりは得られない。ダンかもしれないと思ったが、今日すでに一度会っているし、もうこれ以上手助けはしないと言っていた。もう一人考えられるのは、保険調査員のアビー・トッドだ。だが彼女の身元は確認済みだし、ほかになにか私の助けになる情報を持っているとも思えない。あと可能性があるとしたら、エスポジート警部補かDEAのエージェントくらいのものだ。

謎の電話の主が誰であるにせよ、私は武器を持っていなかった。なんとも無謀なことをしようとしていると言うほかない。バラクにはなんらかの秘策があるのかもしれないが、私にはなにも言ってくれていなかった。正直言って、そのことが私にはつねに不思議でならなかった。バラクは行動の人だが、まず十分に考え尽くしてからでなければ何事も実行には移さない。ただ彼の腹立たしいところは、自分の考えを誰にも、たとえいちばん身近な人間であっても話さないということだ。そのいちばん身近な人間には、私も含まれていた。私はと言えば、思いつきとカンで行動してしまう。スピーチで新しい政策方針を急に持ちだしたとしたら、それは誰にも言わずに何日も何週間も考えた上でのことではない。話しているうちに、不意にその考えが頭に浮かんだからだ。そして、誰がなんと言おうと、私は自分の頭に浮かんだことをしゃべるつもりだ。たとえそれで票を失うことになったとしても。

分厚い雲が頭上にかかっていた。空気の様子から、嵐になりそうな気配がなんとなく感じられた。あたりの空気にはじっとりと湿気が増し、ボトルにつめて街角で売れそうなくらいだ。いかにもデラウェアの夏らしい。それが気に入らなければ、私たちにできることは一つ。文句を言うしかない。絶え間なく。それが「アメリカ一番目の州」の州民お気に入りの気晴らし法なのだ。

だが汗はかいていなかった。相当かいていてもいいはずなのに。暑さのせいで、水分が体内にたまっているのかもしれない。ただおかしなことに、今日は一度もトイレに行っていなかった。毎晩一時間おきにトイレに起きるような前立腺の持ち主にとっては、あまりよい兆候とは言えないだろう。

私はバラクに戻るように言った。バラクは車のほうへ向かって消えていった。これでまったくの一人きりだ。なにかトラブルが起きたら、バラクに電話しよう。それか九一一か。あるいは両方か。携帯電話は自分を守ってくれるという幻想を人は持ちがちだが、本当にまずいことになったときにはなんの助けにもならない。銃と一緒だ。銃撃はたいてい数秒で終わる。襲われた人間が自分の銃を抜く暇などほとんどない。だがなにかに守られているという幻想には大きな力がある。人はそれで安心するのだ。

私はすれ違う人をすべて観察して、謎の電話の相手である証拠がどこかにないかと探した。謎の人物は、私がずっと探しつづけてきたものを与えると約束してきた。正義だ。バラクにはその約束のことは言っていなかった。あまりに曖昧で、意味がないように思えたからだ。それに正義がなにを意味するかは、人によってまったく違うのだ。

砂漠の蜃気楼のように、アイスクリーム・スタンドがぼんやりと目の前に現れた。看板にはレインボーカラーの文字で「ちびっこペンギンのアイスクリーム・ハウス」と書いてある。マスコットキャラクターもいた。スカーフを巻き、毛糸の帽子をかぶった愛嬌のあるペンギンが、アイスクリーム・コーンを持っている。もう一つ別の看板に、「七つの味とトッピング」と謳われていた。

サーティワンアイスクリームよりだいぶ少ないな。

五、六人の大人と数人の子どもたちの並ぶ列に加わった。近くの木陰には、とくに怪しい人影は見当たらない。実際、その場でいちばん怪しげなのは私だった。まだサングラスをかけたままだったのだ。太陽はほとんど沈みきるところで、リバーウォーク沿いの街灯がすでにともりはじめていた。

窓の中のギョロ目のティーンエイジャーが身を乗り出して、注文を聞いてきた。「いいサングラスだね」と店員は言った。その言いかたから、なんとなくからかわれているような気がした。

「チョコチップ一つ」と言って、私は財布を開けた。「ワッフルコーンで」

「私が払うわ」うしろから女の声がした。

私は振り返った。

アビー・トッドだった。

本能的に一歩下がった。この前やられたことを、体が覚えているのだ。しかしハイヒールを構えているわけではないことに気づいて、緊張が解けた。今日の彼女の靴はフラットシューズだ。長いポニーテールも見当たらなかった。あれはカツラだったのか、と気づいた。なかなか抜け目がない。

アビーが私のアイスの代金を支払い、私たちは遊歩道へと向かった。川上のほうに古い工業地帯の灯(あか)りが見える。私たちがいまいるのは、今回の事件が始まった場所から一マイル(約一・六キロ)ほど離れたところだった。神の思(おぼ)し召しにより、ここですべてが終わるのかもしれない。つまり、アビーが約束を守ってくれれば、ということだが。

　私はベンチに腰をおろした。水際に近いため、ブヨがたくさん集まっている。おそらく相当刺されることになりそうだ。だがそのおかげで、近くには誰も寄ってこないはずだ。

「そのアイス、おいしい？」とアビーが聞いた。

「まあね、だがもっとうまいのを知っている。チョコチップが多すぎて、バニラの風味が台無しだ。チョコが食べたければ、チョコを頼むのに」

「それはお気の毒さま」

　感謝の言葉を聞きたかったのなら、当てが外れただろう。

　小雨がぱらついてきた。私はフードをかぶった。

「答えをくれると言ったね」と私は言った。「きみはどこの者だ？　ＤＥＡか？　ＦＢＩ？」

「名刺をお渡ししたでしょう」とアビーは言った。

「デルマー調査会社だったかな？　どれくらいの規模の会社なんだね？」

「いまあなたがご覧になっているとおりよ」

　アイスクリームのせいで両目のあいだにキーンと頭痛が走った。だがここ二日間苦しめられてきた頭痛に比べれば、なんということはない。

「すまんね、アイスが頭にきたよ」と言って、眉間をおさえた。「ではきみが約束した正義というのを話してくれ」

アビーはベンチの前を行きつ戻りつしながら話しはじめた。「いずれそのことはお話ししますす。でもまず、これからお話しすることがすべて、非常に機密度が高い情報であるということを理解しておいてください。いうまでもなく、私を雇った保険会社にとっては多額のお金がかかった案件ですから」

「多額とはどのくらい？」

「私を雇えるほどの金額です」とアビーは言った。別にうぬぼれて言っているのでもなさそうだ。

「きみが発見したことを私に話すべきではないと思うなら、なぜ私を呼んだのかね？」

アビーはブヨの群れをピシャリと叩いて追い払った。「私も同じことを自問しています。下手をしたらこのせいで仕事をなくすかもしれない。ライセンスをなくす可能性だってある。フィン・ドネリーのことは知りません。あなたのことだって、知っているのはネットで得た情報だけです。あなたに投票もしていない」

「どの選挙で？」

「ぜんぶです」とアビーは言った。「投票できる年齢になっていなかったので」

「二〇一二年にも？」

アビーはかぶりを振った。「選挙の二日後に十八歳になったんです」

彼女が飲酒可能な年齢になってからほんの数年しか経っていないことは、難しい計算をしなくてもすぐにわかった。私の頭に最初に浮かんだのは、彼女は手助けをしてくれるには若すぎる、という考えだった。だが、私も昔々は「若すぎる」と思われていたのだ。それでもデラウェアの人たちは私を温かい目で見守ってくれただけでなく、上院議員として国会に送り出してくれたのだった。

「ではなぜここにきて、私と話しているんだね？　きみのすべてのキャリアを危険にさらしてまで」

「それはたぶん……そうするのが正しいことだと思うから。私の言っていること、わかります？」

「わかるよ」と私は言った。「まったくもって、きみの言うとおりだ」

第四十章

アビー・トッドは最初から企業調査界のサム・スペード（『マルタの鷹』に出てくる有名な私立探偵）を目指していたわけではない。たまたまそうなっただけの話だ。アビーはつねに周囲の世界に対して、飽くことのない好奇心を抱いていた。彼女にとって、この世界はタマネギのようなものであるらしい。そして彼女はその皮をむきつづけずにはいられないのだ。

「クラウドソースの未解決事件を調べはじめたのは十三歳のときです」とアビーは語りはじめた。そのクラウドなんとかの意味をわざわざ説明してはくれなかった。「初めて連続殺人犯を捕まえたとき、ファーストキスも未経験でした」

法執行機関やシリコン・ヴァレーの企業からいくつも誘いを受けたが、政府や企業の中に取りこまれて働くよりも、一人でやる自由さを選んだ。大学に進もうとは思わなかったのかね、と私は尋ねた。

アビーはSAT（アメリカの大学進学適性試験）さえ受けていないと言った。

まだ高校生のときに、私立探偵業を始めたのだという。だがあまり金にはならなかった。

「真面目に取りあってくれる人は誰一人いませんでした」

「きみがチアリーダーみたいにしか見えなかったから？」

彼女はムッとした感じで顔をしかめた。「歯の矯正ブリッジをつけてたから」

それ以降、私は彼女がしゃべっているあいだは口をはさまないことに決めた。

アビーは伝言板で出会った友だちの勧めで、保険金不正請求の調査を扱うようになった。伝言板といっても、おそらくインターネットの掲示板のことだろうと私は思った。彼女が人生の大部分をパソコンの前に座って過ごしていたことがわかってきたからだ。犯罪や民事事件のほとんどとは違い、保険金詐欺の調査ではかなりの金額を手にすることができる。きちんと仕事をこなしていけば、高校卒業後に独り立ちして食べていくのに十分な金額だった。

五年後には、アビーは得意とする生命保険金詐欺の分野で、東海岸でもっとも腕ききと言われる調査員の一人になっていた。そしてこのフィン・ドネリーのケースにかかわることになったというわけだ。

「ごく簡単な案件に思えました」とアビーは言った。「生命保険に入って間もなく、不審な状況で死亡。ドラッグも関係している。二十四時間で解決だな、と思いました。二十四時間後には家に帰れるはず。確実だと思ったので、猫たちの世話も人に頼んでこなかったくらい」

「猫は大丈夫かい？」

「うちの子たちはとても要領がいいので」とだけアビーは言った。

「ではなぜ考えが変わったのかね？　これがそんなに単純な案件ではないとわかったのはいつだ？」

「大統領と副大統領が故人のモーテルの部屋に転がりこんできたときです」

　思わず顔が赤くなるのを感じた。

「もちろん、ほかにもいろいろありました。フィンのポケットに入っていたヘロインは、小袋に入ったパウダー状のものでした。この街で出まわっているヘロインの九十五パーセントは、ボルティモアからくるブラックタールです。売られる形は、小分けの……」

「風船か」

「よく勉強しましたね」

　私はなにも言わなかった。テイラーは嘘つきだが、もっともらしい細かい事実に味つけをして、嘘を見破られないように偽装する知恵は持っていたようだ。思ったほど間抜けではないのかもしれない。

　アビーは麻薬取締局の友人に連絡をとり、アムトラックの車掌がこの種のヘロインを手にする可能性はあるのかどうか尋ねた。「そのとき、フィン・ドネリーがすでにＤＥＡの捜査対象になっていたことを知ったんです」

　フィンの死を知った時もショックだったが、これを聞いたとき、私は雷に打たれたような気がした。次に彼女が言おうとしているのは、私がぜったいに聞きたくないことだろう。

「フィンはアウトロー・バイカー集団のために、ドラッグの運び屋をしていたんです」とアビーは言った。「彼らはボルティモアからウィルミントンにドラッグを運ぶ地元のディーラーとは競合していません。もっと大規模に、東海岸全域で商売をしているんです」

「マローダーズか」

「知ってるんですか？」

「聞いたことはある」

　フィンはアムトラックの警備手順を裏も表も知り尽くしていた。麻薬探知犬がいつ調査に来るかも知っている。アムトラックの覆面麻薬調査員も知っている。毎日の勤務列車を使って、商品を発見されることなく東海岸沿いの半分の地域に運ぶことも可能だった。

「DEAはなぜフィンを逮捕しなかった？」と私は尋ねた。

「事件の立件には時間がかかります。私の情報源は、あまり細かいことまでは教えてくれませんでした。彼自身も知らないのか、あるいはもうすぐ摘発に踏み切るというタイミングで、これまでに苦労して築きあげてきた計画を台無しにしたくないのかもしれません」アビーは歩みを止めた。「私たちにわかっているのは、ここまでです」

「これが事実なら……きみはフィンが自分からあの列車の前に身を投げたと思うのか？」

「機関士のアルヴィン・ハリソンが警察に話したことは聞きました。運輸委員会の予備報告書も読みました。フィン・ドネリーは専門用語でいう『侵入者』ですが、線路上に横たわっていた。眠っていたか、意識がなかったか、あるいは……」

「死んでいたか」

「血液検査の結果が出れば、もう少しわかってくるでしょう。それでも本当になにがあったか、すべてはわかりません。ただ、ＤＥＡが自分に迫っていることは、フィンにはわかっていたと思います。私の推測では、自分がこれからしようとしていることの苦痛を麻痺させるためにハイになり、その上で線路上に横たわった。そのときはおそらく、生命保険のことなど考えてはいなかったでしょう。ただもう終わりにしたかった、それだけだったと思います」

「地図があったんだよ」と私は言った。

「地図？」

「私の住所が書かれた地図だ。警察が列車の中にあるフィンの机で見つけた。その話は聞いていないかね？」

アビーは首を横に振った。「あなたがこの件にかかわっているのは、彼があなたの友人だからだと思ってました」

「もちろんそうだ」

「彼はあなたに助けを求めていたのでは。あなたにＤＥＡと話をつけてもらいたいと思っていたのかもしれません」

「前に一度、なにか助けが必要なら言ってくれと話したことがある。まあ頼まれるとしたら、本棚を動かすのを手伝ってほしいとか、そんなことだと考えていたんだがね」私は首を振った。「そんな悪い情報しかくれないのなら、なぜここに私を呼び出した？　もうきみの調査は終わったようだ。これは自殺だと思っているんだろう？」

「いい知らせをお伝えするとは言ってません。正義を伝えると言ったんです。真実こそが正義でしょう」

　私が知りたくなかった事実であるにせよ、彼女が入手した情報を教えてくれたことに感謝した。カーレド・ホッセイニ（アメリカ在住のアフガニスタン出身の作家）が書いているように、嘘で慰められるよりも真実で傷ついたほうがましだ。アビーが嘘をついていると思いたかった。彼女はスティーヴの身元調査で問題ないと言われたのだが、フィンだってそうだったのだ。だが、これでパズルのすべてのピースがぴったりはまったように思えることは否定できなかった。それででき
あがった絵が私の気に入るものでなくても、彼女の責任ではない。

　私たちは握手を交わし、アビーは向きを変えて歩きはじめた。

「そうだ」私は思い出して、ベンチから彼女に呼びかけた。「一つ忘れていたよ」

　アビーはこちらに顔を向けた。

「アイスクリーム、ごちそうさま」と私は言った。

第四十一章

バラクはチャレンジャーの中で私を待っていた。私は運転席に乗りこんだ。

「モーテルにいた女性を覚えているか？　アビー・トッドだ」

「ドネリー宅できみにパンチをお見舞いした女性だろう？」とバラクは言った。

「DEAに知りあいがいるらしい」と私は続けた。「フィンは列車に轢かれる前に、DEAの調査対象になっていた。血液検査の結果を待つ必要はないかもしれない。彼がハイだったかどうかは問題ではないからだ。モーテルの床のしみが彼の血だったかどうかも、もう気にしなくていい。私が信じたくなかったことはぜんぶ……ぜんぶ事実だったんだ」

私はアビーから得た情報をすべてバラクに伝えた。バラクはなにを聞いても、まったく驚いていないようだった。

遠くでサイレンが鳴っている。ここ二日間で相当な数のサイレンを聞いたはずだが、あまり記憶には残っていなかった。街なかで聞こえる音は、気をつけていなければ背景に簡単に溶けこんでしまう。

バラクは少し時間をおいてから話しはじめた。彼はすべてのことを頭の中で分析して、混乱をきちんと整理しようとしているようだった。雨が車の屋根に当たり、自動小銃の薬莢（やっきょう）のようなパラパラという音を立てた。

　最後にバラクはこう言った。「フィンがしたことはすべて、ダーリーンのためだった。愛のためだ」

「愛のためにそんなことをするものなのか？　きみは私のためにそんなことをしてくれるか？」

「きみは私の最高の友だ、ジョー。ミシェルも私の家族も全員、バイデン一族の仲間だ。良いときも悪いときも変わりなく。前にも言っただろう、きみに手を出すやつがいたら、私が相手をすると。家族とはそういうものだ。なあジョー、毎週ランチを一緒にできないのを寂しく思っていたのは、私だけじゃないはずだ。きみと私はサボテン・ブラザース（一九八六年の映画『サボテン・ブラザース』に登場する三人組）みたいな最高の仲間だ。数は一人少ないが」

　そこでバラクが笑いを期待していたとしたら、大失敗だ。そのセリフで彼は不都合な真実を呼び覚ましてしまった。「親友どうしならお互いに腹を割って話しあうものだろう？」と私は言い返した。「私たちはお互いの噂を人づてに聞いていただけだ。きみは長いこと電話もメールもよこさなかった。それである日とつぜん現れて、またすべて元どおりになると思っているのか？」

「きみだって電話もメールもよこさなかっただろう。きみは距離をおきたがっているとばかり思っていたよ」

「なんで私がきみを避けたがる？」

「次に選挙に出るつもりなら、きみは私の影を振り払ったほうがいい。それは明らかだと思ったからだ」

「きみの陰にいるのも、今のところそれほど悪いことではないよ。きみの支持率は……」

「そんなのは過ぎ去った古き良き昔の話だ。私が大統領でなくなったら、とつぜんオバマケアの人気が急上昇したって？ 嬉しい話だが、それは私の功績ではなくて、現政権がひどいせいだ。事実を言えば、私のやったことは失敗だったんだ、ジョー。私は八年間がんばった。成果を出せたこともあるが、ほんのわずかだ。私が成し遂げたことは、すっかりかき消されようとしている。それどころか、状況はもっと悪くなっているかもしれない」

「きみが失敗したなら、私だってそうさ。きみがなにをするにも、私が一緒だった」

バラクはなにも言わなかった。

「だが」と私は続けて言った。「きみが失敗したとは思わないよ。私はきみより長いことこの世界にいる。忍耐が必要だ。伝統を築くには、八年よりもっと時間がかかる。世界をつくりなおすには、一期や二期では無理なんだ。変化は徐々に起こるものだ」

「それは私が言ったセリフのように聞こえるが」

「そうだとしたら、じつにすばらしいセリフだと思うよ」と少し笑って私は言った。

バラクも微笑んだ。一瞬、昔どおりの友人どうしに戻った気がした。

ほんの一瞬だけだが。

「フィンのことは残念だった」とバラクは言った。

「きみをこの件にこんなに深く巻きこんでしまってすまない。バカだったよ、私は」

「おかしな週末だったよ、ジョー。楽しかったと言いたいところだが、人が死んでいるのだからそれはちょっと不謹慎だな」

「心拍数が上がったよ」と私は言った。「私にとってはね」

沈黙が流れた。

しばらくして、バラクがやっと口を開いた。「来週末、ジルとブランチをしに来ないか？ミシェルもきみたちに会えたら喜ぶよ。孫たちを連れてきてもいい。泊まって行けよ。部屋はたっぷりある」

魅力的な誘いだった。

だが、ちょっとばかり言ってくれるのが遅すぎた。

「この週末にきみがしてくれたことには感謝しているよ、バラク。本当に心の底から感謝している。だが二人とも、もう家に帰るときだ。つまり、きみはDCへ、私はレイクハウスへ戻ったほうがいいということだ」

「ジョー……」

「少しゆっくりするべきだと思う。それが私自身のためだ、ということだろう？　きみはた

「しかそう言っていたよな」

「そんなふうに言うのはよせ」

「そんなふうって？　私が腹を立てていると思うのか？　いや腹を立てて当然だろう。この週末のちょっとした冒険は、きみにとっては楽しい気晴らしだった。きみの目を見ればそれがわかる。だが私にとってはとても個人的なことだったんだ……だがもうどうでもいい。終わったんだ。運がよければ、エスポジートを言いくるめて私の名前がニュースに出ないようにしてもらうか、少なくともちょっとした知りあいだったくらいに留めておいてもらえるだろう。まあ、私にとってはよくあるケースだ、そうじゃないか？　たいていのものごとにおいて、私はいつだって『ちょっとしたオマケ』でしかないんだ」

「きみは私にとって『ちょっとしたオマケ』ではなかったさ。きみは私の副大統領だった。そして私の友でもあった」

「友というのはお互いを支えあうものだろう」

「つまりどういうことだ？」

「今夜きみは私を援護してくれるものだとばかり思っていたよ」

「きみが来るなと言ったんじゃないか。謎の人物に一人で会いに行くと言ったのはきみだろう。まさかそのことを本気で怒っているんじゃないよな？」

「もし私がきみだったら、ぜったいにそんなバカげたまねはさせないぞ」

「じゃあ言わせてもらうが、そもそも私ならぜったいにそんなバカげたまねはしないがね」

「じゃあなにか、あれもいつもの『いかにもジョーらしい空回り』の一つだということか？」

バラクはダッシュボードに手を置いた。「ジョー……」

「その『ジョー』はやめてくれ」と私は言って、車のエンジンをかけた。「二度とそんなふうに『ジョー』と呼ぶな」

バラクはそのあと、ずっと黙っていた。バラクと私は、これで終わりだ……たぶん今後二度と会うことはないだろう。それを求めたのはバラクではなく、私だった。私は彼を〈ワッフル・デポ〉の駐車場にとめたエスカレードの前で降ろし、私たちは一言も話すことなく別れた。

第四十二章

家に帰りつく前に、そういえばTスウィズルを貸し倉庫に手錠をかけて閉じこめたままだった、と思い出した。倉庫には空調設備がついているので、熱中症になる心配はない。だが、もし万が一大騒ぎでもされようものなら、詮索好きな近所の住民に気づかれてとんでもなく面倒な事態になりかねない。疲れきってはいたが、ダンに電話して貸し倉庫まで来てくれるよう頼んだ。贈り物があると言っておいた。

ダンが来る前に倉庫に着いた。ひざまずいてシャッターの錠を外す。シャッターを上げる前に、うしろから咳ばらいが聞こえた。

暗闇の中にたたずんでいたのはダンだった。どこか見えないところに車をとめてきたのだろう。

「ああびっくりした！　脅かさないでくれよ、ダン」

ダンは暗闇から姿を現した。「連邦政府は捜査にかかわってない。知りあいに頼んで、シークレット・サービスの本部に確認を入れてもらった。おれに嘘をついたな、ジョー」

私は立ち上がった。「仕方なかったんだ。私はただ新聞に詳細が出ることを防ぎたかっただけだ。少なくとも葬儀が終わるまでは」

「だが葬儀が終わったあとも、あんたは嘘をつきつづけたよな。それはどう説明する？　今日の午後、もうバカなことはしないと言っておいて、またこの呼び出しだ。『贈り物』があるとか言ってたな。聞くのも恐ろしいが」

「マローダーズだ」

「マ――」ダンは思わず口をポカンと開けた。「あいつらのバイクが、この中に？」

「あいつらの一人が、だよ」

「嘘だろ、ジョー。あんたはなにか、自殺願望でもあるのか？」

「私たちはみんな死刑囚のようなものさ。死神に会うまでの道のりが、人によって長いか短いかというだけのことだ」

「警官のまねごととかいうレベルじゃないな。もう警官そのものだ」

私はふん、と鼻を鳴らした。「アルヴィンのことでなにか新しい情報はあるか？」

「過剰摂取だと言っただろう。新しい情報ってなんのことだ」

「怪しい点はなにもなかったのか？」

「飲んだ薬は自分のもので、合法的に処方された薬だった。自分で自分の人生を終わりにしようとしたのさ」そう言って、ダンは少し間をおいた。「そして首尾よく成功した。まあたいていそういうもんだよ。死のうと決めたやつを止めることはできない。ただやつの場合は、おれたちの手間を省いてくれたがね。遺書が残ってたんだ」

「遺書は偽造できるだろう」

「まあそうだ。一応専門家に見てもらわなきゃならないが、書いたのは本人のようだ。あんたはなにか大きな陰謀が背後にあると思ってるんだろう?」

アルヴィンはフィンの葬儀の時に様子がおかしかった。ある意味、彼は同僚を殺してしまったわけだし、少なくとも彼自身はそう思いこんでいた。だがそれで自殺するだろうか? 可能性はある。アムトラックは彼にグリーフ・カウンセリングを勧めていたはずだが、悲しみがどれほど急に、またどれほど激しく人を襲うものか、予想することは誰にもできない。おそらく手の届くところに薬があったのだろう。平均的なアメリカの家庭には、人を死なせるのに十分な量以上の処方薬が保管されているのだ。

ダンはポケットに両手を突っこんだ。「とにかく、アルヴィンは起こったことに対して申し訳ないと書いていた。自分の手は血にまみれていると」ダンは首を振った。「バカげた言葉だよ。あれは事故だったのに」

「きみはまだフィンの死が事故だったと思っているのか」

「運輸委員会が停止速度や距離やらなんやらをぜんぶ計算したんだ。フィンを轢くのを避けることはできなかった。アルヴィンは警笛を鳴らしてる。フィンがわざと線路上に歩いてきたのか、なにかでハイになってて転んだのかはわからんが……なんにせよアルヴィンのせいでなかったことは確かだ」

「フィンを轢いたとき、アルヴィンがドラッグをやっていたかどうかは、いつになったらわかるんだ？」

「もう結果は出てる。やつはクリーンだった」

「結果が出るまでに何週間もかかるのかと思っていたよ。どんなに急がせても、相当かかるときみは言ってなかったか——？」

「フィンのほうはまだわかっていない。運輸委員会が独自のラボで調査してるんだ。フィン・ドネリーがあの日線路上でなにをしていたか、アルヴィンの遺書からわかることはなにもないが、アルヴィンの死については説明がつく。アルヴィン・ハリソンの件はこれで終了だ」

私はドアに片手をついて体を支えた。「もうなにを信じればいいのかわからないんだ。ほんの二十四時間前、フィンはドラッグにかかわっていた——しかもドラッグの運び屋だったなどときみに言われたら、頭がおかしいんじゃないかと言い返したに違いない」そう言って、私は少し間を置いた。「いや実際、それに近いことを言ったと思う」

ダンは片方の眉を吊りあげて驚いた表情をした。「運び屋だって？」

「DEAはそう言っている」

「DEAと話したのか？」

「私自身が話したわけではないが」と私は続けた。「今日の午後、DEAの捜査官がグレース・ドネリーに話を聞きにきたんだ。いや、『話を聞く』というのは正しい表現ではないな。

彼らは竜巻みたいにドネリー宅を引っかきまわしていったんだ」

「なにを探していたんだ？」

「知っていたら教えるさ。捜索令状もちゃんとしたものだった。信じたくなかったが、調べれば調べるほど、私のフィンに対する認識が間違っていたことがわかってきた。フィンはただドラッグをやっていただけでなく、運び屋をやっていたらしいんだ」

「マローダーズのために？　やつらとはそれでつながりがあるのか？」

私は肩をすくめた。「DEAに聞いてくれ」

「あいつらはいつもおれたちに情報を提供してくれないんだ。リークを恐れてね。まったく連邦捜査機関のやつらは、どこにでも首を突っこんできやがる。ああ、すまん、悪気はないんだ」

「かまわんよ」

「なんだかもう無茶苦茶になってきたな。DEAがマローダーズのクラブハウスの手入れを考えているとしたら……前にも言っただろう？　バイカー・ギャングはおとなしく言うことを聞くようなやつらじゃない。DEAの捜査の件については、警部補になにか話したか？」

「私たちは今のところあまり仲良しではないのでね」

ダンは片手で長めの髪をかきあげた。「ジョー、ジョー、ジョー……どこからどう話せばいいのか。あんたはいま自分がどれほどやばいことに巻きこまれてるのか、わかってない。

これっぽっちもだ。おれはあんたの力になろうと首を突っこんできたが、あんたは深みにはまっていくばかりだ。あんたが危ない目に遭うのは見たくない。だから、友人として言わせてもらう。郊外でおとなしくしてろ。危険のないところで」

「だがウィルミントンは私の街だ。問題を抱えているのは知っているが——」

「問題？　デラウェアは世界有数の企業の中心地だ。フォーチュン五〇〇に入る企業の半分以上がここに登記上の本社を置いている。だがそういう会社の中のたった一社でも、この街の実情を気にかけているところがあると思うか？　『成功が約束された場所』というのがこの街のモットーだが、ウィルミントン市民の大部分は確実に成功とはほど遠い場所にいる」

　私はなにも言わなかった。小雨がまた降りだした。

「ウィルミントンの住民一人あたりの殺人事件発生率は、国内のこの規模の街の中ではもっとも高い部類に入る」とダンは続ける。「ギャングによる暴力事件やドラッグ密売も、もはや無法状態だ。オピオイド系麻薬の蔓延はあんたの住んでる地域では聞いたことないかもしれないが、市街地でのドラッグ戦争ははるか昔から続いている。今じゃそれが始まった理由さえ忘れ去られてしまった」

「警察に資金が必要なら、私が力になる」と私は言った。「政府の補助金が受けられる。まだ議会に友人がいるし、バラクは自治体の調整役として——」

「おれの話を聞いてないのか」ダンが言った。「おれはもうどうにもしようがないと言ってるんだ」

「この街が?」

「この街も。あんたがほじくり返してるフィンの件も。なにもかもだ。資金が投入されれば、パトロールする警官は増えるだろう。だがそんなのは気休めだ。街なかの人混みで白昼堂々撃たれる人間がいても、誰も証言しない。二十人も目撃者がいてもだ。誰一人進み出ようとはしない。問題はこの街の地下深くに根を張ってるんだ」

問題はこの国全体の地下深くに根を張っている。私はアイルランド系であることは事実だが、バカではない。探偵ごっこをするのはもうやめた、と私はダンに告げた。ここからの調査は、本業の警察に任せることにしよう。

私はダンに懐中時計をひょいと投げた。

「これは?」

「フィンのものだ。バイカーのポケットに入っていた」

「マローダーズのメンバーだと言ったな?」

私はうなずいた。「通称Tスウィズル。本名はテイラー・ブラウンズフォードだ。知っているか?」

「聞いた名前だが、はっきりとは覚えてないな」

鍵をダンに見せた。「中で手錠をされたままだ」

「これをそいつのポケットから見つけたと、法廷で証言するか？」と鍵を受け取りながら、ダンは尋ねた。

「必要であれば」

ダンは時計を開けた。「出どころがはっきりしないから、証拠としての価値はないかもしれんが、尋問の際にそいつを追い詰める材料にはなるだろう。もう尋問はしてみたんだろうが」

「なにも出てこなかったよ」

「あとはおれが引き継ごう。なにか情報を引きだせるかもしれんし、だめかもしれん。とりあえず、尋問はおれたち刑事の十八番だからな」ダンは私の肩に手をおいた。「あんたのやってくれたことに感謝するよ。本当に、心から感謝する。だから気を悪くしないで聞いてくれ……ぐずぐずしてないで、とっととここから消え失せろ」

そう言ってダンは笑った。

だが私は笑わなかった。

敷地の前の駐車場にとめた自分の車のところに戻った。雨はまた止んでいた。窓を開けたまま車の中に座っていると、雨上がりの匂いがする。ダンに正しい方向を示してやったことは確かだが、私は彼の信頼を裏切った。また一つ、人との信頼関係が失われそうになっている。ほんの一晩のうちに。

第四十三章

デンタルフロスも歯磨きもせずにベッドに倒れこんだ。昨日の夜お休みのキスをしたとき、ジルは目をさまさなかったが、おそらくそのほうがよかったと思う。眠りに落ちていきながら、二日続けて持病の薬を飲み忘れたことに気がついた。しかしスタチン（血中コレステロール低減剤）とアルファ遮断薬（降圧剤）を二、三日飲み忘れたせいで死んだとしたら、私の遺伝子はしょせん淘汰される運命だったということだ。

目がさめると、私は墓地の真ん中にいた。仰向けに横たわった顔に、太陽が照りつけている。伸びきった草の上を渡るそよ風が、サワサワと音を立てていた。

遠くのほうから、カッカッというかすかな音が聞こえてきた。リズミカルな心臓の鼓動のようだ。音はだんだん大きくなり、はっきりとしてきた。心臓の鼓動ではなかった。ひづめの駆ける音。大きくどっしりとした馬のひづめの音だ。

私が体を起こすと同時に、丘の向こうから白馬が現れた。顔のない乗り手が手綱を引くと、馬は割れた墓石や枯れ木をかわしながら丘の斜面を駆け下りてきた。ひづめの音はますます大きくなり、しまいには自分の頭の中から聞こえてくるような気がした。ガッガッ、ガッガッ、ガッガッ……。

馬が近づけば近づくほど、その形はぼんやりしてきた。あまりに真っ白なせいで、まるで輝いているように見えた。その姿を見つめるのは、日食のときに太陽を見るようなものだ。私は思わず目をそらした。

いまにも馬に踏み倒されると思った瞬間、馬は急に止まった。すぐそばに立っているので、暖かい息がかかるのを感じるほどだ。これは夢だな、とぼんやり感じてはいたが、あらゆる感覚が鮮やかに感じられた。心の底から、これが現実であってくれたらいいのにと願った。

「助けが要るか？」

私は指のすきまから、馬上にいる人物の姿を垣間見た。馬から発せられる光に目が徐々に慣れてくると、その人物の姿がはっきりしてきた。バラク・オバマだった。白いトーガを身に纏っている。

バラクの助けを借りて、私は立ち上がった。

「ありがとう」と私は言った。「きみは信じないだろうが、こんな夢をみたよ」

「聞かせてくれ」

「ある晩きみが私を訪ねてきて、私の友人が列車に轢かれたと言うんだが……それで……それはユニコーンか？」私は目を細めて、馬の耳のあいだに生えている渦巻き状の角を眺めた。

「小さな野獣というんだ」

ユニコーンの絹のようなたてがみに指を通すと、手に虹色の光がついた。週末のあいだずっと悩まされつづけていた頭痛は、きれいになくなっていた。膝にもどこにも痛みはない。

「ここは天国なのか？」

「いいや」バラクは言った。「アイオワだ」

するととつぜん、私たちのいる場所は墓地ではなくなった。私たちはトウモロコシ畑の際にある野球場に立っていた。頭上まで伸びたトウモロコシの茎が、風に揺れてざわめいている。

「これは——どういうことなんだ」私は思わず口ごもった。

「さあ乗るんだ」バラクが言った。「あまり時間がない」

「どこへ行くんだ？」

「もちろん、きみの選挙本部を立ち上げに行くのさ」

「まだ選挙に出るかどうかも決めていない」と私は言った。

私が本当に望んでいたのは——神に誓って正直に言おう——民主党を引っぱってくれる新しいリーダーの出現だった。もっと若くて、斬新な考えの持ち主。両膝がちゃんと働いてくれる人物。こんなのは、あまりに急すぎる。

「いましかないんだ、ジョー。さあどうする？」

私が答えを言おうと思った瞬間、目覚まし時計が鳴りだした。

第四十四章

ベッドスプレッドの上にうつぶせになった状態で目がさめた。まだ昨日の服を着たままだ。ブラインドから日の光が差しこんでいる。スヌーズボタンを何度も押したことは、時計を見なくてもわかった。ありがたいことに、ジルはもう私のその癖には慣れっこだった。

仰向けにごろりと転がる。ジルの寝ていた側のベッドは整えられていた。たぶん階下で読書をしているのだろう。朝起きてみたら、となりにいい年をした男がパーカとブカブカのデニムの短パン姿で寝ているのに気づいて、ジルはどう思っただろう。さぞかしびっくりしたに違いない。黙って許してくれることを祈るばかりだが、祈りだけでは足りないことは明らかだった。とりあえず花屋に行ってきたほうがいいだろう。今回はケチらずにバラを買おう。

バスルームの鏡の真ん中に、黄色い付箋が貼ってあった。

冷凍庫の袋入りグリーンピースで顔のあざを冷やしてね

――愛してる　ジルより

鏡で自分の顔を見てみた。自分でも気づいていなかったような場所があちこち腫れている。

目の下のあざはみごとに真っ黒に腫れあがって、顔面に豪速球でも食らったようだ。見た目ほど痛くはないのが、せめてもの救いだった。

一方、左膝のほうはまったく別の話だ。見かけは熟れすぎた桃のようになっていた。カーキのパンツに着替えるときには、鋭い痛みが稲妻のように腿(もも)のほうに走った。そのうちまったく動かなくなるかもしれない。

階段をちらっと見て、手すりを両手で持つことにした。コーヒーの匂いはしない。階下に降りていきながら、「ジル？」と呼びかけた。

答えはない。

キッチンのテーブルの上には郵便物の山が私を待っていたが、ジルはいなかった。あまり興味がわかないまま、その山にざっと目を通す。孫たちがかかわっている資金集めのつながりで送られてくる雑誌がいくつか。自動引き落としで支払われている光熱費の請求書。差出人の住所がない手紙――こういうのはファンかいやがらせかどっちかだ。どっちにしても、いま読む気にはなれない。

冷蔵庫の上のシリアルの箱に、ジルからのメモがもう一枚貼ってあった。

アリスとブランチしてきます。チャンプもいっしょ。ミモザが飲み放題だから帰りの時間は不明

——愛してる　ジルより

なるほど、そういうことか。朝食を食べながら、なにか読むものを探してあたりを見回したが、新聞はリビングに置いてある。いったん座ってしまうと、また立ち上がってリビングまでいくのはかなり大変そうだ。ジルにはこの膝の状態は隠せないだろう。なんとか隠せないかとそこまで真剣に考えたわけではないが。

いや正直に言うと、少し考えはした。だが「真剣に考えた」とまでは言えないと思う。

「ニューヨーカー」誌をとりあげた。マンガにはいつも爆笑させられるが、記事はあまり私の好みではない。トイレの奥には六カ月分のバックナンバーが積み上げてある。いつかその山が崩れてきて、トイレで用を足している最中に誰かの首が折れるかもしれない。定期購読の名義はジルだから、訴えられるのは私ではなくてジルだろうが。

今日のマンガにはあまり興味を引かれなかった。まあ、こんなとんでもない週末を過ごしたあとでは無理もない。

ファンレターを開けてみることにした。ジルはよくそういった手紙を見て私をからかってきたものだが、脅迫状がいくつか届いてからは話題にしなくなった。そういう手紙は、つねにシークレット・サービスが対処した。シークレット・サービスがつかなくなってからは、書斎に積んだままだ。書類整理をやってくれるアシスタントを雇ったほうがいいかも、と考えることはときどきあったが、それを実現するのに十分な収入があるとはいえなかった。バラクが小遣い稼ぎにウォール・ストリートでやっているような講演会を、私もやってみるべきなのかもしれない。ただ問題は、そういうことを始めるやいなや、待ってましたとばかりに政敵たちが攻撃をしかけてくることだ。もっとも、私がまた選挙に出るとしたら、という話だが……。

手紙を取りだす前に封筒の中をのぞきこんで、白い粉が入っていないか確認した。近頃はいくら用心してもしすぎるということはない。まあ、近頃に限った話ではないが。とにかく、その手紙には炭疽菌は入っていないようだった。私は手紙を開いた。三つ折りにされた、よくあるサイズのタイピング用紙だった。

宛名は私の名前になっていた。表も裏も手書きの筆記体で書かれている。読みやすい文字ではあったが、表面がでこぼこした台かなにかの上で書いたようで、ペンが紙を突き破っているところが何カ所かあった。二枚目のいちばん下に、送り主のサインが書かれていた。

「敬具　フィン・ドネリー」

思わずテーブルにスプーンを落とした。そうか。それでフィンは私の住所をプリントアウトしたのか。フィンは携帯電話を持っていない。パソコンで私の住所を探して、見つけた最初のページを印刷したのだ。地図のページを。

まず一度、手紙を読みとおした。それからもう一度、そのあまりにも思いがけない内容を確認しながら読みなおした。

それは私の想像をはるかに超えていた。

朝食は終わりだ。

二階へ上がって、ウォークイン・クローゼットの奥から茶色の革のボマー・ジャケットをひっぱりだした。Tシャツはすでにネイビーブルーのポロシャツに着替え、いちばん上のボタンは外しておいた。ナイトテーブルからレイバンのサングラスをとりあげて、さっと身につけた。

いまの私は、これまでのどんな私よりもジョー・バイデンらしかった。ジョー・バイデンの伝記映画で自分自身を演じることがあったとしても、いまの私以上にはジョー・バイデンらしく見えないだろう。フィン・ドネリーにいま必要なのはジョー・ゼッツリンではない。フィン・ドネリーに必要なのは、ジョー・バイデンなのだ。

私は書斎に立ち寄った。自由勲章が、金曜の夜に机の上に置いたままになっていた。バラクがそれを私に与えてくれたとき、「きみは『神がつくりたもうた最高の人』だ」と言った。大統領と私がもう気軽に話せる間柄ではなく、今後二度と話すことがないとしても、この勲章を見るだけで私はかつての自分を思い出すことができる。いや、それだけではない。これからの自分の可能性も、今日、いま、自分がフィンのためにできることについても、この勲章は思い出させてくれる。私は勲章をジャケットのポケットに滑りこませて、外へ向かった。

ガレージのドアを開けて、チャレンジャーのエンジンをかける。轟音(ごうおん)とともに車は息を吹き返した。体じゅうのすべての筋肉が振動する。まるで電気マッサージ・チェアに座っているかのようだ。この件がすべて片づいたら、私には最高のマッサージが必要だろう。だがまずは、ウィルミントン駅に向かわなければ。それからボルティモアだ……そこでフィンのボストンバッグが、私を待っている。

第四十五章

ボルティモア市ペン駅の遺失物預かり所。私はそわそわしながら、カウンターで待っていた。係員はボストンバッグを探しに奥へ引っこんだままだ。体格のいい若者で、変な髪型をしている。まあ、最近の若者はたいてい髪型が変だ。ヒトラーユーゲントみたいな髪型の連中ばっかりだ。いや、それが髪型だけでない連中もおおぜいいるのだろう。

その若者は、礼儀正しさは申し分なかったが、荷物を探すのに思いのほか時間がかかっていた。警備に電話でもしているのだろうか？　見張られていないかと心配になったが、まわりを見回す勇気はない。あえて怪しい行動をとることもないだろう。私はただヘロインの詰まったボストンバッグを引き取りにきただけなのだ。

ウィルミントンで、最初に来た列車に乗った。ノースイースト・リージョナルだ。高速特急アセラよりは遅いが、混みあった州間高速道路（インターステート）九十五号線を数珠つなぎになって走るよりはずっと速い。それにこの週末、車の運転は十分すぎるくらいした。

リージョナルのほうが運賃が安いので、乗客層はあまり上等ではない。ビジネスクラスも満席だったので、アムトラックのもっとも有名な乗客である私が、数十年ぶりに労働者に混じって座ることになった。しかし場違いな感じはなく、むしろとても落ち着く気がした。隣に座った可愛らしい女性と会話が弾み、ボルティモアに着くまでずっとお互いの孫の話をしてすごした。この一週間の混乱のあとに訪れた、ほっとする気晴らしのひとときだった。

だが、それでも手紙のことを頭から追い出すことはできなかった。

親愛なるジョーへ

お元気ですか。

私のほうは、あまりいいことがありません。一月に、ダーリーンが脳卒中になりました。いまはバプティスト・マナーに入っています。回復するかどうかはわかりません。できればダーリーンを家に連れて帰りたいのですが、ご存じのとおりその費用はとうてい私にまかなえる額ではありません。それが私の行為の言い訳にならないことはわかっています。言い訳のしようのない行為だからです。

ある朝〈ワッフル・デポ〉で、とある男たちに話しかけられました。「ちょっとした金儲けをしたくないか」というのです。「なにをすればいいんだ」と聞くと、「このバッグをDCへ持っていって、人に渡してほしい」と言われました。バッグの中にはなにが入っているのかと聞くと、「金が欲しいのか、欲しくないのか」と言うだけです。

その男たちがドラッグの売人だということはわかっていました。それでも私は「欲しい」

と言いました。

最初の二、三回は簡単にいきました。いい金になりました。バッグは開けませんでしたが、中身にはなんとなく気づいていました。私たち（アムトラックの車掌）は麻薬密売の増加に関して、警戒を強めるように、という通知を受けとっていました。とくに「オピオイド系」が増加しているという話でした。捜査機関は州間高速道路で取り締まりを行っているので、ディーラーは別ルートの開拓を考えるかもしれないというのがＤＥＡの予想でした。これには苦笑せざるをえませんでした。ＤＥＡの読みは少々遅すぎたのです。

先週、娘から同じ寮に住む女の子がヘロインの過剰摂取で入院したという話を聞きました。「過剰摂取になるのなんて、麻薬中毒のやつだけだと思ってた」と私は言いました。その子はジョージタウンの大学生で、バレーボールのチームに入っており、成績もいい子でした。

今回は助かったものの、次は命を落とすかもしれません。

私はバッグを開けたことはないので、自分がなにを運んでいたか、はっきりしたことは言えません。しかしマリファナでなかったことは確かです。マリファナを運んだだけで、あんな大金を手にすることができるとは思えないからです。

ボルティモア市内の駅の遺失物預かり所に、黒いボストンバッグが預けてあります。受付の係員には、男性用トイレに置き忘れてあったと言いました。係員は私の言ったことを信じたと思います。制服を着ている者の特権でしょう！

ドラッグの売人は、「マーダー・タウン・マローダーズ」というバイカー集団のメンバーです。本名は知りませんが、バッグや金を渡しにくる男の一人は「テキサス」と名乗っていました。

私がバッグを届けなかったとわかったら、やつらがどうするつもりかはわかりません。おれたちには警察のうしろ盾がある、とやつらが言っていたので、警察に行くこともできません。ほかの政府機関も信じていいのかどうか、わかりません。いま私が頼ることができて、私を助ける力があるのは、あなただけです。

あなたの友
フィン・ドネリー

追伸　すみません。奥様にもよろしくお伝えください。

遺失物預かり所の係員がやっと戻ってきた。黒いボストンバッグを持っている。ほっとする代わりに、心臓の鼓動が速くなった。額に汗が噴き出すのを感じた。

本当だったのだ。とつぜん、すべてがはっきりと認識できる現実になった。

「これですか?」と係員が尋ねた。

私が知るはずもない。が、とりあえず黒くて、ボストンバッグだ。きっとそうに違いない。

「そのようだね」と私は言った。そして、長いこと生き別れになっていた友人と再会したときのような笑みを浮かべようとした。ある意味、それは真実だったとも言える。

若い係員はバッグをカウンターの上にどさっと置いた。それから、この先カバンには荷物タグをつけるようにしたほうがいいですよ、と注意してくれた。そうするよ、と私は言って、バッグに手を伸ばした。

「しまった」と係員は言って、自分の額を軽く叩いた。「バッグの中身を確認していただくのを忘れてました。本当にすみません、副大統領閣下」

顔には笑みを浮かべたままだったが、内心は今にもパニックを起こしそうだった。「中身はなんだった？」

「あなたが他人の着古したジム用の運動着を引き取りたがるなんて、ありえない話ですよね」と係員は言った。「あなたを信用してますから、どうぞ持っていってください。しかし近頃は、どんなに気をつけてもやりすぎってことはないですからね。とくに九・一一のあとは」係員はその日付を、口にしてはいけない言葉のようにささやき声で言った。「だから、持ちこまれる荷物はぜんぶチェックするんです。詮索したいわけじゃなくて、安全のためです。なくなっているものがないかどうかも、きちんと確認します。ときどき、なにかなくなってたりしますからね」

係員は九・一一前には警備がゆるかったことを覚えているような年齢にはとても見えなかったが、そこは深く追求しなかった。「たしかにこの中に入っているのは、私の……その……古いジム用の運動着だった」私はそう言って、カウンターの上に載っているバッグをつかんだ。ジム用運動着が入っているカバンとしては、妥当な重さだった。本当にこの中に、一人の人間を殺すに値するような量のドラッグが入っているのだろうか？

コンコースを横切る私を止める者は誰もいなかった。銃を手にした集団が出てきて、バッグをおろして床に伏せろ、と言ったりもしなかった。それでも私は頭を下げ、足早に男性用トイレへと向かった。

鍵をかけて個室にこもり、トイレのタンクの上にバッグを置いた。便座の上の至るところに小便の飛んだあとがある。なぜこんなに狙うのが下手な男が多いのか、理解できなかった。そういう男の半分は、おそらく家でもまき散らしながら用を足すのだろう——あまり当たっていて欲しくない予想だ。

バンドエイドを剥がすように、急いでボストンバッグのファスナーを開けた。中身をぜんぶひっぱりだしても、あまり意味がないことはわかっていた。そんなことをしても、中に入っているものは変わらない。

私は一度大きく息を吸ってから、中を見た。

スニーカー。

Tシャツ二、三枚。

ショーツ一本。

〈モンスターエナジー〉のドリンク。

それでぜんぶだった。

私はバッグの中をくまなく見て、二重底や隠しスペースがないかどうか触感で確かめた。なにもない。フィンは私に一つの任務を与えたが、結局私は失敗したのだ。テイラーとそのバイカー仲間たちは、ここ一週間ずっとこのバッグを血眼（ちまなこ）で探していた。バプティスト・マナーのダーリーンの部屋でも、リバーサイドのドネリー宅でも。私はここでやつらに出し抜かれたのだろうか？

バッグの中に荷物を詰めなおした。あとから違う係員がいるときにもう一度遺失物預かり所に行って、別の黒いボストンバッグがないか聞いてみたほうがいいかもしれない。くそっ、どういうことだ、フィン。バッグの中に名前や住所がわかるものを入れておいてほしかったというのが筋違いの願いであることはわかっていたが、それでもなにか手があったはずだ。もちろんフィンに対して腹を立てても仕方がなかった。彼は自分にできる範囲で動かねばならなかったし、こんな結末を予想していたわけでもない。彼は衝動的に行動していたにすぎないのだ。頭の中で、ジルの声が聞こえた。「ねえジョー、それって誰かさんみたいじゃない？」

待てよ。

私はエナジードリンクをもう一度引っぱりだした。フィンも私も衝動的な人間だという点で同じだが、ほかにも共通点がある。アルコールは飲まない……それにカフェインも摂らないのだ。フィンがこんな仰々しいドリンクを自分で買う可能性は、ゼロに等しい。

プルタブを引いて開けてみた。炭酸飲料のはずだが、空気の抜ける音はしなかった。缶は液体がいっぱいに入っているのと同じくらいの重さだったが、中に入っていたのは液体ではない。代わりに入っていたのは、真っ白な粉が詰まったビニール袋をテープできつく巻いたものだった。そういうことだったのだ！

第四十六章

アセラに乗って席についた。できるだけ早くウィルミントンに戻る必要があったので、帰りの切符はアセラをとっていた。アメリカでアセラより早い列車はないからだ。いつものファーストクラスに乗れたので、孫の話をする機会はあまりなくなった。ファーストクラスの料金を払う人たちは、家族の話などしたいと思っていないのだ。私がその話題に飽きたということではない——飽きることなどありえない。だが、いまは頭上の荷物入れに入れたボストンバッグのことで頭がいっぱいだった。

駅の中から誰かに電話しようかとも考えたが、私を助けてくれそうな人など誰一人思いつかなかった。エスポジート警部補は調査を指揮している……というか、指揮していたが、すでに調査は終了だと彼女から告げられていた。昨晩ダンに引き渡したものは調査の再開に十分な証拠になるはずだが、ダンはそれを麻薬捜査課に丸投げしたかもしれない。DEAもかかわっているが、彼らがなにを目論んでいるのかはよくわからない。

こういった状況をさらに複雑にしているのは、マローダーズが自分たちにはウィルミントン警察のうしろ盾があると言っていたという事実だ。そんなのはハッタリだと思いたかった。個人的にはエスポジートは大嫌いだが、それと同じくらい優秀な警官だと信頼してもいた。

彼女やその部下の誰かが悪に染まっているなどとは考えたくない。私にとってもっとも忠実で力になってくれる支持者の中には、法執行機関で働く人たちも多い……そして彼らはこの国でもっとも大変な仕事につく人たちだと私は思っている。しかしそれでも、彼らが堕落することはないかというと、そうではないこともわかっている。私たちの誰もが堕落しうる。私でも、バラクでさえも。

いや、バラクはしないかもしれない。

バラクならいまなにをすべきか、誰に連絡すべきか、正確にわかっているはずだ。それで腹が立つことも何度かあったが、バラクはいつだって正しい答えに必ず導いてくれる男だった。

窓の外を眺めると、横にいる列車が逆方向へ動いていくところだった。ポケットの中の自由勲章に触れてみた。バラク・オバマと話すのは、私の人生で本当にあれが最後になるのだろうか？　そんなことはないと思いたいが、あのときの私たちの別れかたを考えると、やはりそうなるとしか言えないだろう。私もバラクも「さよなら」は言わなかったが、どっちにせよあれが決別のときだったのは間違いない。

「ここ、空いてますか」私の横の通路に立った男が尋ねてきた。

私は顔を上げずに、身ぶりでテーブルの向かいの席が空いていることを示した。

「ありがとう」と男は言って、クッションのきいた椅子に座った。

ダン・カプリオッティだった。

いきなり列車の中に現れた彼にびっくりして、頭の中が混乱し、言葉がまったく出てこなかった。

「シャツを上げて見せてくれ」とダンは言った。

「なんだって？」

ダンは自分のジャケットの脇を少しまくって、ピストルの台座をちらりと見せた。「聞こえただろう。シャツを上げて見せてくれ」

ファーストクラスの客室はどんどん埋まりはじめていた。乗務員が通り過ぎるのを待ってから、ダンのほうに体をかがめてささやいた。「銃は持っていない」

「無駄な手間をかけさせないでくれ、ジョー」

私はため息をついて、あたりを見まわした。詮索好きな人の目に見られていないことを確認してから、私は一瞬ポロシャツをまくって裸の腹を見せた。「これでいいか？」

「うしろもだ」とダンは短く言った。

私は席に座ったまま向きを変え、背中側も見せた。「なにか誤解があるようだ。あのバッグは私のじゃない。私は……」

別の乗客が通り過ぎるあいだ、ダンは自分の唇に指を当てた。ダンの目の下には黒いクマができていた。昨日あまりよく眠っていないようだ。というか、まったく眠っていないのかもしれない。ウィルミントン警察は私を監視下に置いていたのか？　なんにせよ、ボストンバッグを持っている私は絶体絶命だ。

「手紙がきたんだ」と私は声をひそめて言った。「すべての事情が書いてあった」

ダンはあたりを見まわした。ほかに警官は見当たらなかった。ダンのように私服を着ているなら話は別だが。

「見せてくれ」と疑わしげにダンは言った。

私はポケットから手紙を取りだした。「フィンの手紙だ」

ダンは老眼鏡をかけて、手紙の表と裏をくまなく調べた。機関士が汽笛を鳴らし、列車はゆっくりと駅から滑りだした。ファーストクラスにはいくつか空席があって、私たちの通路をはさんだ反対側の席も空いていた。おかげで比較的プライバシーが守れるが、それで私の不安が増えたのか減ったのか、自分でもよくわからなかった。

「フィンがこれをあんたに送ったのか？」とダンが尋ねた。

「私の家に届いていた。メリーランドの消印がある。日付はにじんでいてよくわからないが、金曜か土曜に届いたのだと思う。今朝初めて気づいたんだ。でなければもっと早くきみに話していたよ」

ダンは眼鏡をジャケットの内ポケットに戻した。「わざわざこんな遠征に出なくても、今朝おれに電話して話してくれればよかったんだ」

「そうかもしれない」と私は認めた。「だが運がよかった。きみが今朝たまたまボルティモアにいたなんて」

「たまたまじゃない。あんたをつけてきたんだ」

「それは私がなにかを隠していると疑っていたからか？」

「あんたが探偵ごっこをまだ続けてると知ってたからだよ」

ファーストクラスの乗務員がにっこり笑って私たちに話しかけてきて、テーブルの上に二人分のメニューを置いていった。新顔の女性だった。見覚えがないので、自己紹介もしなかった。すぐに彼女は次の列へと移っていった。

列車は時速三十五マイル（約五十六キロ）から四十マイル（約六十四キロ）のスピードで街から抜け出ようとしていた。アセラが最高速度の百五十マイル（約二百四十キロ）に達するのはかなり先に進んでからで、それもほんのわずかな区間だけだ。線路には右に左にカーブがたくさん待ち構えている。私はいつも西へ向かう高速列車に乗るのが好きだった。まるで空を飛ぶように走れる区間がたくさんあるからだ。

「デラウェアがなぜ『ダイヤモンド・ステート』と呼ばれているか、知ってるか？」とダンが聞いてきた。

「トーマス・ジェファーソンのせいだろう」と私は言った。「彼はデラウェアを『宝石』と呼んだ。東海岸の要（かなめ）に位置する場所だったからだ」

「ドラッグ密売の要となる場所だったからでもある。デラウェアはニューヨークとDCを結ぶ直線上にある。フィラデルフィアやボルティモアと同じようにな。州間高速道路九十五号線はまさに違法ドラッグが敷き詰められた上を走ってた。DEAが摘発を始めるまでは」

その事情はぜんぶ知っていた。私たちがいま直面している公衆衛生上の危機は、八〇年代のコカイン大流行のときよりずっと危険だと言われているのだ。

「マローダーズはじつに巧妙な計画を考えついたものだ」と私は言った。「フィンはいわば、やつらにとっての専用列車のようなものだったわけだ。だが悪人どもには想定外のことが一つあった」

「どういうことだ？」

「フィン・ドネリーには良心があったということだ」

「あんたはこんな話を信じるのか？」と、ダンは手紙を振り回しながら言った。

「じゃあほかにどんな説明がつくというんだ？」

「たぶんやつは自分の取り分が少ないと思ったのさ。もっと分け前が欲しいと欲をかいたんだ」

「それで私にすべてを告白しようと決めたというのか？」私は言った。「いや、それでは筋が通らない。フィンと私がひそかにぐるだったとでも思うなら話は別だが」

「そうなのか？」

「私たちは知りあって何年になるんだ、ダン？　そんな疑いを持たれるなんて心外だよ」

「じゃあこの手紙を読んだとき、マローダーズを守っている警官というのがこのおれじゃないかと疑わなかったというのか？　ほんの一瞬でも？」

「一瞬は思ったかもしれない。しかし――」

「まあ落ち着け」とダンは言った。「ちょっとからかっただけだ。それでも、一応聞いておかないとな」

血圧がなんとか普通に戻りはじめた。正確には、ここのところ普通だと思っている数値に。

「じゃあ、これからどうなる？」

「そうだな。まずこの手紙を警部補に見せる。警部補はDEAと協力関係にあるんだ。あんたの友だちの名前は泥にまみれ、あんたの名前も泥にまみれる。どこもかしこも最悪の結末さ。だがそれが人生ってもんだ、そうだろう？」

ダンは私の反応を見るために少し間をおいた。だが私はなんの反応も見せなかった。

「それか、もう一つ選択肢がある」ダンは声を低くして続けた。「この手紙はなかったことにするんだ。あんたの友だちは静かに眠れる。麻薬の運び屋をやってたなんて、誰にも知られることはない。それに、もっと大事なのは、あんたの名前にもなんの傷もつかずに済むということだ」

「バッグは？」私は聞いた。「バッグはどうする？」

ダンは肩をすくめた。「匿名で届けりゃいいさ。教会の入り口に捨てられた赤ん坊みたいに」

「テイラー・ブラウンズフォードを挙げるために必要なんじゃないのか？」

乗務員が昼食のオーダーをとりにきたが、二人ともまったく空腹ではなかった。ダンは彼女が立ち去ったのを見てから、私のほうに向き直った。「テイラーは死んだ」

「なにが起きたんだ？」

「あいつの手錠をうしろ手に付け替えようとしたんだ。で、一瞬手錠を外したすきに、やつはおれの銃を奪おうとした。そして揉みあっているうちに、銃が暴発したんだ」ダンは一瞬間をおいた。「どのみち、あいつが州側の証人になって仲間を売るなんてありえなかった。アウトロー・バイカーが仲間を裏切ったら、死んだも同然だからな」

私はサングラスを外して、両目のあいだをこすった。昨日からときどき出る頭痛が、また始まりかけていた。

「大丈夫か、ジョー？」

「私は一つ目の選択肢でいくべきだと思う。それだけだ」と私は言って、もう一度サングラスをかけた。「あの手紙のせいで問題は起きるだろうが、なんとかなる。起きてしまったことは仕方がない。大事なのは、真実を明るみに出すことだ。私はあの手紙をフィンの娘さんに隠したまま、知らん顔して生きていくことはできないよ。彼女には真実を知る権利がある」

「それだけが気がかりだというなら、娘には知らせてやればいい」

「こんな古いジョークがある。二人のアイルランド人が話していた。ドーナツの袋を持っているほうが、もう一人にこう言った。『この袋の中にいくつドーナツが入ってるか当てられたら、おまえにドーナツを両方やるよ』」

ダンが笑うのを待っていたが、どうやら聞いたことのあるジョークだったようだ。

私は続けて言った。「つまり私が言いたいのは、アイルランド人は秘密を守れない、ということなんだ。アイルランド系はみんな話し好きだ。だから私も、どこかでポロッと秘密をもらしてしまわないとも限らない。やはり、すべてを証拠として明るみに出そう。私は証言するよ。必要があるならなんでも協力する」

ダンは自分のジャケットの中に手紙をしまいこんだ。「そうだな。気を悪くしないでくれ」

「私が？」

「あんたはつねに正義を行うことしか頭にない。おれはただ、あんたを心配してさっきの話をしたんだ。それだけさ」

「ありがとう。誤解しないでくれ。私は本当に心の底から感謝しているんだ。私だって、この手紙のことなど忘れてしまいたい誘惑にかられる。そのほうが楽に生きられただろう。よくわからんが、おそらくきみの人生もそのほうが楽になったはずだ」

ダンは肩をすくめた。「書類の処理も仕事のうちさ」

「それにしても、この件はかなり大騒ぎになるだろう。駅でマローダーズのために働いていたやつらは、あまりいい気分ではないだろうな。きみも狙われるかもしれん」

「あんたは自分の面倒を見ていればいい。おれはおれで始末をつける」ダンは客車の中を見まわしてから、テーブルにもたれかかった。「ところで、バッグは開けてみたのか？　例のものはあったか？」

「見つけたよ。それでぜんぶかどうかはわからないが。きっちり封をしたのが、一、二ポンドほど」

「触らずにおいてよかったな。フェンタニルは危ないクスリだ。ゴム手袋をせずに触ろうもんなら、やばいことになる」ダンは指をパチンと鳴らした。「一発であの世行きだ」

「フェンタニル？」

「合成オピオイドだよ。売人はそれとヘロインを混ぜて、効力を高める。フェンタニルの効き目はヘロインの五十倍にもなるんだ。だからこそモンスター缶一つに百万ドル分を詰めることもできるわけさ」

フェンタニル。そうか。ただのヘロインでは時代遅れなのだ。いまどきの若者はエナジードリンク同様、ヘロインにも強烈な効果を求めるのだ。

エナジードリンク……。

ダンにはエナジードリンクのことは言ってない。テイラーから詳しい情報を得た可能性もないとは言えないが、そもそもダンは「テイラーが仲間を売ることはない」と言っていた。売人たちが真空パックされたドラッグを缶の中に隠して運ぶという情報を、ダンは得ていたのかもしれない……だが、なんのドリンクの缶を使うかを知る方法はただ一つだ。私の左脚はテーブルの下で、ジャック・ラッセル・テリアのように落ち着きなく揺れ動いていた。ファーストクラスの乗務員は二、三列離れたところでカートを押している。

「どうした、ジョー？」とダンが尋ねた。

室内がぐるぐると回っている。「ちょっと胃の具合が悪くてね。悪いが失礼させてもらうよ」

「引き止めるつもりはないさ」とダンは言って、通路のほうを身振りで示した。「おれは飲み物を買ってくる。あんたはスプライトかなにか飲むか？」

「ありがとう、だが必要ない」と私は言い残して、車両の端にあるトイレに向かった。振り向きはしなかったが、ダンが私の一挙手一投足を見ていることはわかっていた。列車は目的地まであと半分を残すあたりで、開けた場所を時速百マイル（約百六十キロ）を超えるスピードで走っている。あと二十分ほどで、ウィルミントン駅に到着する。ドアが開けばダンは列車を降り、ボストンバッグも手紙も二度と日の目を見ることはなくなる。

第四十七章

「出てくれ、頼む……」

　呼び出し音が何度も鳴る。五回続いたあと、バラクの声が答えた。

「よかった！」ファーストクラスのトイレ内にはふさわしくない大声で、思わず叫んでしまった。

「いまは電話に出られません。ピーと鳴ったあとにメッセージを残していただければ……」

　ピーという音が鳴った。私は呆然と口を開けたままだ。バラクが私からの着信に気づいて折り返してくれるころには、もう手遅れだろう。

　私はトイレの便座にへなへなと座りこんだ。ダンが一人で私を追ってきたこと、さらに手紙を「なかったことにしよう」と言いだしたことで、疑惑が頭をもたげた。そしてモンスター缶のことを知っていた時点で、疑惑は確信へと変わった。ダンがマローダーズと通じている悪徳警官なのかどうかはわからない。だが、納得のいかない点が多すぎるのは確かだ。

　誰か力のある人物にウィルミントン駅で待っていてもらいたかった。ダンが約束を破ることにならないように。エスポジートに電話をかけつづけたが、そちらも出ない。ドネリー宅を捜索しにきたDEAのエージェントに直接つながる番号はわからない。もちろん法執行機関の番号はいくつか知っている。だがそこにかけてバイデン本人だと言ったところで、証明のしようがない。一笑に付されるのがオチだ。バイデン家にはこんな格言がある。「助けを求めなければならないときには、たいていすでに手遅れだ」

待てよ。列車がウィルミントン駅に着くのは二十分後の予定だ。それが遅れたとしたら？しょっちゅう利用する客なら、アムトラックには遅れがつきものだということを知っている。そういう遅れはたいてい、線路を所有している鉄道貨物会社が自社の貨物列車を優先させるためだ。この列車をなんとかして遅らせることができれば、時間を稼いでバラクかエスポジートが私の電話に気づいてくれるかもしれない。

乗車している車掌のもとへ向かったら、ダンがなにか感づく恐れがある。幸いなことに、直接車掌に話をつけにいく必要はなかった。はやる気持ちを抑えつつ、連絡先のページをフリックして探していた番号を見つけた。ウィルミントン駅長、グラントの番号だ。

ドアをどんどん叩く音が聞こえた。

「入ってます」と私は叫びかえした。

もう一度電話を見ると、スクリーンは真っ黒になっていた。電源を入れようとしてみたが、だめだ。昨日の夜に充電し忘れていたし、駅に向かう車の中でも充電していなかった。ジルが去年のクリスマス・プレゼントに車載用の充電器をくれたのだが、いまのところそれはまだプレゼント入れの靴下に入ったまま地下室で眠っている。

それでもなにかは思いつくだろう。これまでだって、なんとか乗り越えてきた。

席に戻るとダンの姿はなかった。たぶんほかのトイレの個室にこもったのだろう。あるいは、食堂車に行くことにしたのかもしれない。

しかし五分たっても、ダンは戻ってこなかった。もう一度あたりを見まわしてダンを探し、それから頭上の荷物置き場からボストンバッグを引っぱりおろした。中を探るあいだ、できるだけ平静をよそおっていたが、パニックは隠しようもなかった。

エナジードリンクはなくなっていた。

第四十八章

いちばん大事な証拠がなくなってしまった。家を飛び出す前に、手紙をコピーしておくべきだった。いつもよく考えずに行動してしまうせいで、困った事態に陥ることはじゅうじゅう承知している。だが、それがここまで痛恨のミスにつながるとは、思ってもみなかった。

ファーストクラスの客車は列車の最後尾にある。ということはダンが隠れている可能性があるのは、あと四両のビジネスクラス車両と、あいだにはさまっている食堂車だ。その全車両を、残された貴重な時間を使って捜さなければならない。私が止めるまえにダンがウィルミントンで降りてしまったら、勝ち目があるのはダンだ。私の言葉には十分重みがあるだろう。だが、ダンにしても同じだ。彼は現役の警官なのだ。確たる証拠もなしに彼の悪事を告発するのは至難の業と言わざるをえない。

とにかく隣の車両に入った。ビジネスクラスは満員だ。数人が目をあげたが、ほとんどの乗客がスマートフォンをつつきながら自分だけの世界に入りこんでいる。すべての席をチェックしながら、中央の通路をすばやく通りすぎた。

車両の端にあるトイレには鍵がかかっていなかった。いちおうダンが入ってないかどうか中を確かめたが——いない。次の車両も同じだった。

その次が食堂車だ。乗客用の席はほんの一握りしかなく、ひと目見てダンがいないことはわかった。脚をなるべく曲げずに速足で歩いていった。「ショッピングモール歩き」とジルが呼ぶ歩き方だ。

「ノンアルコールのダイキリですか、バイデン様」と食堂車のウェイターが聞いてきた。薄くてぼんやりした口ひげをはやしている。

車掌に連絡してくれるよう、ウェイターに頼もうかとも考えた。ファーストクラスの乗務員も、私が頼めばすぐにでも車掌に連絡をとってくれるだろう。だが悪いことに、ダンは武器を持っている。こういったなんの罪もない人たちを、私のトラブルに巻きこむわけにはいかない。ダンはおそらく自分の秘密を守るために、テイラー・ブラウンズフォードを殺したと思われる。だとしたら、また人を殺すかもしれない。

私に残された唯一の希望は、正しいことをするようダンを説き伏せることだ。友人として彼の心に訴えかけることさえできれば……。

「いや、いま運動中なのでね」と言って、私は軽く会釈した。次の客車でもすべての乗客の顔をチェックしたが、やはりダンはいなかった。知らないうちに通りすぎたのか？　列車から飛び降りる可能性はゼロだ。時速二十マイル（約三十二キロ）でも自殺行為なのに、時速百二十マイル（約百九十三キロ）ではまさにありえない。先頭の機関車両にでも押し入ったのか？

それもない、と私は思った。そんなふうに人目をひく危険は冒さないだろう。ダンは犯罪を犯しはしたが、いかれてはいない。なんとかこの場を切り抜けようとするはずだ。大事な金づるを持って逃げるつもりに違いない。唯一の邪魔者は……この私だ。

最後の二両のあいだにあるデッキに足を踏み入れた。と、背後でドアが閉まったとたん、左側から不意に何者かが飛びかかってきた。肺から空気が抜けてぺしゃんこになった。最初は襲ってきたのが誰かわからなかったが、出入り口のドアに押しつけられてやっと気づいた。あのスピード狂のバイカーだ。南部なまりのきつい、フィンがおそらく「テキサス」と呼んでいたやつだ。

ダンが自動ドアの向こうから入ってきた。

「あんたがいまなにを考えてるか、わかるよ、ジョー。たぶんこう思ってるはずだ。『なぜだ、ダン、なぜなんだ？』」

「まあそんなところだ」と私は言った。バイカーにのしかかられて、息が苦しい。

ダンは私の目を見ようとしなかった。「おれは来年、定年だ。それでどうなるか？　ゾッとしたよ。国の年金基金は雀(すずめ)の涙だ。貯金もない。数えきれないくらい撃たれたり刺されたりしてきたのに。おれはブルーカラーのわりには数もちゃんと数えられるぞ。そのおれの働きに対して、どんな感謝が与えられる？　法執行機関の守り神、ジョー・バイデンから毎年届くクリスマスカードか？　ただしサインもないし、紙のカードでさえない。『電子カード』だとさ」

「メーリングリストから外しておくよ」と私は言った。

「それに比べてあんたはどうだ！　おれより十も年上だが、なんとこの合衆国の副大統領さまだ。それであんたが手にした成果はなんだ？　まだローンの残る郊外の家か？　お情けでビーチと呼ばれてる岩場に建つ別荘か？　やっぱりローンを払い終わってない車が数台か？　あんたはなんにも手にしてやしない」

「私には家族がある。先祖が遺してくれた遺産だ」

「おれにもかつてはその遺産とやらがあったさ。だがそれで請求書の金は払えない。テーブルに食い物も出てこない。そのうちバプティスト・マナーに部屋を用意してもらえるだろうが、せいぜいそれが関の山だ。だからおれはギャングと取り引きをはじめたんだ」

「マローダーズか？」

「いろんな犯罪者たちとさ。おれの街で商売をしたけりゃ、その権利を得るために金を払え、ということだ。だがフィンは自分でビジネスを始めようとした。それがトラブルの始まりだった」

　腹の中が煮えくりかえっていたが、バイカーに抵抗するのはやめにした。相手は体が大きいし、力も強い。望みをつなぐためには、体力を温存しておいたほうがいい。

　ダンは話しつづけた。「病気の女房がいると知ったとき、あいつはそのうちお荷物になると感じてた。だがボストンバッグが行方不明になって……結局おれが動かざるをえなくなった。ない金の上前をはねることはできないからな」

ダンは私のポケットから電話を取りだした。電池切れになっているのを見て、ダンはほくそ笑んだ。私が助けを呼んだ可能性がほぼないことがわかったのだ。そもそも助けを呼べたなら、自分でダンを探しにくる必要もなかっただろう。

「きみがフィンを殺したのか」と私は言った。

ダンは電話を私のポケットに戻した。電話は自由勲章のとなりにおさまった。「テイラーがモーテルの部屋でやつを締めあげたんだ。おれが着いた時には、もうボロボロだった。パイプが破裂したような出血で、床じゅう血まみれのありさまだ。それでも口を割らないから、おれも一発殴った。一発だけだ！　だがあいつの頭は腐ったカボチャのように砕けちまった。びっくりしたよ、年をとると人間の体ってのはあんなにもろくなるもんなんだな」

「それでフィンを線路の上に置いて、過剰摂取で倒れたように見せかけたのか。なんともずさんなやりかただな」と私は言った。相手に長くしゃべらせておけば、それだけ誰かが車両間のデッキを通る可能性が増える。

「運んでいるときも、誰も気にもかけなかったよ、あの地区ではな。だが代わりの車掌が勤務指示書の中にあんたの住所がついた紙を見つけ……そこから話がややこしくなったんだ。さっきあの手紙を読むまでは、あんたもこの件に一枚嚙んでるのかと思ってた。バッグが結局どこへいったのか、おれには本当にわからなかったしな」

「ドラッグには一度たりとも手を出したことがない。きみも知っているはずだ。私たちは友だちだっただろう」

「友だち？」ダンは言い返した。「おれは非番のときに二、三度、あんたの選挙集会の警備をしただけだ。あんたは友だちなんかじゃない。ただの仕事の対象だ」

ダンが私とバラクとのあいだに起きたことを知っていたはずはないが、ダンの言葉は私の心に深く突き刺さった。大人になると、友だちなどできないのかもしれない。知りあいになったり、同僚になったりすることはできる。上司や従業員を持つこともできる。だが友だちとなるとどうだろう？

友だちというのは、子どもがつくるものだ。私はそろそろ子どもを卒業したほうがいいのかもしれない。

ダンは降車ドアを操作するサイドパネルのロックを外した。最初私は、ダンがいちばんに列車を降りようとしているのだと思った。だがよく考えたら、ダンが慌てて逃げる必要はない。テキサスが私を、高速で走る列車から放り出してしまえばいいのだ。

「ダンはドラッグを独り占めにする気だぞ」と私はバイカーに言って、不和の種を植えつけようとした。「あいつは最初からそのつもりだったんだ」

テキサスはにやりと笑った。「フェンタニルか？　あれは結局見つかってない」

そういうことか。私はまったくなんて間抜けなんだ？「おまえたちは二人して、バイカー・クラブを出しぬくつもりなんだな」

ダンは掛け金に手をかけた。ドアが開いたら、私たち三人とも外へ吸いだされてしまうかもしれない。「ほかに道があるか？　勝ち目が見えたら、勝負に出るしかないだろう。バッグはなくなった。見つかったことをマローダーズが知る必要はない。完全犯罪さ」

「やつはテイラーを殺したんだぞ」と私はテキサスに言った。

バイカーは驚いた顔をしたが、それほどのショックではないようだった。「テイラーは間抜け野郎だった」とテキサスは言った。「幹部に昇格するのはぜったい無理だったろうな」

「テイラーはフィンのポケットから落ちた時計を拾ってた。それであやうくこの計画がぜんぶバレちまうとこだったんだ」とダンは言った。「あんな大間抜けに生きる価値はない。そもそも生まれたその日に死刑宣告を受けてたようなやつさ。だがあんたは……」ダンは私に向かってにやりと笑った。「ちょいと頭がよすぎたのが命取りだったな、ジョー」

降車ドアの窓から見える景色から、ウィルミントン郊外に差しかかっていることがわかった。もうすぐ列車はスピードを落とす。なんとかこの場を引き延ばさなければ。ダンの逃亡を防ぐのは、アラバマ州で民主党が勝つのと同じくらい無理な話だ。それでも運が味方してくれれば、線路ぎわにバラバラになって散らばる運命はなんとか避けられるかもしれない。

ダンはテキサスに合図を送った。

もう時間切れだ。

だが、そうはいくか。

私はバイカーの鼻に頭突きをお見舞いした。頭蓋骨が鼻の軟骨に当たってグシャッとつぶれる嫌な音がした。テキサスは鼻から血を流して、うしろによろめいた。これまでの人生で、人をそんな目に遭わせたことは一度もない。だがもう一度ぶつかれば、相手をダウンさせられるかもしれない。

もう一度襲いかかるまえに、なにか硬いものがこめかみに押しつけられた。ダンの銃だ。

「こんなことをして逃げられると思うのか」と私は言った。「捜査が行われるぞ。ぜったいに――」

「それはどうかな。毎年、列車の走行中に降車ドアを開ける乗客が五、六人はいる。たいていがボケた年寄りだ。あんたみたいにな。ここ一週間、あんたの振る舞いがおかしかったと証言してくれる連中がおおぜいいるだろう。妄想にとりつかれてるみたいだったし、陰謀論がどうのって話をしてた、とな」

ダンはコントロールパネルの中にあるボタンを押した。降車ドアがシューッと音を立てて開いた。風が列車内に吹きこみ、耳がツンとなった。「さよならだ、ジョー」

気のきいた別れの言葉を思いつく前に、ダンはピストルの台尻で私のこめかみを殴った。目の前に星が飛ぶ。あまりにも痛みがひどくて、横になって眠りたいとしか考えられなくなった。「おまえはノックアウトされたんだ」頭の中で父の声が聞こえる。「起きる時間だぞ。

起きろ、ジョー。起きるんだ」

　私はよろよろと立ち上がったが、ダンのほうがはるかに有利だった。ダンは私のポロシャツのうしろをつかみ、開いたドアから私を弾丸のように放り出した。両脚をすくわれ、あたりの景色がひっくり返った。

第四十九章

人は人生の最期の瞬間に、それまでの一生を走馬灯のように見るという。だが私には当面、もっと緊急に心配せねばならないことがあった。転がりでた瞬間、私はかろうじて左手でドアフレームをつかんだ。物理の法則により、私の体は列車の車体にぴったりと張りついている。とりあえず、ほんの一瞬にせよ命拾いした。レイバンは百ヤード（約九十一メートル）手前で岩に当たって粉々に砕けちった。手を放したら、私もそうなる運命だろう。それも運がよければの話だ。運がなければ、列車の下に吸いこまれ、車輪に轢きつぶされることになる。

指がドアフレームから一本一本はがれていく。最初は小指、次に薬指。脚を振ってなんとか車内に戻ろうとしたが、速度によって体にかかる力が大きすぎて、思うようにいかない。もっと「体幹」を強くしなければ。ジルにもよくそう言われていた。毎日腹筋運動とクランチを一、二年やれば、私の腹筋もすぐ引き締まるだろう。

だが残念ながら、一、二年待っている余裕はなかった。

中指もはがれてしまった。私の運命もこれまでか。

走馬灯にせよなんにせよ、幸せな人生だった。私は目を閉じて、残り二本の指でできるかぎりしっかりフレームにつかまった。神と和解するために、あと数秒は時間が欲しかった。

（お聞きですか、聖ベネディクト様。聞こえているなら、頼みます、どうかお助けください。私の体と魂をお守りください……できれば、おもに体のほうを）

人差し指が離れた。心臓が口から飛び出しそうだ。

と、そのとき、誰かの手が私の手首をつかんだ。目を開ける。テキサスだ。最初は私の手をひきはがそうとしているのかと思ったが、彼はもう一方の手をのばして私の上腕部をつかもうとしていた。私を自分のほうへと引っぱり寄せようとしているのだ。最後に力をふりしぼって私を列車の中へ引き戻すと、テキサスは私とともに床に転がった。

テキサスのジーンズの前部分に差してあるダンの銃が、私の腰骨に当たっていた。

ダンは目を閉じて、隅のほうに倒れている。

「名前はジェレミーだ」と、線路と風の音にかき消されないように、テキサスが大声で叫んだ。鼻が折れたせいで、南部なまりがあまりわからない。「おれはDEAのエージェントだ」

「じゃあ昨日は本当に私たちをつけていたのか」

彼は首を横にふった。「あのエスカレードを運転していたのがあんただなんて、思ってもみなかった。あんたがたがクラブハウスに現れるまでは」

「きみに車をぶつけなくてよかったよ。それこそきみたちの作戦をつぶすところだった。あと、きみのバイクも」

彼はうなり声を上げて、それを認めた。

私は彼の上から体をどけた。「私を助けるのをギリギリまで待ったのはわざとか？」

「なにせ、ずいぶん痛い目に遭わされたからね」とジェレミーは鼻をおさえながら言った。

「ドラッグはきみが持っているのか？」

「カプリオッティの上着に入ってる」

列車はどんどん駅に近づいている。だがふだんよりスピードは遅めで、かなり早く減速しているようだ。「機関士に列車を止めるよう言ったのか？」と私はジェレミーに尋ねた。

ジェレミーは立ち上がった。「人に接触するような危険は冒せなかった」

「ドアが開いたせいで警報が作動したのかも。それか……」

私は壁にもたれかかって、遠くのほうを眺めた。なにが見えると期待していたのか、自分でもよくわからなかった。パトカーの群れか？　ネイビー・シールズを乗せたヘリコプターか？　それともユニコーンにまたがった第四十四代合衆国大統領か？

かわりに私の目に映ったのは、レザーとデニムのぼんやりした塊だった。ジェレミーが列車から転がり落ちていく。その体は線路ぎわの石にぶつかって、あっという間に見えなくなった。そのときアセラは時速三十マイル（約四十八キロ）から四十マイル（約六十四キロ）しか出ていなかったが、それにしても列車から落ちるには少々速すぎる。

私はふりかえった。ダンが立ち上がって、頭のうしろを触っていた。指に真っ赤な血がついている。「あの野郎、やりやがった」それからダンはにやりと笑った。「おれのほうが一枚上手だったがな」

列車は倉庫地区の真ん中でゆっくりと止まった。ダンとテイラーがフィンの「事故」を捏造した場所のすぐ近くだと思うと、胃がキリキリと痛むような気がした。車掌が車内放送で、全員席についたまま待つよう呼びかけた。アムトラックの乗務員が車両間を見回りにこないかぎり、ダンと私は誰にも邪魔されることはないだろう。

外では、列車に電力を供給する頭上の電線が低くうなる音に加えて、いくつも重なる耳障りなサイレンの音が遠くから聞こえてきた。ダンにも聞こえたはずだ。私に向けていた目を、開いたドアへと向けた。私はダンと自由のあいだに立っている。パパ・バイデンは私にこう教えていた。「人をコーナーに追いつめてはだめだ、相手はおまえを倒さないと逃げられないことになる」

だがダン・カプリオッティのような冷血な殺人鬼を相手にするなんて、パパ・バイデンは考えてもみなかっただろう。

私の右側にあるコントロールパネルには、まだ鍵がぶらさがっていた。正しいボタンを押せば、私のうしろのドアは閉まる。そうすればダンは逃げられない。問題はボタンが五、六個あることだ。間違ったボタンを押したら、かわりにダンのうしろにあるもう一方の降車ドアが開いてしまうかもしれない。そうなれば彼は嬉々として自由への道を逃げ去ってしまうだろう。

「おれが嘘をついていると、なんでわかった?」とダンが聞いた。二人とも腕力で決着をつけようという状態ではなかった。ダンはテキサスに殴られてできた傷から、かなりひどく出血していた。脳震盪を起こしたようで、まだふらついている。私がこめかみに受けた傷は、それほどひどくはなかった。それでもダンが横を通り抜けて逃げたら、走って追いつける自信はなかった。なにせ膝を傷めている。

「先に教えてくれ」と私は言った。「私のピッチングのクセをどう見破る?」

「簡単さ。あんたは政治家だ。なにもかもがインチキだ。だから当然わかる。あんたの口から出る言葉は、ぜんぶ嘘なんだからな」

「私のことをそんなふうに見ていたなら、たしかにきみの言うとおり、私たちは友だちじゃなかったな」

ダンはにやりと笑った。ほんの数日前、アールズ・ダイナーで会ったのと同じ男とは思えなかった。知りあって以来ずっと、ダンは仮面をつけていたのだ。どちらがインチキかと言えば、それは間違いなく私ではない。

「おれを殴りたいんだろう」とダンは私をあおるように言った。「武器は持ってない。出血もしてる。二、三発殴れば十分だ。フィン・ドネリーみたいに、あっという間にオダブツさ」

「私はきみのような人殺しとは違う。テキサスにフィン、アルヴィン——」

ダンは指を振った。「ちょっと待て。アルヴィン・ハリソンは過剰摂取だ。あれは自業自得さ。おれが見つけたとき、あいつはもう息をしていなかった。あんたが現れたとき、おれはあの建物にいたんだよ。廊下の壁に張りついて隠れてた。あのときあんたが右側を見てたら、見つかってたかもな。運がよかったのはあんたかおれか。いまとなってはどうでもいいが」

「きみの運も尽きたようだな」サイレンがどんどん近づいてくる。「きみが嘘をついていると、なぜわかったのかと聞いたな。じつを言えば、あまりはっきりとはわかっていなかったよ。トイレから戻ってきて、ドラッグがなくなっていることに気づくまでは」

「じゃあ、あのままあそこにいたら……」

「うまいことごまかせたかもしれないな。だがもう遅い」

耳慣れたドクドク、ドクドク、ドクドクという音が聞こえる。高速で脈打つ心音のようだ。いや、それはまさに自分の心臓の音だった。だがそれだけではない……音ではなく、なにか感じる。轟（とどろ）くような激しい音が地面を揺らしている。足元に巨大な裂け目が口を開け、私たちすべてを呑（の）みこもうとしているかのようだ。

「おれを突きだしたら、何百という犯罪者が自由の身になるんだぞ」とダンは言った。「おれが逮捕したやつらが、みんな刑務所から出てくる。おれが捕まえたやつらの中には、本物のワルが何人もいる。いまでも街は危険だと思っているかもしれないが、六カ月後を楽しみにしてるといい。街は火だるまだぞ。あんたはその責任を取れるのか？」ダンはゆっくりと首をふった。「どけよ、ジョー」

ダンは笑みを見せた。彼の言うことは正しかったし、それを彼自身よくわかっていた。彼がサインした供述書によって出された判決は、くつがえされる恐れがあるのだ。彼が逮捕した犯罪者のすべてに当てはまるわけではないとしても、かなりの数にのぼるだろう。

だが、それでも私が彼を突きだしたいと思う気持ちは変わらなかった。

私は壁の大きな赤いボタンを押した。

ダンのうしろにある降車口がシュッと開いた。ダンは向きを変えた。

もう一度ボタンを押したが、ドアは閉まらない。

ダンはぐずぐずしてはいなかった。ドアをすばやく通り抜けて、列車から飛び降りた。大きな音を立てて石の上に着地したが、バランスは崩さなかった。轟音がだんだん近づいてきていた。

ダンは二、三歩走ってから、となりの線路の上で立ちどまった。最初、飛び降りたときに足首をひねったか、膝を傷めたのかと思った。だがそうではなかった。ダンは振りかえって私の顔を見た。歪んだ笑みがその唇に浮かんでいる。ダンは人差し指と中指を眉のあたりに当てて、昔ながらの別れの挨拶を私に送った。同じ挨拶を返すべきなのか、中指を立てて返すべきなのか考えているうちに、ダンは高速で向かってきた列車にはねられた。

第五十章

現場に最初に着いたのは、パトカーでも救急車でもなかった。エスカレードだ。

リトル・ビーストは高さ六フィート（約一・八メートル）の金網のフェンスを通り抜け、列車の開いたドアの数インチ手前まで乗り入れてきた。私はドアのところに座っていた。デッキの両側にある室内のスライドドアはロックされている。私はスライドドアの窓の一つをのぞいてみて、車掌かカフェのウェイターと話ができないかと考えた。だが乗務員も乗客も、頭を膝のあいだに入れ、手を首のうしろに回してシートにかがみこんでいた。法執行機関から危険は回避されたという合図が出るのを待っているのだ。

スティーヴが運転席側のドアから飛び降りた。SUVはアイドリング状態のままだ。「ダンは――」

「いなくなったよ」と私は言って、肩ごしの方向をあごで示して見せた。「別の列車にはねられた」ダンをはねたアセラは、線路のはるか向こうでようやく停止していた。ダンの体がどこにはねとばされたかはわからないが、もうどうでもよかった。すぐに死体捜索犬が動員されて、彼の遺体を探すのだろう。

「もうすぐ助けが来ます」とスティーヴは言って、私の腫れたこめかみを見てくれた。そう言う彼のほうが、私より助けを必要としているように見えた。左腕は肩から包帯で吊られ、手首にはまだ病院のブレスレットがついている。

「バラクは私のメッセージを受け取ったんだな」と私は言った。デッキの中を爽やかな風が吹き抜けていった。

スティーヴは指を私の顔の前で振ってみせた。私は思わず目でその動きを追った。「あなたはメッセージを残していませんよ。だから大統領はなにも知りません。それとは別に、私はDEAに連絡をとって話を聞いたんです。彼らはカプリオッティ刑事を調査していることを教えてくれました。もちろんそれで十分危険信号が灯ったわけですが、そのあとあなたに連絡が取れなくなったので……」

「私の行き先はどうやって？」

「もちろん、あなたの電話を追跡したんですよ」

「それには裁判所命令が必要だろう？　そんなにすぐに取れるはずがない」

「オバマ大統領が公式には廃止されたとされる国家安全保障局(NSA)の監視プログラムになんらかのコネがあるとお考えなら――」

「いや、もういいよ」と私は言った。彼らが列車を止めたのだ。大事なのはその事実だった。それがなかったら、ダンはウィルミントン駅で車掌がドアを開けた瞬間に、姿をくらましていただろう。

「人を捜してくれ」と私は言った。「ジェレミー、DEAの潜入捜査官だ。昨日私たちが追いかけたバイカーだよ。数百ヤード（約数百メートル）ほど手前で、ダンが列車から放り出したんだ」

「医療ヘリがこちらへ向かっています」とスティーヴが言った。「そちらに捜してもらいましょう」

バラクがSUVから降りてきた。今日もフィリーズのキャップをかぶっている。

「すごいものを見逃したようだな」とバラクが聞いてきた。「きみはダンと列車の上で取っ組みあいでもしたのか？」

私は砂利の上に飛びおりて、線路の上を走っている電気のケーブルを指差した。「そいつに触ると、二万五千ボルトの電流でこんがり焼かれるぞ」

「さすが、アムトラック・ジョーの名は伊達じゃないな」

「多少の知識はあるさ」と私は認めた。

パトカーが三台、フェンスの向こう側にある砂利敷の駐車場に、非常灯を光らせながら入ってきた。サイレンは鳴らしていなかった。頭上を警察のヘリコプターが旋回している。

「警察には責められないよな？」と私は尋ねた。

「エスポジート警部補が責任者です」とスティーヴが言った。「だからおそらく、大丈夫でしょう」

バラクはエスカレードのバンパーに手をすべらせていた。リトル・ビーストはこの週末の大活躍のあとも、たいしたダメージは受けていなかった。フードには一つ二つ引っかき傷がついていたし、明るい光の下でよく見ればフロントサイドパネルに少々のへこみが見える。だがそれ以外は、製造工場から出てきたばかりの新車のようだった。「帰る途中で洗車場に寄ろう」と、誰に話しかけるでもなくバラクは言った。

スティーヴはかかってきた電話に出た。上空のヘリコプターに手を振り、電話の向こうの誰か――たぶんエスポジート？――に、SWATチームはもう必要ないと知らせていた。

不意に、うしろから大きなガチャンという音が聞こえた。振りかえると、血まみれのズタボロになったなにかが、開け放たれた向こう側のドアからデッキに上がってくるのが見えた。そのほとんど人とは言えない姿の中で、白目の部分だけが唯一人間らしさを残していた。

それはダンだった。

列車に轢かれたはずだった。

それでも、折れた手足をどうにかこうにか引きずって、ここまでやってきたのだ。呼吸は浅く、乱れていた。右手には銃身の短いピストルを握っている。ホルスターに隠し持っていたに違いない。

あのデッキでのかけひきの最中に、ダンはその銃を抜いて私を撃つこともできたはずだ、と気づいた。だが彼はそうしなかった。あのときは、私を殺すことを考え直したのだろう。

そんなことをしても意味がないと、わかっていたからかもしれない。だがいまの彼は、すでに理性をなくしていた。彼を動かしているのは怒りだけだった。復讐(ふくしゅう)を求める欲望だけだった。

「銃だ!」私は叫び声をあげた。肩からバラクに覆いかぶさって地面に転がり、彼を危険から守ろうとした。スティーヴは電話から手を離し、自分の銃を抜いた。

あたりに火薬の臭いが漂っている。弾丸が発射されたはずだが、音はほとんど聞こえなかった。聞こえているのは耳鳴りだけだ。私はバラクの上に乗って、砂利の上に転がっていた。スティーヴが動くほうの手にまだ煙の出ているシグ・ザウエルを握ったまま、私たちのほうへ駆けよってくる。銃撃は終わった。

今度こそダンは死んだ。

バラクとスティーヴは、私を助け起こして座らせてくれた。バラクはどこもけがをしていないようだ。バラクに傷をつけようと思ったら、こんな老人より相当力のある人間が必要だろう。

脇腹が痛むので思わずそこをつかむと、人差し指がボマー・ジャケットにあいた小さな穴に入りこんだ。銃弾であいた穴だ。私は撃たれたのだ。

バラクは私のジャケットを開き、体を軽く叩いてチェックした。血も出ていないし、腹のピンク色の肌には射入口も射出口もない。「ジャケットは貫いたが、体には当たっていない」というバラクの声が、くぐもって聞こえる。少しずつだが、聴力が戻ってきているようだ。「助かって幸運だったな」

「運ではないよ」と私は言った。

ポケットを探って弾丸を取りだした。先端が斜めにへこんでいる。それを砂地に放り投げた。自由勲章のほぼ真ん中に小さなへこみができ、エナメルのメッキに放射状のヒビが入っていた。へこみを打ち直してもらい、メッキもやり直してもらう必要がある。行きつけの車の板金屋に頼めば、安く直してくれるだろう。宝石屋に頼んだら、いくらかかるかわからない。だが全体的に見て、勲章はそれほど傷んではいなかった。

そして、総合的に判断すると、私もそれほど傷んではいなかった。

第五十一章

　スティーヴと私はウィルミントン警察で供述を行った。スティーヴの手は震えていた。いままで一度も人を撃ったことがなかったのだ。私の手も同じように震えていた――いままで一度も撃たれたことなどなかったのだ。私もスティーヴも、大統領がブラックベリーでゲームに興じていることは一言も言わなかった。

　ダンも大統領の話は出さなかっただろう。ダンがデラウェア州の刑務所に入ることなく死んだのは、ある意味最善の結末だったと言える。ダンがテイラーを殺したことを知ったら、マローダーズは間違いなくダンを始末していたに違いない。

　供述が終わったあと、エスポジートが近づいてきた。「あなたにきつく当たったことを謝罪すべきでしょうね」と警部補は言った。

「そうですね、しかし……」

「しかし私は謝罪というものを信じません」

　私は彼女と握手した。「それでも、その姿勢を見せてくださったことに感謝します」

　警部補はカプリオッティ刑事の違法行為について、徹底的な内部調査を行うことを約束した。彼女や彼女の指揮する部署を責めるつもりはなかった。ウィルミントン警察は、与えられた力を使って、可能なかぎり最善を尽くしていると信じているからだ。警官というのは概して善良な人たちだ。だがたった一個の腐った卵が、周囲に悪影響を与えてしまう。少なくとも一般大衆の認識においてはそうだ。その後始末をするのは、エスポジートの役目だ。

二人のDEA捜査官――一人は男性で一人は女性――が私に挨拶してきた。ドネリー家の捜索令状に書いてあった名前だった。「少しお話しできますか？」と女性の捜査官が尋ねた。救命救急士が私の上腕に血圧測定用のベルトを巻いていた。「血圧が上がるような話でなければ構わないよ」と私は言った。

彼らの説明によると、マローダーズの麻薬密売ルートは東海岸全体に及んでいるということだった。フィン・ドネリーがかかわっていた商売は、彼らが追っていた大規模なビジネスのほんの一部に過ぎない。彼らの調査を完全にダメにしてしまって申し訳なかったと謝ったが、それは気にしなくていいと言われた。ダン・カプリオッティが不正を働いていることがわかったとき、DEAの捜査全体が大混乱に陥ったのだという。ウィルミントン警察の人間は、エスポジートも含めて誰も信用できなくなった。マローダーズの地方支部から「協力金」を取ろうという話がどこまで通じているのかも、フィン・ドネリーが本当に自分で商売を仕切ろうとしていたのかもわからなかった。しばらくのあいだ、彼らのレーダーにかかった人間は、すべてが容疑者扱いとなった。

「私もかね？」と私は聞いた。

捜査官たちはお互いの顔を見合わせたが、私の言葉を否定はしなかった。「潜入捜査官と情報提供者を守る必要があったんです」と女性捜査官は言った。「誰も信じることはできませんでした」

「潜入捜査官はジェレミーだね。情報提供者というのは？」

「アルヴィン・ハリソンです」と彼女は言った。アルヴィンはすでに死亡し、作戦も立ち消えになったので、名前を明かしても危険はなくなったということだろう。「フィンがなにかを運んでいるらしいという情報をタレこんだのは、彼なんです」

「ではフィンに直接問いただすかわりに……」

男性捜査官は咳ばらいをした。「報償金が出るんです。かなりの額が」

アルヴィンにとって、鉄道仲間の兄弟を売るのは簡単な選択肢ではなかっただろう。アルヴィンには、金以外の動機がなにかあったはずと信じたかった。正義感とか、そういったものが。フィンの行動に彼なりの理由があったのと同じように、アルヴィンの行動にも彼なりの理由があったのだと思う。その理由がなんだったにせよ、アルヴィンが事故のあとに叩きこまれた絶望の闇の深さが、いまは理解できた。フィンが列車に轢かれたときすでに死んでいたのだとしても、ある意味フィンを殺したのはアルヴィンなのだ。そして、そのことをアルヴィンは知っていた。そんな重荷を背負って生きていくのはつらすぎたのだろう。

最後には善人が勝つのだとしても、悪人たちはときに痛烈な一撃を残していく。ダンの裏切りに、私はひどく傷ついた。私たちは絶対的な善悪の存在しない、新たな時代に入りつつあるのだ。だが私にとってもっとも耐えがたいのは、私以外の全員がもうずいぶん前からそういう認識を持っていたらしい、ということだった。私がやっと時代に追いついただけの話だったのだ。

第五十二章

夕方にはレイクハウスに戻ってこられたので、ジルが豪勢な日曜日のディナーをふるまってくれた。聞きたいことが山のようにあっただろうが、ジルはこころよく待って、まず私を休ませてくれた。それから私はすべてのことを包み隠さず話した。なに一つ隠しごとはしなかったし、今後も二度としないと約束した。

夕食のあと、バラクと私はリビングのカウチに向かいあって座った。チャンプは庭で蛍を追いかけている。スティーヴもいっしょだ。スティーヴは夕食のときにホットドッグをチャンプと分けあって食べ、いまではすっかり親友どうしになっていた。

「次の機会はあるかな？」と私はバラクに尋ねた。

「夕食の？　もちろん、いつでもＯＫさ」

「いや、この探偵ごっこの話だよ。デラウェアなら安くライセンスが取れるぞ。カニ漁の免許より安い」

「ジョー、気を悪くしないでほしいんだが、私たちは探偵としてはかなりポンコツだと思うぞ。それに、やるべき仕事も山積みだ。きみは大学や基金の仕事があるし、私は本を書かなきゃならない」

「冗談だよ」

「きみの冗談は判断が難しいな、ジョー」

私はため息をついた。「どのみち、あまり時間もなさそうだ。走りだしたら忙しくなる」

「そうか」

「もちろん、もう若くはないが、まだ死んじゃいない。母がよく言っていたよ。『天国の門で神様のお顔を見るまでは、人は死んではいないのよ』と」

「大統領選に出たら、きみは最高齢の候補になるな」

「大統領選?」私は笑いながら言った。「いや、走るといっても、選挙じゃなくてランニングだよ。まず五キロぐらいから始めようかと思ってる。このいかれた膝が治ったらね」

バラクは首を振った。ジルはキッチンで食器を洗っている。ジルが洗い物をするのは、私に腹を立てているときだけだ。ふだんは、皿洗いは私の役目なのだ。

「膝のほかは、きみが知っているどんな年寄りよりも私は健康だよ。それはきみも認めるだろう」と私は言った。「それはなにより、バイデン家の血筋のおかげなんだ。そのうえトレーニングまで始めたら、どこまで元気になるかわからないぞ」

「本当に大統領選に出走する気になったら……」

「きみにいちばんに知らせるよ」

ただ口先だけで言ったのではない。心の底からそう思っていた。バラクは名誉上のバイデン一族の一員と言っていい。よいときも悪いときも、山の頂上も谷底も、ともに過ごしてきた仲だ。いまはまさにその谷底にいるが、神のお導きにより、それも永遠には続かないだろう。なに一つ永遠に続くものはない。悲しみさえもだ。誰かを失った最初の年、その痛みは想像を絶するほど耐えがたい。二年目にも耐えがたい痛みは続くが、ほんの少しだけ和らいでいる。やがて悲しみは次第に薄れていき、誕生日や記念日や休日になって、その人の不在に慣れてしまっている自分に気づく。ふと、その人のことを毎日考えてはいないことに気づくのだ。

コーヒー・テーブルの上に置いてあったトランプを取り上げて、シャッフルしながら言った。「ラミーはできるか？」

バラクはうなずいた。

長いあいだ、二人とも一言も話さなかった。ただ、黙々とトランプをした。ジルが食洗機のスイッチを入れ、孫たちに電話しに二階へ上がっていった。毎週日曜の夜は二人いっしょに孫たちと電話で話すのがきまりなのだが、今週は私は参加できない。

バラクは捨て札の山からカードを引いた。「先週私がきみに会いにきたのは、なぜだかわかるか？」

「フィンのことを告げにきたんだろう？」

バラクはうなずいた。「だが電話すれば済んだ話だ」

「そうだな」

「でもしなかった。水曜日に実際に伝えに行くよう私に言ったのは、ミシェルなんだ。私はいつだってまったく動揺しない性分だが、あの日は途中でタバコを買ってきてくれるようスティーヴに頼んだ」そう言ってバラクは間をおいた。「七年ぶりに吸ったタバコだったよ」

「なにをそんなに緊張するんだ。相手は私だろう——いつものアンクル・ジョーだ」

「きみが怒っているんじゃないかと思って」

「怒ってたさ」

「そうなのか？」心底驚いた様子で、バラクは言った。

「一人で家にこもって、きみがカイトサーフィンだの、F1レースだのに私の半分ぐらいの年の若者たちと繰りだすのを見せつけられて、私が喜んでるとでも思ったのか？」

「F1レースなんか行ってないぞ——いや、待て、行ったか。しかしなんでそんなことで怒るんだ。きみはエクストリーム・スポーツなんか嫌いだっただろう」

「怒っていたんじゃない」と私は言って、クラブの十を捨てた。「延々と続くきみの有名人の遊び友だちリストに、嫉妬していたんだよ。私たちが会わなくなってすぐ、きみは新しい親友探しの公開オーディションを始めただろう」

バラクはポケットからニコチンガムを取りだした。この週末で三箱目だ。「きみとのあいだに距離を置こうとしていたんだ。前にも言ったと思うが」

「そんなこと私にどうしてわかる？　私たちは兄弟かもしれないが、双子じゃない。超自然的なつながりがあるわけじゃないんだ」

「双子にもそんなものはないと思うが」

「ジェンナ・ブッシュ・ヘイガー（ジョージ・W・ブッシュ第四十三代大統領の娘で作家、TVショーの司会者）はあると言っていたぞ」と私は言った。「二大政党制と同じだそうだ。きみも彼女から話を聞いてみるといい。勉強になるぞ」

バラクはメルドを宣言していた。ハートの六、七、八のシークエンスだ。最後のカードを捨てる。

ゲームセット。バラクの勝ちだ。

「スコアはつけておくか？」と私は言って、自分のカードを表向きにテーブルに放り投げた。

「私が勝ったから言っているんだろう？」

私はにやりと笑った。バラクは私が知っている中で、もっとも負けず嫌いな人間だ。誰かが「ほんのお遊びで」ゲームをしようと言っても、バラクは必ず全力でのぞむ。明確な勝ち負けがつかなければ、すぐに興味を失ってしまう。バラクは選挙のために生きていた。事務仕事では本領を発揮できないのだ。

私はバラクにカードを渡した。「今度はきみが切ってくれ」

「私の人生において重要な意味を持つ人物は、つねに女性だった」バラクはカードを配りながら言った。「祖母、母、ミシェル、娘たち。男友だちがいなかったと言っているわけではない。いっしょにキャッチボールをする友人はいるし、いっしょにビールを飲む友人もいる。だがきみは、そういう友人とは違う。お互いのことをわかりあったあと、私たちの友情はなにも考えなくても順調に続いていった。長いこと、なんの気がねも必要なかった。だからいったん職場を離れてしまうと、どうしていいかわからなくなったんだ。バスケットをやろうと誘わないで、どうやって男友だちにメールを書いたらいいのかわからなかった。なんの用もないのに、どうやってきみに電話すればいいかわからなかった。本当は電話したくてたまらなかったのに。ただ本当に、わからなかったんだ。すまない、ジョー」

私は彼が配ったカードに目をやった。ひどい手だ。

「私こそ、すまなかった」と私も言った。

「きみはなにも謝るようなことはしていないだろう」

「嫉妬というのは醜い罪だよ。きみにはほかの友人と付きあう権利がある」私は新しいカードを引いた。「ただ、本当の親友は私一人だがね」

「二人とも親友をつくるには、年をとりすぎているんじゃないか？」

そうかもしれない。バカなことを言ってしまったかもしれない。

「飛行機から飛び降りるには、私は少々年を取りすぎているだろうな」と私は答えた。「ただ、いつかゴルフにはいっしょに行けたらいいと思うよ」

「ついー分前に、きみはいいことを言ってくれたな」とバラクが指摘した。「私たちは兄弟だと、昔のように言ってくれた」

「そんなに深い意味はないよ」と私は言った。

バラクは私の言い訳を信じなかった。「照れることはないさ、ジョー。私のほうでは、兄弟と思うのをやめたことは一度もない」そうバラクは言って、拳を差しだした。私は少々力が入りすぎてしまったが、それでもこれまでで最高のフィストバンプを返すことができた。

「関節に気をつけろよ、ジョー」バラクはそう言って、手を振ってみせた。

「ところで、二階のバスルームに、交換が必要な電球がもう一つあるんだ。私はいまちょっと脚立（きゃたつ）の上に立てないから――」

「私をこき使おうというのか？」とバラクは尋ねた。

「きみのほうが背が高い。腕も長いし」

「わかった、やるよ」とバラクは言って、カウチから立ち上がった。

「すまんね」と私は言った。「電球はカウンターの上だ」

バラクは階段を上がっていったが、二、三秒してから、私に呼びかけてきた。「なあ、ジョー？」

「なんだい？」と私は大声で答えた。

「なんでダーツ盤にブラッドリー・クーパーの写真が貼ってあるんだ？」

「深い意味はないよ」と私は言った。「もういまはね」

第五十三章

三カ月後、私はワシントンDCへの往復切符を持って、ウィルミントン駅からアセラに乗りこんだ。上院議員時代の記憶がよみがえってきたが、今日の列車は夜明け前ではなく、十時三十分発だ。

早朝に起きて、ジルといっしょに朝のランニングをすませてきた。ジルのペースにはまだついていけないが、少しずつ差は縮まりつつある。いまだに膝のせいで多少足を引きずる。夏のあいだにMRI検査をしたところ、前十字靭帯(じんたい)の損傷がわかった。プロの運動選手や四十歳以下の人間なら、膝の再建手術をしなければならないところだった。だが私ぐらいの年齢の人間には、氷でよく冷やして、十分休みをとり、週に二回のリハビリの予約をとるのが最善の策だと言われた。「それだけ?」と私が尋ねると、かかりつけのドクターは「あと一つだけ」と言って、炎症を抑えるための超強力なイブプロフェンを処方してくれた。いつまで飲みつづければいいんですかね? と聞くと、女医先生は笑った。私ぐらいの年齢の人間がもらう薬はたいてい、おそらく〝最後〟まで飲みつづけることになるからだ。

できれば、その最後のときがそれほど早く来ないことを祈りたい。

ファーストクラスの車両は半分も埋まっていなかった。私は車両後部の、空いた席の向かいに座った。最後の案内のあと、列車はゆっくりとホームを滑りだした。向かいの席は空いたままだ。少なくともボルティモアまでは、テーブルを独占できる。

朝刊を広げた。週の初めにマローダーズのメンバー数人が大陪審に起訴され、千四百万ドルのフェンタニル押収事件がふたたび新聞の一面に載った。ニュース・ジャーナル紙は夏のあいだじゅうその話題で持ちきりだったが、全国紙ではほとんど取りあげられなかった。ホワイトハウスが自ら招いた危機の最新ニュースが日替わりで紙面を飾る全国紙には、ツイッターにあふれる悪意ある書きこみとは関係のない、真面目なニュースを載せるスペースなどほとんどないに等しいのだ。それでも、ニュース・ジャーナル紙は五部構成の深く掘りさげた特集を組むのに十分な情報を入手し、それが今日の新聞の一面記事となって結実したのだった。

ジャーナル紙の特集チームはフィンを、麻薬密売計画を告発したヒーローとして描いた。フィン自身は、おそらく自分をそんなふうには見ていなかったと思う。ただ、マローダーズに盾突くのは自殺行為に等しいことは、十分わかっていただろう。保険会社は今後、生命保険の支払いを行うかどうかの係争にかなりの苦戦を強いられることになりそうだ。今ではアビー・トッドは調査から降りてしまったし、フィンの血液からは薬物使用の痕跡は見つからなかった。

DEAの潜入捜査官はけがから復帰し、また別の名前のもとに潜入捜査に戻った。DEA

の広報担当が記者に語ったところによると、ダン・カプリオッティの悪事の暴露には、たまたま列車に乗りあわせた、とある非番のシークレット・サービス・エージェントの協力があったということだった。名前は明かされなかったが、そのエージェントはその後シークレット・サービスの対襲撃部隊へと栄転したという。

ジョー・バイデンの名もバラク・オバマの名も、まったく出てこなかった。

列車はウィルミントンの街なかを轟音とともに通りすぎ、ブランディワイン墓地に差しかかった。私は読んでいた新聞を下ろし、並ぶ墓石の列を見た。つい数週間前、その墓地に足を踏み入れたばかりだった。今ではすっかり木々の葉は落ちてしまったが、そのときの墓地は赤と黄色の木の葉の海にうずもれていた。マサチューセッツやニュー・ハンプシャーに大挙して集まる紅葉(もみじ)狩(が)りの客たちは、ウィルミントンにこんなに美しい景色があるなんて思いもよらないだろう。

だが私が墓地に行ったのは、紅葉を楽しむためではなかった。

そこで行われた、もう一つの葬儀に出席するためだった。

今度は一人ではなかった。私は一人で大丈夫だと言ったのだが、ジルもいっしょに来てくれた。「私には、そんなに強がった顔ばかり見せなくていいのよ」とジルは言った。「あなたが強い人だってことは、よくわかってる。でもね、ときには誰かに手を握ってもらうことも必要なのよ」

ジルの言うとおりだった。いつだってジルは正しい。

私は新しい黒のスーツを着ていた。このスーツは二、三週間前、うちのウォークイン・クローゼットの奥にいつのまにか出現していたものだ。ジャケットの内側のタグには、フレッド・オフラナガンの名前がついていた。私が三十年以上通いつづけているテーラーの名前だ。前のスーツをどうしたのかジルは聞かなかったし、私もなにも詳しいことは言わなかった。新しいスラックスをはいてみる前に、サイズ調整が必要だったらどうしよう、と心配になった。だが驚いたことに、すんなりファスナーも上がったし、ボタンも留められた。最高にぴったりフィット、というわけではなかったが、嬉しい驚きだった。運動に費やした時間が、効果を現しはじめているのだ。膝のけが以外は、私はこれまでの人生でいちばん健康だった。だがダーリーン・ドネリーは、そうではなかった。神が彼女の魂をお導きくださらんことを。

夏のあいだに起きた事件のあと、すでにかなり衰えていたダーリーンの健康状態は一気に悪くなった。反応を見せることはなかったものの、彼女はフィンが逝ってしまったことを感じていたようだった。フィンの訪問だけが、彼女をこの世につなぎとめていたのだ。ダーリーンが集中治療室に入ったとき、ジルと私は彼女が快適にすごせるよう、できるだけのことをしたいと申し出た。ところがグレース（私を許してくれていた）の話によると、驚いたことに匿名の誰かがすでにダーリーンの医療費を支払ってくれたという。その人はさらに、グレースのために信託基金を用意し、学費のローンを帳消しにしてくれた。この謎の篤志家が誰なのか、私には想像がついたが、なにも言わなかった。フィンを殺したやつを追いつめるのにバラクが力を貸してくれたことなど、グレースはまったく知らない。いつかバラクが彼女に自分がかかわっていたことを教えたいと思えば、自分で言うだろう。それはバラクが決めることだ。

「そろそろ失礼しましょう」とジルは言って、私の袖をひっぱった。ダーリーンの葬儀は終わっていた。会衆のほとんどはすでにお悔やみの言葉を述べてその場を立ち去っていたが、私たちはまだ座ったまま、なにかを待っていた——が、なにを待っているのか、私にもわからなかった。私はパーティーからはいちばん最初に帰るが、葬式では最後に帰る人間だ。生きている人に別れを告げるのでさえ十分つらいのに、亡くなった人に別れを告げることなどとうてい不可能だとしか思えない。

「人がまだ生きているあいだに葬式をすればいいと思わないか？」と私は言った。「友人や家族が全員集まってくれているのに、自分だけがそこにいなくて、みんなと楽しい時を過ごせないなんて。そんなの、つまらないだろう？」

「生きている人のためのお葬式もあるわよ」とジルが言った。「それはね、誕生日パーティーっていうのよ」

棺に近づくと、私の手は震えた。ジルは私の指をぎゅっと握った。誰かの死に直面するたび、私がこれまでに亡くした人たちのことを思い出す。だがそのときは、亡くなった人から目を背けることはしなかった。しばらくのあいだ、ダーリーンの顔をじっと見つめた。安らぎの表情は見えず、ただ生気をなくした顔がそこにあるだけだった。だが、彼女がいま愛する人とともにいることはわかっていた。証拠品から戻された夫の懐中時計が、チェーンをつけて彼女の首にかけられている。フィンとダーリーンはふたたびいっしょになり、この世の人生の終わり近くに二人を引き離した苦しみからは無縁のところにいた。

ダーリーンの棺のために掘られた穴の左側に、きれいに磨かれた小さな墓標が見えた。「フィン・ドネリー」と刻まれている。生没年の日付の下には、こう書かれていた。「車掌であり、父親であり、みなの友だった」

夏のあいだの興奮に満ちたできごとのあと、世界はまた落ち着いた自然のリズムに戻りつつあるようだった。私は希望と困難について語る、新しい回想録の第一稿を書き終えた。この本は秋に出版予定だ。ウィルミントンにはいまだに二種類の人々がいる。持てる者と、持たざる者だ。アメリカにも二種類の人々がいる。壊れた制度を修復するのは私一人でできる仕事ではないが、それでも私は努力をやめるつもりはない。私は自分にできることをやるだけだ。怒りを向けなければならないものごとは間違いなく存在する。不正もその一つだ。この世でもっとも大きな罪は、力を濫用する権力者や金持ちが犯す罪なのだ。

これは私の父の言葉だ。

だが私の言葉でもある。

「乗車されているのに気づきませんでした。DCに向かわれるんですか？」

窓から目を室内に向けた。車掌──私の知らない若い女性だ──が検札に来ていた。目の色がシャムロック（アイルランドの国花）のような緑だ。

「エリン。エリン・ブレイディです」

「アイルランド系かね？」握手しながら、彼女に尋ねた。

「ほんのちょっぴり」と彼女は訛って答えたが、これまで聞いた中でいちばん下手なアイリッシュ・アクセントだった。

「私はジョーだ」

「だと思いました」と彼女はにっこりと笑って言った。「この列車に勤務しはじめて六カ月になるんですけど、アムトラック・ジョーとかかわったことがないのは、私だけじゃないかと思いはじめていたんです。写真を撮らせていただいてもいいですか？」

もちろん、喜んで引きうけた。

私たちはお互いのからだに腕をまわして、写真のポーズをとった。自分の写真を撮ってもらうには誰かに頼まなければならなかった時代を、まだ覚えている。写真がちゃんと撮れているかどうかわかるまで、一週間も待たなければならなかった時代だ。

「たぶんみんなに言われていると思いますが、お見かけしなくなって私たちみんな寂しいんですよ」とエリンは言った。

「いや、またちょくちょく乗るよ。昔のように毎日アムトラックというわけにはいかないが、いくつか行きたい場所があるのでね」

「いえ、私が言いたいのは、この国のみんながあなたがいないのを寂しがっている、って意味です」

私は席に戻った。「姿を見ないと思いが募るものさ」

みんな意外と私のことを覚えている——最近になって、私はそのことに気づいた。今年後半にあちこちで行う出版記念イベントの予約は、すでにいっぱいだ。政治に関する予言者たちの中には、私が次の大統領選のための様子をうかがっているんだろうと疑う者もいる。そういう輩(やから)は、本当のジョー・バイデンがどんな人間なのか忘れている。私はいつだって、自分の勘だけを頼りに動いてきた男だ。今さら、あらかじめ計画してものごとを始めたりするわけがない。

この国にはたしかに、方向転換が必要だ。それには疑問の余地がない。だがアメリカは私の家族よりもジョー・バイデンを必要としているだろうか？　その答えは私にはわからない。

バラクが昔、こんなことを言っていた。結局のところ、私たちの一人ひとりが一つの長い物語の一部なのではないか、と。私たちにできるのは、自分のパラグラフをきちんと書こうと努力することだけだ。私がこの国の最高責任者を決めるレースに出馬するかどうかは、まだ不確定だ。ずっと昔に、「ぜったいにない」とはぜったいに言わないことを学んだ。運命は人の人生に不可思議な介入を行ってくる。いま確実にわかっているのは、私が自分のパラグラフをまだ書き終えてはいないということだけだ。

戻るとき、エリンは通路にはみだしていた私のゴルフバッグにつまずいて、あやうく転びそうになった。だが彼女は抜群のバランス感覚の持ち主で——もちろん列車の車掌には必須の能力だが——転がる前になんとか体勢を立てなおした。

「申し訳ない」と私は言って、バッグを近くに引き寄せた。「今日はこれからゴルフなんだ」

「外を回るには最高の日ですね。お仕事、それともレジャー？」

私は微笑んだ。「友だちに会うんだよ」

友だちの名前を言う必要はなかった。少しでも常識がある人なら、私の目の輝きを見れば、誰に会いにいくかすぐにわかるだろう。そして仕事の話をしないなら、それはレジャーだ。純粋な楽しい時間があるだけなのだ。

謝辞（の続き）

謝辞を読む人なんて誰もいないとみんなが言う。だがとりあえず、あなたは読んでくれているわけだ。ひょっとしたらあなたは僕の身近な人で、謝辞に名前があることを期待しているのかもしれない。名前は見つかったかな、おばあちゃん？　まだこの先だよ……。

編集者のジェイソン・レクラックに感謝を捧げたい。本書には何度も書き直しが必要だったが、ジェイソンは僕の手をとって一歩一歩導いてくれた。コロラド州立大学ボールダー校とハイファ大学の研究者による最近の研究によると、手を握ることは、痛みを低減するといった健康にプラスの効果をもたらす作用があるという。このことは僕の経験からも証明された。文章の改訂にはときに――いや、ほぼ必ず――痛みがともなうが、ジェイソンのような熟練の編集者が導いてくれたおかげで、僕の執筆作業はとても楽しく、実りあるものになった。

クワーク・ブックスのチーム全員にも、いろんなことを助けてもらった。中でもブレット・オーエン、ニコル・デ・ジャクモ、モネカ・ヒューレット、レベッカ・ジレンホール、ジェーン・モーリー、アイヴィ・ウィアー、ケルシー・ホフマン、カバーデザイナーのドゥーギー・ホーナー、そしてもちろん、プリングルズ氏にも感謝の言葉を送りたい。彼らの本書に対する熱意とサポートは、けっして揺らぐことがなかった。

ジェレミー・エネシオは最高のカバー・イラストを描いてくれた。彼の作品については、jeremyenecio.com を訪れてみていただきたい。

エージェントのブランディ・ボウルズ（UTA）にも感謝を捧げる。彼女は僕の執筆の才能を見抜いてくれて、いつも「OMG（Oh my Godの略。「なんてこった」「これは大変だ」）」で始まるメールで僕を励ましてくれた。

妻は本書のいかしたジョークのアイディアをたくさん出してくれた。ここで妻に感謝を述べようと思っていたが、妻からその謝辞はうちのかわいくて寂しがりやの猫ハニートーストにあげてね、と言われたので、そうしておく。ありがとう、ハニートースト。

そしてもちろん、特別の感謝をジョー・バイデンに捧げたい。彼はいくつもの悲劇と困難を乗りこえ、アメリカでもっとも有名な公僕の一人となった。彼はただのネットの伝説（ミーム）ではない——行動の人だ。そしてこの国を愛するのと同じくらい、アイスクリームを愛している人なのだ。

奇想天外なミステリ出現——本書の解説

池上　彰

アメリカの大統領だったバラク・オバマと副大統領だったジョー・バイデンが、コンビを組んで殺人事件を捜査する。ストーリーはバイデンの語りで進行する。奇想天外なミステリが登場しました。

二人は、まるでシャーロック・ホームズとワトソンのようなコンビとなって捜査を開始します。ここには謎解きの面白さと、バイデンに迫る危機が相まって、ページを繰る手が止まりません。

事件の舞台はバイデンの地元デラウェア州ウィルミントン。バイデンは副大統領の任期を終え、地元に帰って暇を持て余しています。

その一方、かつてコンビを組んだオバマは、さまざまな場所でバケーションを楽しんでいる様子がニュースになります。

オバマはちっとも連絡を寄こさない。バイデンは、それが不満です。嫉妬と言ってもいいでしょう。時間を持て余すバイデンは、寂しさを募らせるのですが、そこに突然オバマが登場します。バイデンと親しかったアムトラックの車掌が列車に轢かれて死亡したというニュースを伝えるために。

なぜオバマが出現するのか。それは、車掌がバイデンの自宅のある場所に印のついた地図を持っていたことを知り、バイデンにそれを知らせようと考えたからなのです。

車掌の自殺で片づけられそうな事件だったのですが、バイデンは疑念を抱き、老体に鞭打って、オバマと共に素人捜査を始めます。その結果、謎は謎を呼び、バイデンに危機が訪れる……。

設定は奇想天外なのですが、大統領と副大統領の立場の違いなど、リアルなアメリカ政治の描写が背景にあり、二人の愉快な会話を追いかけていくだけで、アメリカの政治の実態やアメリカが抱えている社会問題などが浮き彫りになってきます。

列車に轢かれたのは、かつてバイデンが上院議員時代、ワシントンまでアムトラックの列車で通っていたことから親しくなった車掌でした。

アメリカは自動車社会ですが、東部のボストンやニューヨーク、ワシントンなど主要都市を結ぶ鉄道アムトラックは、多くの人たちに利用されています。とりわけ「アセラ特急」は、現在のところアメリカで最速の列車。日本の新幹線には及びませんが、それでも最高時速は二〇〇キロを超えます。

バイデンは、ニューヨークとワシントンの間に位置するウィルミントン駅で乗車し、首都ワシントンに通っていたというわけです。

私もニューヨークからワシントンやボストンに行くときに、よく利用していました。ただ、ニューヨークで乗り込む際、直前まで入って来るホームがわからないという不便さがありました。列車が度々遅れるため、事前に到着ホームが決まらないというわけです。乗客たちは、到着ホームの表示が出て初めて地下のホームに急ぎます。

座席はビジネスクラスとファーストクラスだけ。車内で軽食のサービスがあります。車掌が切符の確認に回ってきますから、常連客と会話を交わし、仲良くなることは不自然ではありません。

その車掌が、よりによってアムトラックの列車に轢かれて死亡するとは。車掌は線路に横たわっていたというのです。そこで単なる自殺として片づけられそうだったのですが、車掌がなぜバイデンの家の場所を示す印のついた地図を持っていたのか、バイデンが独自の捜査を開始。オバマが協力すると、オバマを警護するシークレット・サービスも、捜査に巻き込まれていきます。

アメリカの正副大統領は、在任中、シークレット・サービスによって警護されますが、任期が終わって民間人になると、副大統領は半年間だけ引き続き警護を受け、そこでおしまい。警護がつかなくなるのです。

その一方、大統領は、辞めても生涯シークレット・サービスがつきます。大統領を辞めた後、暗殺でもされたら大変だからです。

では、なぜ副大統領の警護は生涯続かないのか。それは、副大統領は大統領にもしものことがあったときのスペアにすぎないからです。任期が終われば用無しだ、というわけです。

そんな副大統領の地位に関し、作中のバイデンは、しばしば自虐的なギャグを飛ばします。たとえば次のようなものです。

「ある男に二人の息子がいた。一人は船乗りになり、もう一人は副大統領になった。その後の二人の消息は誰も知らない」

任期が終わった後、バイデンが片田舎に引き籠っていたのに対し、オバマは大統領を辞めた後も、メディアの取材対象であり続けます。その状況について、本書では、「堅物の退屈な副大統領から解放された第四十四代合衆国大統領は、究極のバケーションを満喫していた」と表現しています。「第四十四代合衆国大統領」とは、もちろんオバマのこと。「堅物の退屈な副大統領」とはバイデンを指します。

たしかにバイデンは「退屈な」政治家でした。二〇二〇年、アメリカ大統領選挙に立候補するため、まずは民主党の大統領候補選びに名乗りを上げました。ここで勝利して初めて、本選に臨みます。二〇一九年から二〇年にかけ、私は度々アメリカに行き、民主党の大統領候補になろうとする候補たちの演説を聞いて回りました。本書にも名前が登場するバーニー・サンダースやエリザベス・ウォーレンなどです。

バイデン候補の演説も取材しましたが、その演説のつまらなさといったら。他の候補のような演説の躍動感が全くなく、聞いているうちに眠くなってくるのです。当時、トランプ大統領はバイデンのことを「スリーピー・ジョー」と悪口を言っていましたが、まさに「スリーピー」だったのです。

その一方で、人間的なやさしさが感じられる候補ではありました。支援者に接する姿には人間的な温かみがありました。だからこそ、こうしてバイデンを主人公にしたミステリが成立するのでしょう。

ただ、すぐに女性たちの肩に手を回すため、「セクハラではないか」という批判が出たことがあります。本作品でもバイデンが女性の肩に手を回すシーンが出てきます。バイデンのことを知っている読者は、ここで苦笑いするというわけです。

でも、バイデンの演説の下手さに呆れ、これでは大統領候補になっても当選が覚束ないと思っていたら、現職のトランプ大統領の評判があまりに悪かったため、「トランプを落選させるために」バイデン候補に投票した人が激増。バイデン大統領が誕生しました。ただし、この作品では、バイデンはまだ元副大統領という立場。大統領選挙に名乗りを上げようかどうしようかと逡巡するシーンが出てきます。その後の展開を知っている私たち読者には、ここも楽しめるところです。

本ミステリは、アメリカ社会が抱えるさまざまな問題を背景に書かれています。このため銃犯罪の多さや麻薬患者の問題、薬物の過剰摂取の話が出てきます。たとえば「オキシコドン」。これは商品名ですが、麻薬の成分が入っている鎮痛剤です。もともと末期がんの患者の痛み止めとして使用が認められましたが、アメリカでは、これを麻薬の代わりに使用する人が激増しました。この薬は過剰に摂取すると死亡する危険がある劇薬で、毎年数万人が死亡しています。

バラクが「いま時分のグアンタナモは過ごしやすいらしいな」と言って脅すシーンが出てきます。これはカリブ海に浮かぶキューバにある米海軍基地。二〇〇一年のアメリカ同時多発テロを受け、米軍はアフガニスタンを攻撃し、捕まえたタリバンの戦闘員を、ここに収容しました。「ここはアメリカ国内ではないからアメリカの法律は適用されない」という理由をつけて、弁護士をつけずに長期勾留、拷問をしてきました。アメリカ国内では有名な話なので、この地名が出ただけで、相手が震えあがるというわけです。

バイデンの地元デラウェア州について、「デラウェアは世界有数の企業の中心地だ。フォーチュン五〇〇に入る企業の半分以上がここに登記上の本社を置いている」という会話があります。なぜ多数の企業の本社が、ここにあるのか。それはデラウェア州が、他の州に比べて法人税を安くすることで企業を誘致しているからです。よく「アメリカ国内のタックスヘイブン」と批判されることもあります。法人税が安いので登記上の本社が置かれますが、大企業ばかりなので、全体として多くの税収が期待できるというわけです。

著者のアンドリュー・シェーファーは、パロディ作品で人気を博し、トランプを扱ったパロディ小説も出しています。本作品は「ニューヨークタイムズ」のベストセラーリストに入って注目されました。

アイオワ州出身だけあって、本書の中でも、バイデンがアイオワ州での選挙運動を回想する場面があります。アメリカ大統領選挙では、民主党も共和党も夏に党大会を開いて候補者を確定します。そのため、党大会に出席する代議員を選出する予備選挙が一月から始まります。このうち全米最初に党員集会が開かれるのがアイオワ州。候補者たちは、選挙の前年からせっせとアイオワ州を回って支持を集めるために、乳牛の世話をしてみせたりするというわけです。

そんなアメリカの断面を見ながら、純粋なミステリとしても楽しめます。日本で元総理大臣と元官房長官が力を合わせて事件を捜査するという設定の小説が成立するかと考えると、ここはアメリカならではなのでしょう。アメリカでは、既に続編が出版されました。今度は、どんな活躍をするのか。二人の関係はどのような展開をするのか。それも楽しみです。

（いけがみ・あきら／ジャーナリスト）

本書のプロフィール

本書は、二〇一八年にアメリカで刊行された小説
『HOPE NEVER DIES』を本邦初訳したものです。

小学館文庫

ホープ・ネバー・ダイ

著者　アンドリュー・シェーファー

訳者　加藤輝美（かとうてるみ）

二〇二一年十月十一日　初版第一刷発行

発行人　飯田昌宏

発行所　株式会社　小学館

〒一〇一-八〇〇一

東京都千代田区一ツ橋二-三-一

電話　編集〇三-三二三〇-五七二〇

販売〇三-五二八一-三五五五

印刷所――――図書印刷株式会社

造本には十分注意しておりますが、印刷、製本など製造上の不備がございましたら「制作局コールセンター」（フリーダイヤル〇一二〇-三三六-三四〇）にご連絡ください。（電話受付は、土・日・祝休日を除く九時三〇分～一七時三〇分）

この文庫の詳しい内容はインターネットで24時間ご覧になれます。

小学館公式ホームページ　https://www.shogakukan.co.jp

ISBN978-4-09-407075-0